Agatha Mary Clarissa Miller wurde am 15. September 1890 in Torquay, Devon, als Tochter einer wohlhabenden Familie geboren. 1912 lernte Agatha Miller Colonel Archibald Christie kennen, den sie bei Ausbruch des Ersten Weltkriegs heiratete. Die Ehe wurde 1928 geschieden. Zwei Jahre später schloss sie die Ehe mit Max E. L. Mallowan, einem um 14 Jahre jüngeren Professor der Archäologie, den sie auf vielen Forschungsreisen in den Orient als Mitarbeiterin begleitete. Im Lauf ihres Lebens schrieb die «Queen of Crime» 73 Kriminalromane, unzählige Kurzgeschichten, 20 Theaterstücke, 6 Liebesromane (unter dem Pseudonym «Mary Westmacott»), einen Gedichtband, einen autobiografischen Bericht über ihre archäologischen Expeditionen sowie ihre Autobiografie. Ihre Kriminalromane werden in über 100 Ländern verlegt, und Agatha Christie gilt als die erfolgreichste Schriftstellerin aller Zeiten. 1965 wurde sie für ihr schriftstellerisches Werk mit dem «Order of the British Empire» ausgezeichnet. Agatha Christie starb am 12. Januar 1976 im Alter von 85 Jahren.

Unsere Adresse im Internet: www.fischer-tb.de

Agatha Christie

16 Uhr 50 ab Paddington

Roman

Aus dem Englischen von
Ulrich Blumenbach

Fischer Taschenbuch Verlag

Limitierte Sonderausgabe
Veröffentlicht im Fischer Taschenbuch Verlag,
einem Unternehmen der S. Fischer Verlag GmbH,
Frankfurt am Main, Januar 2004

Lizenzausgabe mit freundlicher Genehmigung der Scherz Verlag AG, Bern
Alle deutschsprachigen Rechte beim Scherz Verlag, Bern und Frankfurt.
Die Originalausgabe erschien unter dem Titel
‹4.50 from Paddington› bei HarperCollins, London.
© 1957 by Agatha Christie Limited
Deutsche Neuausgabe der Übersetzung von Ulrich Blumenbach,
Scherz Verlag, Bern 2000
Gesamtherstellung: Ebner & Spiegel, Ulm
Printed in Germany
ISBN 3-596-50780-4

Erstes Kapitel

Keuchend folgte Mrs. McGillicuddy dem Gepäckträger, der ihren Koffer über den Bahnsteig trug. Mrs. McGillicuddy war klein und beleibt, der Gepäckträger war groß und machte weit ausgreifende Schritte. Mrs. McGillicuddy war zudem mit etlichen Paketen beladen, den Früchten der Weihnachtseinkäufe eines ganzen Tages. Es war daher ein ungleiches Rennen, und der Gepäckträger verschwand schon um die Ecke am Ende des Bahnsteigs, als Mrs. McGillicuddy noch die Gerade entlang hastete.

Bahnsteig 1 war im Augenblick nicht besonders voll, denn ein Zug war gerade abgefahren, nur im Niemandsland davor herrschte ein einziges Kommen und Gehen zwischen Untergrundbahnen, Gepäckaufbewahrung, Teestuben, Auskunft, Anzeigetafeln und den beiden Verbindungsstellen mit der Außenwelt, Ankunft und Abfahrt.

Mrs. McGillicuddy wurde mit ihren Paketen herumgestoßen, erreichte jedoch schließlich den Zugang zu Bahnsteig 3, stellte ein Paket ab und wühlte in der Handtasche nach der Fahrkarte, die es ihr erlauben würde, an dem strengen, uniformierten Wächter vor der Sperre vorbeizukommen.

Plötzlich ertönte über ihrem Kopf eine raue, aber betont deutliche Stimme: «Der Zug nach Brackhampton, Milchester, Waverton, Carvil Junction, Roxeter und Chadmouth mit Abfahrt um 16 Uhr 50 steht abfahrbereit auf Gleis 3. Die Wagen nach Brackhampton und Milchester befinden sich im hinteren Zugteil. Reisende nach Vanequay steigen in Roxeter um.» Die Stimme verstummte mit einem Knacken und sagte gleich darauf an, der Zug aus Birmingham und Wolverhampton mit Ankunft um 16 Uhr 35 sei auf Gleis 9 eingefahren.

Mrs. McGillicuddy fand ihre Fahrkarte und wies sie vor. Der Mann knipste sie und murmelte: «Nach rechts – hinterer Zugteil.»

Mrs. McGillicuddy trottete den Bahnsteig entlang und fand ihren gelangweilten und ins Leere starrenden Gepäckträger vor der Tür eines Wagens dritter Klasse.

«Bitteschön, Mylady.»

«Ich reise erster Klasse», sagte Mrs. McGillicuddy.

«Das hätten Sie ja auch gleich sagen können», murrte der Gepäckträger. Er musterte abschätzig ihren maskulinen Pepitamantel.

Mrs. McGillicuddy, die das gleich gesagt hatte, widersprach nicht weiter. Sie war ziemlich außer Atem.

Der Gepäckträger holte den Koffer wieder aus dem Abteil und marschierte zum nächsten Wagen, wo sich Mrs. McGillicuddy in einsamer Pracht niederließ. Der Zug um 16.50 wurde wenig frequentiert; Reisende erster Klasse nahmen für gewöhnlich den schnelleren Vormittagsexpress oder aber den Zug um 18.40, der einen Speisewagen mitführte. Mrs. McGillicuddy gab dem Gepäckträger sein Trinkgeld, das er enttäuscht in Empfang nahm, offenkundig der Meinung, es sei eher angemessen für Reisende der dritten als der ersten Klasse. Nach ihrer Nachtfahrt aus dem Norden herunter und einem Tag voller fieberhafter Einkäufe ließ sich Mrs. McGillicuddy eine behagliche Fahrt zwar gern etwas kosten, aber reichliche Trinkgelder pflegte sie nie zu geben.

Mit einem Seufzer sank sie in die weichen Polster und schlug eine Zeitschrift auf. Fünf Minuten später ertönte ein Pfiff, und der Zug setzte sich in Bewegung. Die Zeitschrift entglitt Mrs. McGillicuddys Hand, ihr Kopf fiel zur Seite, und drei Minuten später war sie eingeschlafen. Nach fünfunddreißig Minuten erwachte sie neu belebt. Sie schob ihren im Schlaf verrutschten Hut zurecht, setzte sich auf und betrachtete durchs Fenster das wenige, was von der vorbeifliegenden Landschaft zu sehen war. Es war schon fast dunkel, ein trübseliger, nebliger Dezembertag – bis Weihnachten waren es nur noch fünf Tage. London war schon dunkel und trübselig gewesen, und die Landschaft draußen machte denselben Eindruck, wurde aber immer wieder von Lichterreihen aufgelockert, wenn der Zug durch Ortschaften und Bahnhöfe sauste.

Ein Zugbegleiter riss wie ein Dschinn die Tür zum Gang auf und fragte: «Tee gefällig?» Mrs. McGillicuddy hatte bereits in einem großen Warenhaus Tee getrunken und momentan keine weiteren Bedürfnisse. Der Zugbegleiter ging den Gang hinab und wiederholte in regelmäßigen Abständen seine monotone Frage. Mrs. McGillicuddy sah mit zufriedener Miene zu ihren diversen im Gepäcknetz ruhenden Paketen hoch. Die Handtücher waren äußerst preiswert und genau das gewesen, was sich Margaret gewünscht hatte, mit dem Weltraumgewehr für Robby und dem Kaninchen für Jean war sie mehr als zufrieden, und die Abendjacke war genau das Richtige für sie selbst, warm, aber modisch. Dasselbe galt für den Pullover für Hector ... sie freute sich über ihre wohl durchdachten Erwerbungen.

Ihr entspannter Blick kehrte zum Fenster zurück, kreischend brauste ein Zug in Gegenrichtung vorbei, ließ die Scheiben erklirren und Mrs. McGillicuddy hochschrecken. Der Zug ratterte über ein paar Weichen und passierte einen Bahnhof.

Dann verlangsamte er plötzlich das Tempo, vermutlich vor einem Signal. Ein paar Minuten lang kroch er noch dahin, blieb dann stehen, nahm aber sogleich wieder Fahrt auf. Ein weiterer Zug nach London fuhr an ihnen vorbei, allerdings nicht so schnell wie der erste. Ihr Zug beschleunigte wieder. Da näherte sich ihnen auf fast beängstigende Weise ein zweiter, in dieselbe Richtung wie sie fahrender Zug. Beide Züge fuhren eine Weile nebeneinander her, mal holte der eine etwas auf, mal der andere. Mrs. McGillicuddy sah aus dem Fenster in die Abteile des anderen Zuges. Meist waren die Rouleaus herabgezogen, aber dann und wann konnte sie Reisende sehen. Der andere Zug war nur schwach besetzt, und viele Abteile waren leer.

Als die beiden Züge gerade den Eindruck erweckten stillzustehen, schnellte drüben ein Rouleau hoch. Mrs. McGillicuddy sah in das nur wenige Meter entfernte beleuchtete Erste-Klasse-Abteil.

Plötzlich rang sie nach Luft und erhob sich halb von ihrem Sitz.

Mit dem Rücken zum Fenster und zu ihr stand dort ein Mann. Er hatte die Hände um den Hals einer vor ihm stehenden Frau gelegt, und langsam und grausam erdrosselte er sie. Ihre Augen quollen hervor, ihr Gesicht war dunkelrot und verzerrt. Während Mrs. McGillicuddy noch wie gebannt zusah, trat das Ende ein; der Körper erschlaffte und entglitt den Händen des Mannes.

In diesem Moment verringerte Mrs. McGillicuddys Zug die Geschwindigkeit wieder, und der Nachbarzug beschleunigte. Er überholte und war nach wenigen Augenblicken außer Sicht.

Mrs. McGillicuddy griff instinktiv nach der Notbremse, aber dann zögerte sie. Welchen Sinn hatte es schließlich, *ihren* Zug zum Halten zu bringen? Die merkwürdigen Umstände und die aus nächster Nähe gesehene Gräueltat lähmten sie. Irgendetwas musste sie unverzüglich unternehmen – aber was?

Die Tür ihres Abteils wurde aufgezogen, und ein Schaffner sagte: «Ihre Fahrkarte, bitte.»

Mrs. McGillicuddy drehte sich ungestüm zu ihm um.

«Eine Frau ist erdrosselt worden», sagte sie. «In dem Zug, der uns eben überholt hat. Ich habe es gesehen.»

Der Schaffner sah sie ungläubig an.

«Wie meinen Sie, Madam?»

«Ein Mann hat eine Frau erdrosselt! In einem Zug. Ich habe es gesehen – da draußen.» Sie zeigte auf das Fenster.

Der Schaffner wirkte äußerst ungläubig.

«Erdrosselt?», fragte er argwöhnisch.

«Jawohl, *erdrosselt!* Ich sage Ihnen doch, ich habe es gesehen. Sie müssen sofort etwas unternehmen!»

Der Schaffner räusperte sich nachsichtig.

«Madam, meinen Sie nicht, dass Sie vielleicht ein Nickerchen gemacht und – ähm –», er verstummte taktvoll.

«Ich habe allerdings ein Nickerchen gemacht, aber wenn Sie glauben, ich hätte geträumt, dann irren Sie sich. Ich sage Ihnen doch, ich habe es gesehen.»

Der Blick des Schaffners fiel auf die offene Zeitschrift auf dem Sitz. Die aufgeschlagene Seite zeigte ein Mädchen, das erdrosselt wurde, während ein Mann in der Tür stand und das Paar mit einem Revolver bedrohte.

Der Schaffner sagte begütigend: «Wäre es nicht denkbar, Madam, dass Sie eine spannende Geschichte gelesen haben, eingenickt und dann ein wenig verwirrt aufgewacht sind –»

Mrs. McGillicuddy fiel ihm ins Wort.

«Ich habe es mit eigenen Augen gesehen», sagte sie. «Ich war so hellwach wie Sie. Und ich habe durch das Fenster in das Abteil eines neben uns fahrenden Zuges gesehen, und dort hat ein Mann eine Frau erdrosselt. Und jetzt möchte ich von Ihnen wissen, was Sie zu tun gedenken.»

«Also – Madam –»

«Irgendetwas werden Sie doch tun, hoffe ich.»

Der Schaffner seufzte widerstrebend und sah auf die Uhr.

«Wir kommen in genau sieben Minuten in Brackhampton an. Ich werde Ihre Angaben dort melden. In welche Richtung fuhr der besagte Zug denn?»

«In unsere natürlich. Glauben Sie vielleicht, ich hätte das alles sehen können, wenn ein Zug in Gegenrichtung an uns vorbeigebraust wäre?»

Der Schaffner sah aus, als traue er Mrs. McGillicuddy zu, alles Mögliche zu sehen, wenn die Phantasie mit ihr durchging. Aber er blieb höflich.

«Sie können sich auf mich verlassen, Madam», sagte er. «Ich werde Ihre Aussage weitergeben. Dürfte ich Sie noch um Ihren Namen und Ihre Adresse bitten – nur für den Fall ...»

Mrs. McGillicuddy diktierte ihm die Adresse, unter der sie in den nächsten Tagen zu erreichen sein würde, sowie ihre schottische Heimatadresse, und er notierte sich beide. Dann entfernte er sich mit der Miene eines Mannes, der seine Pflicht getan und ein lästiges Mitglied der reisenden Öffentlichkeit erfolgreich abgewimmelt hat.

Mrs. McGillicuddy runzelte die Stirn; sie war nicht ganz zufrieden. Ob der Schaffner ihre Erklärung wirklich weitergab? Oder hatte er sie nur beschwichtigen wollen? Sie konnte sich denken, dass viele ältere Frauen auf Reisen steif und fest behaupteten, sie hätten kommunistische Verschwörungen aufgedeckt, würden von Mördern bedroht, hätten fliegende Untertassen und geheime Raumschiffe gesehen und müssten Mordfälle melden, die nie passiert waren. Wenn der Mann sie als eine von denen abtat ...

Der Zug verlangsamte jetzt sein Tempo, fuhr über Weichen, und rechts und links zeigten sich erste Lichter einer größeren Stadt.

Mrs. McGillicuddy öffnete ihre Handtasche, zog, da sie nichts Besseres finden konnte, eine Quittung heraus, kritzelte mit dem Kugelschreiber eine kurze Notiz auf die Rückseite, steckte sie in einen zufällig vorhandenen Briefumschlag, klebte ihn zu und beschriftete ihn.

Der Zug kam an einem vollen Bahnsteig zum Halten. Die übliche allgegenwärtige Stimme hob an:

«Auf Gleis 1 ist der Zug aus London eingefahren, der um 17 Uhr 38 nach Milchester, Waverton, Roxeter und Chadmouth weiterfährt. Der Anschlusszug für Reisende nach Market Basing steht abfahrbereit auf Gleis 3, der Personenzug nach Carbury auf Nebengleis 1.»

Mrs. McGillicuddy ließ ihren Blick unruhig suchend über den Bahnsteig schweifen. So viele Reisende und so wenige Gepäckträger. Ah, da stand einer! Sie rief ihn herrisch herbei.

«Träger! Bitte bringen Sie das hier unverzüglich ins Büro des Bahnhofsvorstehers.»

Sie gab ihm den Briefumschlag und einen Shilling.

Danach sank sie seufzend wieder in die Polster. Nun hatte sie getan, was sie konnte. Einen Augenblick lang bereute sie den Shilling ... ein Sixpence-Stück hätten es eigentlich auch getan ...

Dann vergegenwärtigte sie sich die Szene, deren Zeugin sie eben geworden war. Grässlich, einfach grässlich ... Sie war eine Frau mit starken Nerven, aber sie erschauerte. Wie seltsam – wie absurd, dass so etwas ihr zustieß, Elspeth McGillicuddy! Wenn in jenem Abteil nicht zufällig das Rouleau hochgeschnellt wäre ... aber das war eben das Werk der Vorsehung.

Die Vorsehung hatte es so bestimmt, dass sie, Elspeth McGillicuddy, Zeugin des Verbrechens werden sollte. Sie presste entschlossen die Lippen aufeinander.

Rufe erklangen, Pfiffe ertönten, Türen wurden zugeschlagen. Langsam verließ der Zug den Bahnhof von Brackhampton. Eine Stunde und fünf Minuten später hielt er in Milchester.

Mrs. McGillicuddy suchte ihre Pakete und ihren Koffer zusammen und stieg aus. Auf dem Bahnsteig hielt sie Ausschau nach einem Gepäckträger und wiederholte ihr früheres Urteil: Nicht genug Gepäckträger. Die wenigen in Sicht schienen mit Postsäcken und Gepäckwägelchen ausgelastet. Von Reisenden wurde heutzutage allem Anschein nach erwartet, ihre Koffer selbst zu schleppen. Sei dem, wie es wolle, sie konnte ihren Koffer, den Regenschirm und all die Pakete nicht schleppen. Sie würde warten müssen. Zu guter Letzt bekam sie einen Gepäckträger.

«Taxi?»

«Ich denke, ich werde abgeholt.»

Vor dem Bahnhof von Milchester kam ein Taxifahrer, der den Ausgang nicht aus den Augen gelassen hatte, auf sie zu und sprach sie im weichen Dialekt der Gegend an.

«Sind Sie Mrs. McGillicuddy? Nach St. Mary Mead?»

Beides treffe zu, sagte Mrs. McGillicuddy. Der Gepäckträger wurde angemessen, wenn auch nicht reichlich entlohnt. Das Auto fuhr mit Mrs. McGillicuddy, ihrem Koffer und ihren Paketen in die Nacht hinaus. Sie mussten vierzehn Kilometer weit fahren. Mrs. McGillicuddy saß kerzengerade im Auto, außerstande, sich zu entspannen. Sie fieberte danach, ihren Gefühlen Ausdruck zu geben. Endlich bog das Taxi in die vertraute Dorfstraße ein und hielt vor seinem Ziel; Mrs. McGillicuddy stieg aus und ging über den Backsteinweg zum Haus. Als eine ältere Hausangestellte öffnete, deponierte der Fahrer das Gepäck im Flur. Mrs. McGillicuddy trat in die Diele, wo ihre Gastgeberin, eine zerbrechliche alte Dame, sie an der offenen Salontür erwartete.

«Elspeth!»

«Jane!»

Sie küssten sich, und ohne Umschweife brach es aus Mrs. McGillicuddy heraus:

«O Jane!», rief sie. «Ich habe gerade einen *Mord* gesehen!»

Zweites Kapitel

I

Gemäß den ehernen Prinzipien ihrer Mutter und Großmutter – dass nämlich nichts eine wahre Lady schockieren oder überraschen könne – zog Miss Marple nur die Augenbrauen hoch, schüttelte den Kopf und sagte:

«*Äußerst* betrüblich, Elspeth, und ganz sicher *äußerst* ungewöhnlich. Am besten erzählst du es mir *auf der Stelle*.»

Genau das hatte Mrs. McGillicuddy vor. Sie ließ sich von ihrer Gastgeberin ans Kaminfeuer bringen, setzte sich, zupfte die Handschuhe von den Fingern und stürzte sich in eine lebhafte Erzählung.

Miss Marple war ganz Ohr. Als Mrs. McGillicuddy endlich Atem schöpfen musste, sagte sie mit entschlossener Stimme:

«Liebes, ich glaube, es ist das Beste, wenn du erst einmal nach oben gehst, deinen Hut ablegst und dich frisch machst. Dann essen wir zu Abend – wobei wir das alles *mit keinem Wort* erwähnen wollen. Nach dem Essen beschäftigen wir uns dann eingehend damit und erörtern die Angelegenheit von allen Seiten.»

Mrs. McGillicuddy war mit diesem Vorschlag einverstanden. Die beiden Damen aßen zu Abend und unterhielten sich unterdessen über Gott und die Welt, wie sich diese im Dorf St. Mary Mead darboten. Miss Marple ließ sich über das allgemeine Misstrauen dem neuen Organisten gegenüber aus, schilderte den jüngsten Skandal um die Frau des Apothekers und erwähnte kurz die Spannungen zwischen der Lehrerin und dem Village Institute. Dann sprachen sie über Miss Marples und Mrs. McGillicuddys Gärten.

«Pfingstrosen sind rätselhafte Pflanzen», sagte Miss Marple, als sie die Tafel aufhoben. «Entweder gedeihen sie – oder nicht. Aber wenn sie einmal eingewurzelt sind, begleiten sie dich praktisch durchs ganze Leben, und heutzutage gibt es wirklich die herrlichsten Arten.»

Sie machten es sich wieder am Kamin gemütlich, Miss Marple holte zwei alte Waterford-Gläser aus einem Eckschrank und zauberte aus einem anderen Schrank eine Flasche hervor.

«Du bekommst heute Abend keinen Kaffee, Elspeth», sagte sie. «Du bist überreizt (und wer wäre das nicht?) und liegst sonst die ganze Nacht wach. Ich verordne dir daher ein Glas von meinem Schlüsselblumenwein und später vielleicht noch ein Tässchen Kamillentee.»

Mrs. McGillicuddy fügte sich diesen Anordnungen, und Miss Marple schenkte den Wein ein.

«Jane», sagte Mrs. McGillicuddy, nachdem sie anerkennend daran genippt hatte, «*du* glaubst doch hoffentlich nicht, ich hätte alles bloß geträumt oder es mir eingebildet?»

«Beileibe nicht», sagte Miss Marple herzlich.

Mrs. McGillicuddy seufzte erleichtert auf.

«Der Schaffner hat mir nämlich kein Wort geglaubt», sagte sie. «Er war sehr höflich, aber trotzdem –»

«Ich fürchte, unter diesen Umständen kann man ihm das nicht verübeln, Elspeth. Es klingt wie – und war ja auch – eine äußerst unwahrscheinliche Geschichte. Und du warst ihm wildfremd. Nein, ich habe nicht den geringsten Zweifel daran, dass du alles so gesehen hast, wie du es schilderst. Es ist sehr außergewöhnlich – aber keineswegs unmöglich. Ich erinnere mich an meine eigene Faszination, als mal ein Zug neben meinem langfuhr, und wie lebhaft und nah alles war, was in den ein oder zwei Abteilen vor sich ging. Ich weiß noch, ein kleines Mädchen spielte mit einem Teddybär, und auf einmal bewarf sie damit einen dicken Mann, der in der Ecke saß und schlief, und er schreckte hoch und war ganz empört, und alle anderen Reisenden mussten schmunzeln. Ich sehe das alles heute noch vor mir und hätte hinterher genau beschreiben können, wie jeder Einzelne aussah und was er anhatte.»

Mrs. McGillicuddy nickte dankbar.

«Genau so war es.»

«Der Mann kehrte dir den Rücken zu, sagst du. Du hast sein Gesicht also nicht gesehen?»

«Nein.»

«Und die Frau? Kannst du die beschreiben? War sie jung oder alt?»

«Eher jung. Zwischen dreißig und fünfunddreißig, schätze ich. Genauer kann ich es nicht sagen.»

«Hübsch?»

«Auch das weiß ich nicht. Ihr Gesicht war ja ganz verzerrt und –»

Miss Marple unterbrach sie schnell:

«Natürlich, das kann ich mir denken. Was hatte sie an?»

«Sie trug irgendeinen Pelzmantel, einen hellen Pelz. Keinen Hut. Und sie hatte blonde Haare.»

«Und du kannst dich an kein auffälliges Merkmal des Mannes erinnern?»

Mrs. McGillicuddy überlegte sorgfältig, bevor sie antwortete.

«Er war groß gewachsen – und dunkel, glaube ich. Er trug einen dicken Wintermantel, so dass ich seine Statur nicht recht beurteilen kann.» Niedergeschlagen fügte sie hinzu: «Eine große Hilfe ist das nicht gerade.»

«Es ist besser als nichts», sagte Miss Marple. Nach einer kurzen Pause fuhr sie fort: «Und du bist überzeugt davon, dass das Mädchen wirklich – tot war?»

«Ja, da bin ich ganz sicher. Ihre Zunge trat heraus und – ich möchte lieber nicht darüber sprechen...»

«Natürlich nicht, natürlich nicht», sagte Miss Marple hastig. «Morgen früh sind wir sicher klüger.»

«Morgen früh?»

«Es steht bestimmt in der Zeitung. Nach dem Angriff und der anschließenden Ermordung hatte der Mann eine Leiche am Hals. Was wird er getan haben? Wahrscheinlich hat er den Zug so schnell wie möglich verlassen – ach, hast du zufällig gesehen, ob es ein D-Zug-Wagen mit Seitengang war?»

«Nein, war es nicht.»

«Das deutet auf einen Nahverkehrszug hin. Der wird mit ziemlicher Sicherheit in Brackhampton gehalten haben. Nehmen wir an, der Mann steigt in Brackhampton aus, nachdem er die Leiche auf einen Eckplatz gelehnt und vielleicht noch den Pelzkragen hochgeschlagen hat, um ihr Gesicht zu verdecken. Ja – so könnte es gewesen sein. Trotzdem müsste die Leiche natürlich nach kurzer Zeit entdeckt worden sein – daher bin ich sicher, dass die Nachricht, man habe in einem Zug eine ermordete Frau entdeckt, morgen in der Zeitung stehen wird – wir werden sehen.»

II

Aber in der Morgenzeitung stand nichts.

Nachdem sich Miss Marple und Mrs. McGillicuddy davon überzeugt hatten, aßen sie schweigend ihr Frühstück. Beide dachten nach.

Nach dem Frühstück machten sie einen Rundgang durch den Garten. Sonst war das für beide ein fesselnder Zeitvertreib, aber heute waren sie nur mit halbem Herzen bei der Sache. Miss Marple wies zwar auf einige neue und seltene Pflanzen hin, die sie für ihren Steingarten erworben hatte, tat dies aber auf fast zerstreute Weise. Und Mrs. McGillicuddy konterte nicht mit einer Liste ihrer eigenen Neuerwerbungen in jüngster Zeit, wie es sonst ihre Art war.

«Der Garten ist nicht mehr, was er einmal war», sagte Miss Marple, immer noch geistesabwesend. «Dr. Haydock hat mir das Bücken oder Knien ausdrücklich untersagt – und was kann man *ohne* Bücken oder Knien schon erledigen? Gewiss, ich habe den alten Edwards – aber der ist so rechthaberisch. Und die ganzen Gelegenheitsarbeiter kommen nur auf dumme Gedanken, trinken eine Tasse Tee nach der anderen und rühren keinen Finger – kein Mensch weiß mehr, was echte Arbeit ist.»

«Wem sagst du das?», sagte Mrs. McGillicuddy. «Es ist mir

zwar nicht direkt *verboten,* mich zu bücken, aber ehrlich gesagt, besonders nach dem Essen – und seit ich zugenommen habe» – sie sah an ihren üppigen Proportionen hinab – «bekomme ich davon immer Sodbrennen.»

Beide schwiegen, dann blieb Mrs. McGillicuddy stehen und baute sich vor ihrer Freundin auf.

«*Nun?*», fragte sie.

Es war nur ein geringfügiges Wörtchen, aber Mrs. McGillicuddys Betonung verlieh ihm eine Bedeutung, die Miss Marple genau verstand.

«Ich weiß», sagte sie.

Die beiden Damen sahen sich an.

«Ich glaube, wir sollten zur Polizeiwache hinuntergehen und Sergeant Cornish verständigen», sagte Miss Marple. «Er ist intelligent und geduldig, und wir kennen uns sehr gut. Ich glaube, er wird uns anhören und die Information an die zuständigen Stellen weiterleiten.»

Und so unterhielten sich Miss Marple und Mrs. McGillicuddy eine gute Dreiviertelstunde später mit einem aufgeweckten und ernsten Mann zwischen dreißig und vierzig, der sich aufmerksam anhörte, was sie zu sagen hatten.

Frank Cornish empfing Miss Marple zuvorkommend und sogar respektvoll. Er rückte den beiden Damen die Stühle zurecht und fragte: «Nun, was können wir für Sie tun, Miss Marple?»

«Ich möchte Sie bitten, sich die Geschichte meiner Freundin Mrs. McGillicuddy anzuhören», sagte Miss Marple.

Und Sergeant Cornish hatte zugehört. Nach dem Ende der Schilderung schwieg er einige Augenblicke.

Dann sagte er:

«Das ist ja eine ungeheuerliche Geschichte.» Während Mrs. McGillicuddys Darstellung hatte er sie unauffällig in Augenschein genommen.

Insgesamt war er angenehm überrascht. Eine vernünftige Frau, die einen Vorgang zusammenhängend wiedergeben konnte; soweit er bislang beurteilen konnte, keine Frau, die zur Hysterie neigte oder zu viel Phantasie hatte. Außerdem schien Miss

Marple daran zu glauben, dass ihre Freundin die Ereignisse wahrheitsgetreu wiedergab, und er kannte Miss Marple nur zu gut. Jedermann in St. Mary Mead kannte Miss Marple; auf den ersten Blick verhuscht und flatterig, aber in Wirklichkeit mit allen Wassern gewaschen.

Er räusperte sich und sprach.

«Sie könnten sich natürlich geirrt haben», sagte er, «ich sage wohlgemerkt nicht, *dass* dem so war, aber es ist nicht auszuschließen. Die beiden könnten sich einfach nur herumgebalgt haben – es muss nicht Ernst gewesen oder gar tödlich ausgegangen sein.»

«Ich weiß, was ich gesehen habe», sagte Mrs. McGillicuddy verbissen.

«Und davon lässt du dich auch nicht abbringen», dachte Frank Cornish, «selbst wenn es nicht den Anschein hat, so fürchte ich doch, du könntest Recht haben.»

Laut sagte er: «Sie haben es den Bahnbeamten gemeldet, und Sie sind zu mir gekommen und haben es mir gemeldet. So gehört es sich, und Sie können sich darauf verlassen, dass ich dem nachgehen werde.»

Er stockte. Miss Marple nickte sanft und zufrieden. Mrs. McGillicuddy war weniger zufrieden, sagte aber nichts. Sergeant Cornish richtete sich an Miss Marple, weniger weil er ihren Rat brauchte, als weil er auf ihre Vorschläge gespannt war.

«Angenommen, alles hat sich so zugetragen», sagte er, «was ist Ihres Erachtens mit der Leiche geschehen?»

«Ich sehe nur zwei Möglichkeiten», sagte Miss Marple, ohne zu zögern. «Die *wahrscheinlichere* lautet natürlich, dass die Leiche im Zug zurückgelassen wurde, aber das ist inzwischen fast auszuschließen, denn dann wäre sie bis zum späten Abend gefunden worden, entweder von einem Mitreisenden oder vom Bahnpersonal am Zielbahnhof des Zuges.»

Frank Cornish nickte.

«Ansonsten konnte der Mörder die Leiche nur aus dem Zug auf die Gleise stoßen. Dann müsste sie noch irgendwo unentdeckt an der Strecke liegen – obwohl mir das unwahrscheinlich vorkommt. Aber eine andere Möglichkeit, wie er sie hätte loswerden können, fällt mir nicht ein.»

«Man liest manchmal von Leichen in Schrankkoffern», sagte Mrs. McGillicuddy, «aber heutzutage reist ja niemand mehr mit Schrankkoffern, nur noch mit Handkoffern, und da passt eine Leiche nicht hinein.»

«Ja», sagte Cornish. «Ich stimme Ihnen beiden zu. Falls es eine Leiche gibt, müsste sie inzwischen gefunden worden sein oder sehr bald entdeckt werden. Ich halte Sie über alle Entwicklungen auf dem Laufenden – obwohl ich annehme, dass Sie davon aus der Zeitung erfahren werden. Natürlich ist nicht völlig auszuschließen, dass die Frau diesen brutalen Angriff überlebt hat. Sie könnte den Zug noch selbständig verlassen haben.»

«Kaum ohne Unterstützung», sagte Miss Marple. «Und wenn, wäre es aufgefallen. Ein Mann, der eine Frau stützt und sie als krank ausgibt.»

«Stimmt, so etwas fällt auf», sagte Cornish. «Ebenso, wenn in einem Abteil eine bewusstlose oder kranke Frau gefunden und in ein Krankenhaus gebracht wird; auch das wird aktenkundig. Ich glaube, ich kann Ihnen versichern, dass Sie schon in Kürze davon hören werden.»

Aber der Tag verging und der nächste auch. Am Abend des zweiten Tages erhielt Miss Marple eine Notiz von Sergeant Cornish.

«Hinsichtlich der Angelegenheit, in der Sie mich zu Rate gezogen haben, sind umfangreiche Ermittlungen angestrengt worden, jedoch ohne Erfolg geblieben. Es wurde kein Frauenleichnam gefunden. Kein Krankenhaus hat eine Frau wie die beschriebene behandelt, auch wurde keine Frau unter Schock oder mit unerklärlichen Unpässlichkeiten beobachtet, die in Begleitung eines Mannes einen Bahnhof verlassen hätte. Seien Sie versichert, dass wir nichts unversucht gelassen haben. Ich nehme an, Ihre Freundin ist Zeugin der geschilderten Szene geworden, die jedoch weit harmloser war, als es für sie den Anschein hatte.»

Drittes Kapitel

I

«Weit harmloser? Dummes Zeug!», sagte Mrs. McGillicuddy. «Es war Mord!»

Sie sah Miss Marple trotzig an, und diese erwiderte ihren Blick.

«Nur zu, Jane», sagte Mrs. McGillicuddy. «Sag ruhig, dass das Ganze ein Irrtum war! Sag ruhig, dass ich mir alles nur eingebildet habe! Das denkst du doch jetzt, oder?»

«Jeder kann sich mal irren», begütigte Miss Marple. «Jeder, Elspeth – auch du. Ich glaube, das sollten wir nicht vergessen. Trotzdem glaube ich immer noch, dass du dich *nicht* geirrt hast ... Du brauchst zwar zum Lesen eine Brille, aber deine Weitsichtigkeit ist hervorragend – und das Gesehene hat dich sehr mitgenommen. Als du hier ankamst, standest du ganz eindeutig unter Schock.»

«Ich werde es niemals vergessen», sagte Mrs. McGillicuddy und schüttelte sich. «Wenn ich doch bloß wüsste, was ich jetzt noch tun kann!»

Miss Marple sagte bedächtig: «Ich glaube nicht, dass *du* jetzt noch irgendetwas unternehmen kannst.» (Hätte Mrs. McGillicuddy auf den Tonfall ihrer Freundin geachtet, wäre ihr vielleicht die leise Betonung des *du* aufgefallen.) «Du hast gemeldet, was du gesehen hast – dem Zugpersonal und der Polizei. Nein, du kannst nichts mehr tun.»

«Da bin ich aber erleichtert», sagte Mrs. McGillicuddy, «denn du weißt ja, ich möchte gleich nach Weihnachten nach Ceylon reisen – zu Roderick, und das ist ein Besuch, den ich auf keinen

Fall verschieben möchte – ich freue mich schon so lange darauf. Andererseits *würde* ich ihn natürlich verschieben, wenn es meine Pflicht wäre», fügte sie gewissenhaft hinzu.

«Das würdest du bestimmt, Elspeth, aber wie gesagt, ich glaube, du hast dein Möglichstes getan.»

«Jetzt ist es Sache der Polizei», sagte Mrs. McGillicuddy. «Und wenn sich die Polizei dumm stellen will –»

Miss Marple schüttelte energisch den Kopf.

«O nein», sagte sie, «die Polizei stellt sich nicht dumm. Und das macht die Sache gerade so interessant, findest du nicht auch?»

Mrs. McGillicuddy sah sie leicht begriffsstutzig an, und Miss Marple sah sich wieder einmal in ihrer Auffassung bestätigt, dass ihre Freundin eine Frau mit strengen Grundsätzen und ohne jede Phantasie war.

«Ich wüsste ja zu gern, was sich wirklich zugetragen hat», sagte Miss Marple.

«Sie ist ermordet worden.»

«Gewiss, aber *wer* hat sie ermordet und *warum,* und was ist mit der Leiche geschehen? Wo ist sie jetzt?»

«Das soll gefälligst die Polizei herausfinden.»

«Ganz recht – und sie *haben* es nicht herausgefunden. Nicht wahr, das bedeutet doch, dass der Mann umsichtig vorgegangen ist – sehr umsichtig sogar. Weißt du, ich kann mir einfach nicht vorstellen, *wie* er sie beseitigt hat», sagte Miss Marple und zog die Stirn in Falten. «Da bringt er in einem Anfall blinder Leidenschaft eine Frau um – es kann nicht vorsätzlich geschehen sein; niemand bringt eine Frau bewusst unter solchen Umständen um, wenige Minuten, bevor der Zug in einen großen Bahnhof einfährt. Nein, sie müssen sich gestritten haben – Eifersucht – etwas in der Art. Er erdrosselt sie – und dann steht er wie gesagt mit einer Leiche da und kommt kurz darauf an einem Bahnhof an. Was *konnte* er anderes machen als, wie ich schon sagte, die Leiche in eine Ecke lehnen, als schliefe sie, ihr Gesicht verbergen und so schnell wie möglich aussteigen. Ich sehe keine andere Möglichkeit – und doch muss es eine gegeben haben...»

Miss Marple hing ihren Gedanken nach.

Mrs. McGillicuddy musste sie zweimal ansprechen, bevor sie reagierte.

«Du wirst langsam taub, Jane.»

«Ein bisschen, kann sein. Die Menschen artikulieren ihre Worte nicht mehr so deutlich wie früher. Aber ich habe dich nicht überhört, sondern nur nicht zugehört, fürchte ich.»

«Ich wollte nur wissen, welche Zugverbindungen es morgen nach London gibt. Wäre dir der Nachmittag recht? Ich möchte zu Margaret, und sie erwartet mich erst zum Tee.»

«Elspeth, würde es dir wohl etwas ausmachen, mit dem Zug um 12.15 zu fahren? Wir könnten etwas früher zu Mittag essen.»

«Natürlich, und –» Aber Miss Marple ließ ihre Freundin nicht zu Wort kommen:

«Und ob es Margaret wohl etwas ausmachen würde, wenn du nicht zum Tee kämest – sondern erst gegen sieben?»

Mrs. McGillicuddy sah ihre Freundin neugierig an.

«Was hast du vor, Jane?»

«Ich schlage vor, Elspeth, dass wir gemeinsam nach London reisen und dann in dem Zug, mit dem du neulich hergekommen bist, bis nach Brackhampton fahren. Du kannst dann aus Brackhampton nach London zurückfahren, und ich würde genau wie du neulich hierher zurückkehren. Die Fahrkarten gehen selbstverständlich auf *meine* Kosten», betonte sie unmissverständlich.

Mrs. McGillicuddy überhörte die finanzielle Seite.

«Um Himmels willen, was erwartest du denn, Jane?», fragte sie. «Doch nicht etwa noch einen Mord?»

«Natürlich nicht», sagte Miss Marple schockiert. «Aber ich muss gestehen, ich würde mir unter deiner Führung gern den – das – das richtige Wort ist in diesem Fall gar nicht so einfach – das *Terrain* des Verbrechens ansehen.»

Und so kam es, dass der 16.50 aus Paddington am Tag darauf mit Miss Marple und Mrs. McGillicuddy abfuhr, die sich auf zwei Eckplätzen erster Klasse gegenübersaßen. Paddington war noch voller gewesen als am vergangenen Freitag – bis Weihnachten waren es ja jetzt auch nur noch zwei Tage –, aber im

Zug war es vergleichsweise friedlich, zumindest in den hinteren Wagen.

Diesmal holten sie keinen anderen Zug ein und wurden auch ihrerseits nicht eingeholt. Ab und zu sauste ein Zug Richtung London an ihnen vorbei. Zweimal sausten Züge mit hoher Geschwindigkeit in die andere Richtung an ihnen vorbei. Ab und zu sah Mrs. McGillicuddy unsicher auf die Uhr.

«Schwer zu sagen, wann – wir waren gerade durch einen Bahnhof gekommen, das weiß ich noch...» Aber sie durchquerten immerzu Bahnhöfe.

«In fünf Minuten müssten wir in Brackhampton ankommen», sagte Miss Marple.

In der Tür erschien ein Schaffner. Miss Marple sah ihre Freundin fragend an. Mrs. McGillicuddy schüttelte den Kopf. Es war ein anderer Schaffner. Er knipste ihre Fahrkarten, ging weiter und schwankte etwas, als sich der Zug in eine lang gezogene Kurve legte, wobei er an Geschwindigkeit verlor.

«Wir erreichen anscheinend Brackhampton», sagte Mrs. McGillicuddy.

«Ja, das ist wohl der Stadtrand», sagte Miss Marple.

Draußen glitten Lichter vorbei, Gebäude, und hin und wieder konnte man einen Blick auf Straßen und Straßenbahnen erhaschen. Sie wurden noch langsamer und fuhren über Weichen.

«Wir sind gleich da», sagte Mrs. McGillicuddy, «und ich finde nicht, dass diese Reise das Geringste genützt hat. Oder ist dir etwas aufgefallen, Jane?»

«Leider nicht», sagte Miss Marple mit unsicherer Stimme.

«Eine traurige Geldverschwendung», sagte Mrs. McGillicuddy, wenn auch weniger missbilligend, als wenn sie ihre Fahrkarte aus eigener Tasche hätte bezahlen müssen. In diesem Punkt war Miss Marple jedoch unnachgiebig geblieben.

«Nichtsdestoweniger sieht man doch gern mit eigenen Augen, wo etwas geschehen ist», sagte Miss Marple. «Dieser Zug hat ein paar Minuten Verspätung. War deiner am Freitag pünktlich?»

«Ich glaube ja. Ich habe nicht weiter darauf geachtet.»

Der Zug fuhr langsam in den belebten Bahnhof von Brackhampton ein. Der Lautsprecher erwachte heiser zum Leben, Türen gingen auf und zu, Menschen stiegen ein und aus und wuselten über den Bahnsteig. Es war ein einziges großes Gewimmel.

«Kein Problem für einen Mörder», dachte Miss Marple, «hier im Gedränge zu verschwinden, den Bahnhof mitten in diesem Menschenauflauf zu verlassen oder sich sogar ein anderes Abteil zu suchen und mit demselben Zug bis an sein eigentliches Ziel zu fahren. Einfach ein Reisender unter anderen. Aber eine Leiche kann sich nicht in Luft auflösen. Die Leiche muss *irgendwo* sein.»

Mrs. McGillicuddy war ausgestiegen und sprach jetzt vom Bahnsteig aus durchs offene Fenster.

«Pass auf dich auf, Jane», sagte sie. «Hol dir bloß keine Erkältung. Das Wetter ist in dieser Jahreszeit tückisch, und du bist nicht mehr die Jüngste.»

«Ich weiß», sagte Miss Marple.

«Wir sollten uns wegen der Geschichte keine grauen Haare wachsen lassen. Wir haben getan, was wir konnten.»

Miss Marple nickte und sagte:

«Bleib nicht in der Kälte stehen, Elspeth. Sonst holst du dir die Erkältung. Trink lieber im Bahnhofsrestaurant einen schönen heißen Tee. Du hast noch Zeit, dein Zug nach London zurück fährt erst in zwölf Minuten.»

«Das ist eine gute Idee. Auf Wiedersehen, Jane.»

«Auf Wiedersehen, Elspeth. Ich wünsche dir ein fröhliches Weihnachtsfest. Hoffentlich ist Margaret wohlauf. Viel Spaß auf Ceylon; grüß den lieben Roderick von mir – falls er sich überhaupt an mich erinnern kann, was ich bezweifeln möchte.»

«Natürlich erinnert er sich an dich – sehr gut sogar. Du musst ihm mal in der Schule geholfen haben – hatte das nicht irgendwie mit Geld zu tun, das aus einem Schließfach verschwunden war? Das hat er jedenfalls nicht vergessen.»

«Ach, *das!*», sagte Miss Marple.

Mrs. McGillicuddy wandte sich ab, ein Pfiff ertönte, und der Zug setzte sich in Bewegung. Miss Marple sah zu, wie der stämmige, gedrungene Körper ihrer Freundin in der Ferne verschwand. Elspeth konnte guten Gewissens nach Ceylon reisen – sie hatte getan, was zu tun war, und war aller Verantwortung ledig.

Miss Marple lehnte sich nicht zurück, als der Zug Fahrt aufnahm. Sie blieb aufrecht sitzen und dachte angestrengt nach. Sie mochte beim Sprechen wirr und weitschweifig klingen, aber ihr Verstand arbeitete messerscharf. Sie musste ein Problem lösen, das Problem ihres weiteren Vorgehens; und komischerweise appellierte dieses Problem an ihr Pflichtgefühl wie zuvor an das von Mrs. McGillicuddy.

Mrs. McGillicuddy hatte gesagt, sie beide hätten getan, was sie konnten. Auf Mrs. McGillicuddy mochte das zutreffen, aber bei sich selbst war Miss Marple nicht so sicher.

Manchmal musste man seine besonderen Gaben zum Einsatz bringen ... Aber das war vielleicht überheblich ... Was *konnte* sie schließlich noch machen? Die Worte ihrer Freundin fielen ihr wieder ein: *Du bist nicht mehr die Jüngste.*

Sachlich wie ein General, der einen Feldzug plant, oder wie ein Wirtschaftsprüfer, der die Bücher einer Firma durchgeht, wog Miss Marple Für und Wider ihres weiteren Vorgehens ab. Auf der Habenseite fand sich schließlich folgendes:

1. Meine lange Lebenserfahrung und Menschenkenntnis.
2. Sir Henry Clithering und sein Patensohn (heute bei Scotland Yard, glaube ich), der bei dem Fall in Little Paddocks so entgegenkommend war.
3. David, der zweite Sohn meines Neffen Raymond, der meines Wissens für British Railways arbeitet.
4. Griseldas Sohn Leonard, der in Sachen Landkarten so bewandert ist.

Miss Marple prüfte diese Aktivposten und billigte sie. Sie alle waren nötig, um die Posten der Sollseite auszugleichen – vor allen Dingen ihre körperliche Hinfälligkeit.

«Es ist ja nicht so», dachte Miss Marple, «als könnte ich nach

Lust und Laune umherstreifen, Erkundigungen einziehen und Dingen auf den Grund gehen.»

Ja, Alter und körperliche Schwäche waren ihre größten Hemmschuhe. Für ihr Alter mochte ihre Gesundheit zwar ausgezeichnet sein, trotzdem *war* sie alt. Und wenn Dr. Haydock ihr schon die Gartenarbeit strikt untersagt hatte, würde er es kaum gutheißen, wenn sie sich vornahm, einen Mörder aufzuspüren. Denn das hatte sie letztlich vor – und genau das war der wunde Punkt: Während ihr die Aufklärung von Mordfällen bisher gewissermaßen in den Schoß gefallen war, würde sie diesmal ganz bewusst die Initiative ergreifen. Und sie war nicht sicher, ob sie das wollte … Sie war alt – alt und müde. Im Moment, am Ende eines anstrengenden Tages war ihr der Gedanke zuwider, überhaupt ein Projekt in Angriff zu nehmen. Sie wollte bloß noch nach Hause fahren, sich mit einem leckeren Abendessen auf dem Tablett vor den Kamin setzen, ins Bett gehen, am Tag darauf im Garten werkeln und hier und da ein wenig herumschnippeln, einfach in aller Ruhe Ordnung schaffen, ohne sich zu bücken und ohne sich zu überanstrengen…

«Ich bin zu alt für solche Abenteuer», sagte sich Miss Marple, schaute gedankenverloren aus dem Fenster und betrachtete die geschwungene Linie eines Bahndamms…

Eine Kurve…

Eine schwache Erinnerung ging ihr durch den Kopf… kurz nachdem der Schaffner ihre Fahrkarten geknipst hatte…

Es war möglich. Nur möglich. Aber es erlaubte eine ganz neue Sicht der Dinge…

Miss Marples Wangen röteten sich. Plötzlich fiel alle Müdigkeit von ihr ab.

Gleich morgen früh schreibe ich an David, beschloss sie. Im selben Moment fiel ihr ein weiterer wertvoller Aktivposten ein.

«Natürlich. Meine treue Florence!»

II

Miss Marple machte sich methodisch an die Vorbereitung ihres Feldzuges und stellte die Weihnachtszeit in Rechnung, die definitiv ein Verzögerungsfaktor war.

Sie schrieb ihrem Großneffen David West und kombinierte die weihnachtlichen Glückwünsche mit einer dringenden Bitte um Informationen.

Glücklicherweise wurde sie wie schon in früheren Jahren zum Weihnachtsessen ins Pfarrhaus eingeladen und konnte dort den jungen Leonard, der über die Feiertage seine Eltern besuchte, nach Landkarten ausfragen.

Leonards Leidenschaft waren Karten aller Art. Warum die alte Dame sich nach der Karte einer ganz bestimmten Gegend im Großmaßstab erkundigte, kümmerte ihn nicht weiter. Er ließ sich gern des Langen und Breiten über Landkarten aus und schrieb ihr genau auf, was für ihre Zwecke am besten geeignet sei. Aber das war noch nicht alles. Er stellte fest, dass sich genau diese Karte in seiner Sammlung befand, und lieh sie ihr. Miss Marple versprach, sie sehr sorgfältig zu behandeln und so schnell wie möglich zurückzugeben.

III

«Karten», sagte Leonards Mutter Griselda, die zwar einen nahezu erwachsenen Sohn hatte, aber immer noch zu jung und blühend für das baufällige alte Pfarrhaus aussah. «Was will sie denn mit Karten? Ich meine, wofür braucht sie die?»

«Das weiß ich nicht», sagte der junge Leonard, «ich glaube, das hat sie gar nicht genau gesagt.»

«Da fragt man sich doch...», meinte Griselda. «Es kommt mir verdächtig vor... In ihrem Alter sollte die gute Seele derlei Dinge langsam lassen.»

Leonard fragte, was für Dinge, und Griselda meinte ausweichend:

«Ach, ihre Nase überall reinstecken. Warum *Karten,* frage ich mich.»

Schon bald darauf erhielt Miss Marple einen Brief ihres Großneffen David West. Er schrieb sehr herzlich:

«Liebe Tante Jane,
was führst du diesmal im Schilde? Hier hast du die erbetenen Angaben. Nur zwei Züge kommen überhaupt in Frage – der um 16.33 und der um 17.00. Der erste ist ein Bummelzug und hält in Haling Broadway, Barwell Heath, Brackhampton und Market Basing. Der 17.00 ist der Wales-Express nach Cardiff, Newport und Swansea. Der erste könnte unterwegs von dem 16.50 überholt werden, kommt jedoch laut Fahrplan fünf Minuten früher in Brackhampton an. Der zweite überholt den 16.50 kurz vor Brackhampton.
Darf ich hinter deiner Anfrage einen saftigen Dorfskandal wittern? Warst du zum Einkaufsbummel in London und hast auf der Rückfahrt gesehen, wie sich die Frau des Bürgermeisters in einem vorbeifahrenden Zug dem Amtsarzt in die Arme warf? Aber warum spielt es dann eine Rolle, welcher Zug es war? Vielleicht ein Wochenende in Porthcawl? Vielen Dank für den Pullover. Genau so einen hatte ich mir gewünscht. Was macht dein Garten? Liegt momentan im Winterschlaf, könnte ich mir denken.

Liebe Grüße,
David»

Miss Marple lächelte und befasste sich dann mit den erhaltenen Informationen. Mrs. McGillicuddy war sicher gewesen, dass es kein D-Zug-Wagen gewesen war. Also kam der Swansea-Express nicht in Frage. Alles wies auf den 16.33 hin.

Weitere Reisen waren wohl kaum zu vermeiden. Miss Marple machte sich seufzend ans Werk.

Sie fuhr wie gehabt mit dem 12.15 nach London, kehrte diesmal jedoch nicht mit dem 16.50 zurück, sondern nahm den 16.33 bis Brackhampton. Die Fahrt verlief ohne Zwischenfälle, aber sie merkte sich bestimmte Einzelheiten. Der Zug war nur halb voll – der 16.33 fuhr vor dem abendlichen Stoßverkehr ab. Nur in einem Erste-Klasse-Abteil saß ein Reisender – ein uralter Gentleman, der den *New Statesman* las. Miss Marple hatte ihr Abteil für sich und lehnte sich an den Bahnhöfen Haling Broadway und Barwell Heath aus dem Fenster, um sich die ein- und aussteigenden Reisenden anzusehen. In Haling Broadway stieg eine kleine Gruppe in die dritte Klasse ein. In Barwell Heath stiegen mehrere Reisende aus der dritten Klasse aus. In der ersten Klasse blieb alles, wie es war, bis auf den alten Gentleman, der mit dem *New Statesman* unter dem Arm ausstieg.

Als sich der Zug kurz vor Brackhampton in eine weit geschwungene Kurve legte, stand Miss Marple auf und stellte sich versuchsweise mit dem Rücken zum Fenster, vor dem sie das Rouleau herabgezogen hatte.

Ja, stellte sie fest, die plötzliche Neigung in der Kurve und die Verlangsamung konnten einen aus dem Gleichgewicht bringen, und wenn man das Fenster streifte, konnte das Rouleau leicht hochschnellen. Sie spähte in die Nacht hinaus. Es war heller als am Abend von Mrs. McGillicuddys Reise – es dämmerte erst, aber es gab sowieso nicht viel zu sehen. Wenn sie die Gegend studieren wollte, musste sie tagsüber reisen.

Am Tag darauf nahm sie den Zug am frühen Morgen, erstand vier leinene Kissenbezüge (wobei sie ob der Preise den Kopf schüttelte), um die Ermittlung mit nützlichen Anschaffungen für den Haushalt zu verbinden, und kehrte mit einem Zug zurück, der um 12.15 in Paddington abfuhr. Wieder saß sie allein in ihrem Erste-Klasse-Abteil. «Es muss an den Steuern liegen», dachte Miss Marple, «außer Geschäftsleuten im Berufsverkehr kann sich niemand mehr die erste Klasse leisten. Wahrscheinlich können sie es als Spesen abrechnen.»

Eine Viertelstunde vor der fahrplanmäßigen Ankunft des Zuges in Brackhampton faltete Miss Marple die Karte auseinander, die Leonard ihr zur Verfügung gestellt hatte, und musterte die Landschaft. Sie hatte die Karte schon zu Hause sorgfältig studiert, und nachdem sie bei der Durchfahrt den Namen eines

Bahnhofs entziffert hatte, fand sie sich auf der Karte genau in dem Moment zurecht, als der Zug vor einer Kurve verlangsamte. Es war eine weit geschwungene Kurve. Miss Marple drückte sich die Nase an der Fensterscheibe platt und fasste das Gelände unter sich ins Auge (der Zug befand sich auf einem ziemlich hohen Bahndamm). Sie sah zwischen der Landschaft draußen und der Landkarte drinnen hin und her, bis der Zug schließlich in Brackhampton einfuhr.

Am Abend dieses Tages schrieb sie einen Brief an Miss Florence Hill, 4 Madison Road, Brackhampton, und warf ihn ein ... Am nächsten Vormittag ging sie in die Grafschaftsbücherei und stellte Nachforschungen im Telefonbuch von Brackhampton sowie in einem Ortslexikon und einer Geschichte der Grafschaft an.

Bisher war ihre noch sehr unausgereifte Hypothese unangefochten geblieben. Ihre Idee war denkbar. Weiter wollte sie einstweilen nicht gehen.

Aber der nächste Schritt brachte Arbeit mit sich – viel Arbeit sogar – Arbeit, der sie körperlich nicht gewachsen war. Wenn sie ihre Hypothese belegen oder widerlegen wollte, brauchte sie Hilfe von außen. Bloß – von wem? Miss Marple ging verschiedene Namen und Möglichkeiten durch, verwarf sie jedoch alle mit ärgerlichem Kopfschütteln. Die Menschen, auf deren Intelligenz sie sich verlassen konnte, hatten alle viel zu viel zu tun. Nicht nur hatten sie alle Berufe unterschiedlicher Bedeutung, ihre Freizeit wurde meist auch lange im Voraus verplant. Und die Unintelligenten, die genug Zeit mitbrachten, waren einfach keine Hilfe, fand Miss Marple.

Sie zermarterte sich zunehmend das Hirn.

Plötzlich glättete sich ihre Stirn, und sie rief laut:

«Natürlich! *Lucy Eyelesbarrow!*»

Viertes Kapitel

I

Der Name Lucy Eyelesbarrow war in gewissen Kreisen längst ein Begriff.

Lucy Eyelesbarrow war zweiunddreißig Jahre alt. Sie hatte in Oxford Mathematik studiert und mit Auszeichnung abgeschlossen, man attestierte ihr einen hervorragenden Verstand und ging stillschweigend davon aus, sie würde an der Universität Karriere machen.

Lucy Eyelesbarrow war jedoch nicht nur eine hervorragende Wissenschaftlerin, sondern hatte auch eine anständige Portion gesunden Menschenverstand abbekommen. Es entging ihr keineswegs, dass ein hoher akademischer Rang nur kümmerlich vergütet wurde. Sie hatte nicht den geringsten Wunsch zu lehren, sondern genoss den Kontakt mit Geistern, die dem ihren nicht das Wasser reichen konnten. Kurz, sie hatte ein Faible für Menschen, für alle möglichen Menschen – und nicht immer die gleichen Menschen. Außerdem mochte sie, um der Wahrheit die Ehre zu geben, Geld. Um zu Geld zu kommen, musste man Mängel ausnutzen.

Lucy Eyelesbarrow stieß sehr bald auf einen empfindlichen Mangel – den Mangel an ausgebildetem Hauspersonal. Zum Erstaunen ihrer Freunde und Forscherkollegen wurde Lucy Eyelesbarrow Hausangestellte.

Sie hatte sofort durchschlagenden Erfolg. Inzwischen, nach einer Zeitspanne von einigen Jahren, kannte man sie landauf, landab auf den Britischen Inseln. Es war keineswegs ungewöhnlich, dass Frauen fröhlich zu ihren Gatten sagten: «Es hat geklappt. Ich *kann* mit dir in die Staaten fahren. *Ich habe Lucy Eyelesbarrow bekommen!*» Das Besondere an Lucy Eyelesbarrow war, dass sie bloß in einem Haus aufzutauchen brauchte, und schon lösten sich Sorgen, Nöte und harte Arbeit in Wohlgefallen auf. Lucy Eyelesbarrow kümmerte sich um alles, tat alles, richtete alles. Sie war die Tüchtigkeit in Person. Sie sorgte für hinfällige Eltern, hütete kleine Kinder, pflegte Kranke, war eine göttliche Köchin, kam mit verknöcherten alten Dienern zurecht, falls es welche gab (meist gab es keine), war taktvoll im Umgang mit unmöglichen Leuten, beruhigte Gewohnheitstrinker und konnte wunderbar mit Hunden umgehen. Das Allerbeste aber war, dass sie sich für keine Arbeit zu schade war. Sie scheuerte den Küchenboden, grub den Garten um, beseitigte Hundedreck und schleppte Kohlen.

Aus Prinzip ließ sie sich nie für längere Zeit anstellen. Vierzehn Tage waren die Regel – ein Monat das Höchstmaß. Die vierzehn Tage kosteten ein Vermögen! Aber *während* dieser vierzehn Tage lebte man wie im Paradies. Man konnte sich nach allen Regeln der Kunst entspannen, ins Ausland fahren, die Beine hochlegen, tun und lassen, was man wollte, stets konnte man beruhigt sein, weil an der Heimatfront in Lucy Eyelesbarrows fachkundigen Händen alles bestens aufgehoben war.

Ihre Dienste waren natürlich ungeheuer gefragt. Wenn sie gewollt hätte, wäre sie die nächsten drei Jahre ausgebucht gewesen. Man hatte ihr Unsummen für Festanstellungen geboten. Aber Lucy hatte nicht die Absicht, sich in Festanstellung zu begeben, auch verpflichtete sie sich nie für mehr als sechs Monate im Voraus. Und ohne dass ihre lautstarken Bittsteller etwas davon erfuhren, plante sie in diesem Zeitraum freie Phasen für kurze kostspielige Urlaube ein (Ausgaben für Kost und Logis fielen ja nicht an, überdies wurde sie fürstlich entlohnt) oder für kurzfristige Stellenangebote, die sie entweder als solche ansprachen oder weil sie «die Leute mochte». Da sie sich bei dem Kundenkreis, der sich um ihre Dienste bewarb, die Rosinen aus dem Kuchen picken konnte, folgte sie großenteils ihren persönlichen Neigungen. Für Geld allein erwarb man sich nicht die Dienste einer Lucy Eyelesbarrow. Sie hatte die Wahl, und sie nutzte sie. Sie genoss diese Lebensweise sehr und sah darin einen nie versiegenden Quell der Unterhaltung.

Lucy Eyelesbarrow las Miss Marples Brief wiederholt durch. Die beiden hatten sich vor zwei Jahren kennen gelernt, als Lucy von dem Romancier Raymond West engagiert worden war, um seine alte Tante zu versorgen, die damals eine Lungenentzündung auskurierte. Lucy hatte das Angebot angenommen und war nach St. Mary Mead gekommen. Miss Marple hatte ihr sehr gefallen. Was Miss Marple anging, so brauchte sie nur einen Blick aus dem Schlafzimmerfenster zu werfen; als sie sah, mit welcher Sorgfalt Lucy Eyelesbarrow Reihen für die Gartenwicken zog, hatte sie sich erleichtert in die Kissen zurückfallen lassen, die von Lucy aufgetischten verführerischen Speisen gegessen und angenehm überrascht gelauscht, wie ihr altes, knurriges Hausmädchen erzählte, «Ich habe dieser Miss Eyelesbarrow ein Häkelmuster gezeigt, von dem sie noch nie gehört hatte! Die war vielleicht dankbar.» Und ihren Arzt hatte sie mit ihrer schnellen Genesung überrascht.

Miss Marple fragte in dem Brief, ob Miss Eyelesbarrow eine bestimmte Aufgabe für sie übernehmen könne – eine ziemlich ungewöhnliche. Vielleicht könne Miss Eyelesbarrow den Termin eines Treffens vorschlagen, bei dem sie die Angelegenheit näher besprechen könnten.

Lucy Eyelesbarrow runzelte die Stirn und überlegte. Eigentlich war sie bis auf weiteres ausgebucht. Aber das Wort *ungewöhnlich* und ihre Erinnerung an Miss Marples Persönlichkeit gewannen die Oberhand, sie rief sofort an und erklärte, sie könne zwar nicht nach St. Mary Mead kommen, da sie zur Zeit arbeite, sei jedoch am kommenden Nachmittag von zwei bis vier Uhr frei und könne Miss Marple irgendwo in London treffen. Sie schlug ihren Club vor, eine ziemlich unscheinbare Einrichtung, die aber den Vorteil mehrerer kleiner dunkler Schreibzimmer habe, die selten benutzt würden.

Miss Marple war mit dem Vorschlag einverstanden, und sie trafen sich am Tag darauf.

Sie gaben sich die Hand, Lucy Eyelesbarrow führte ihren Gast in das dunkelste Schreibzimmer und sagte: «Es tut mir Leid, dass ich gegenwärtig ausgebucht bin, aber erzählen Sie doch bitte, was ich für Sie tun soll.»

«Das ist eigentlich ganz einfach», sagte Miss Marple. «Ungewöhnlich, aber einfach. Ich möchte, dass Sie eine Leiche finden.»

Lucy hatte kurz den Verdacht, Miss Marple habe den Verstand verloren, verwarf diesen Gedanken jedoch sofort. Miss Marple war absolut zurechnungsfähig. Sie meinte wortwörtlich, was sie gesagt hatte.

Lucy Eyelesbarrow blieb die Ruhe selbst und fragte: «Was für eine Leiche?»

«Eine Frauenleiche», sagte Miss Marple. «Die Leiche einer Frau, die in einem Zug ermordet wurde – erdrosselt, um genau zu sein.»

Lucy zog die Augenbrauen hoch.

«Das ist allerdings ungewöhnlich. Erzählen Sie mehr davon.»

Das tat Miss Marple. Lucy Eyelesbarrow hörte aufmerksam zu, ohne zu unterbrechen. Schließlich sagte sie:

«Alles hängt davon ab, was Ihre Freundin gesehen hat – oder glaubt...»

Sie beendete den Satz nicht, sondern ließ ihn fragend in der Schwebe.

«Elspeth McGillicuddy phantasiert nicht», sagte Miss Marple. «Deswegen verlasse ich mich auf ihre Worte. Bei Dorothy Cartwright – also, bei der wäre das etwas ganz anderes. Dorothy weiß immer eine gute Geschichte zu erzählen, oft glaubt sie sie auch, und gelegentlich hat sie sogar einen wahren Kern, aber das ist auch alles. Elspeth gehört hingegen zu den Frauen, denen es schwer fällt zu glauben, dass etwas Außergewöhnliches oder Seltsames überhaupt geschehen *kann*. Sie ist kaum zu beeinflussen, wie Granit.»

«Ich verstehe», sagte Lucy nachdenklich. «Gut, gehen wir einmal davon aus. Und wo komme ich ins Spiel?»

«Ich war sehr beeindruckt von Ihnen», sagte Miss Marple,

«und ich selbst bin ja nicht mehr robust genug, um loszuziehen und alles selbst zu erledigen.»

«Ich soll Nachforschungen für Sie anstellen? Etwas in der Richtung? Aber hat die Polizei das nicht längst getan? Oder glauben Sie, man wäre dort nachlässig gewesen?»

«O nein», sagte Miss Marple. «Man war keineswegs nachlässig. Nur habe ich meine eigenen Ansichten, was diese Frauenleiche angeht. Irgendwo muss sie schließlich abgeblieben sein. Im Zug ist sie nicht gefunden worden, also muss sie aus dem Zug gestoßen oder geworfen worden sein – an den Gleisen ist sie aber auch nicht gefunden worden. Ich habe daher denselben Zug genommen und nach Stellen gesucht, wo die Leiche aus dem Zug geworfen worden sein könnte, aber trotzdem nicht an den Gleisen gefunden werden musste, und es gibt eine solche Stelle. Kurz vor Brackhampton macht die Strecke auf einem hohen Bahndamm eine weite Kurve. Würde eine Leiche dort hinausgeworfen, wo sich der Zug in die Kurve legt, dann würde sie, *glaube* ich, direkt den Bahndamm hinabstürzen.»

«Aber auch dort müsste sie doch gefunden werden.»

«Gewiss. Sie muss weggebracht worden sein ... Aber dazu kommen wir gleich. Schauen Sie bitte mal auf die Karte – hier ist die Stelle.»

Lucy beugte sich über den Kartenausschnitt, auf den Miss Marples Finger zeigte.

«Das liegt heute am Stadtrand von Brackhampton», sagte Miss Marple, «aber eigentlich ist es ein Landsitz mit weitläufigen Parks und Anlagen. Das alles ist noch ganz unberührt – umringt von Siedlungen kleiner Vorstadthäuser. Der Landsitz heißt Rutherford Hall. Er wurde 1884 von einem Mann namens Crackenthorpe erbaut, einem schwerreichen Unternehmer. Der Sohn dieses ersten Crackenthorpe ist heute ein alter Mann und wohnt dort, wenn ich recht informiert bin, mit einer Tochter. Die Eisenbahn führt um das halbe Grundstück herum.»

«Und was genau soll ich jetzt tun?»

Miss Marple antwortete ohne Zögern.

«Ich möchte, dass Sie dort eine Anstellung finden. Alle Welt schreit heutzutage nach tüchtigen Hausangestellten – ich glaube, das dürfte keine Schwierigkeit sein.»

«Nein, das glaube ich allerdings auch nicht.»

«Es heißt in der Gegend, Mr. Crackenthorpe sei ein ziemlicher Geizhals. Sollten Sie sich also mit einem niedrigen Gehalt abfinden, werde ich für die Differenz aufkommen, da Ihr Salär höher als üblich sein sollte.»

«Wegen der Schwierigkeit?»

«Weniger der Schwierigkeit als vielmehr der Gefahr wegen. Wissen Sie, es könnte *gefährlich* werden. Darüber möchte ich Sie nicht im Unklaren lassen.»

«Ich wüsste nicht, dass ich mich von eventuellen Gefahren abschrecken ließe», sagte Lucy nachdenklich.

«Das hatte ich auch nicht angenommen», sagte Miss Marple. «Sie sind von anderem Schrot und Korn.»

«Sie haben sich vermutlich sogar gesagt, die Gefahr würde mich locken, oder? Ich bin in meinem Leben nur sehr selten in Gefahr geraten. Aber glauben Sie im Ernst, es könne gefährlich werden?»

«Jemand hat erfolgreich ein Verbrechen begangen», führte Miss Marple aus. «Niemand hat Zeter und Mordio geschrien, kein Verdacht ist laut geworden. Zwei alte Damen haben eine ziemlich phantastische Geschichte erzählt, die Polizei ist ihr nachgegangen und hat sie nicht erhärten können. Also herrscht für den Täter eitel Sonnenschein. Ich kann mir nicht denken, dass ihm, egal wer er ist, daran liegt, dass Sie Ihre Nase in die Angelegenheit stecken – erst recht nicht, wenn Sie Erfolg haben.»

«Wonach genau soll ich suchen?»

«Zeichen am Bahndamm, Stofffetzen, abgebrochene Zweige – solche Sachen.»

Lucy nickte.

«Und dann?»

«Ich werde in der Nähe sein», sagte Miss Marple. «Meine alte Bedienstete, die treue Florence, wohnt in Brackhampton. Sie hat ihre alten Eltern jahrelang gepflegt. Inzwischen sind beide verstorben, und sie vermietet Zimmer – ausschließlich an respektable Menschen. Bei ihr werde ich wohnen. Sie wird mich hingebungsvoll umsorgen, und ich glaube, ich sollte in nächster Nähe bleiben. Ich schlage vor, Sie erwähnen beim Vorstellungsgespräch, Ihre alte Tante wohne in der Gegend, und Sie suchten eine Stelle in ihrer Nähe. Ferner könnten Sie sich gewisse Zeiten zu Ihrer freien Verfügung ausbedingen, um sie so oft wie möglich besuchen zu können.»

Lucy nickte wieder.

«Eigentlich wollte ich übermorgen nach Taormina», sagte sie, «aber der Urlaub kann warten. Ich kann Ihnen jedoch nur für drei Wochen zusagen. Danach stehe ich schon unter Vertrag.»

«Drei Wochen sollten vollauf genügen», sagte Miss Marple. «Wenn wir in drei Wochen nichts herausgefunden haben, können wir die ganze Sache als blanken Unsinn abtun.»

Miss Marple verabschiedete sich, und Lucy rief nach kurzem Überlegen eine Stellenvermittlung in Brackhampton an, deren Leiterin sie gut kannte. Sie erklärte ihren Wunsch, eine Stelle in der Gegend anzutreten, um ihrer «Tante» nahe sein zu können. Nachdem sie mehrere reizvollere Stellen abgelehnt hatte, was schwierig war und einiges Geschick erforderte, fiel der Name Rutherford Hall.

«Genau das suche ich», sagte Lucy in festem Ton.

Die Stellenvermittlung rief Miss Crackenthorpe an, und Miss Crackenthorpe rief Lucy zurück.

Zwei Tage darauf war Lucy auf dem Weg aus London nach Rutherford Hall.

II

Lucy Eyelesbarrow fuhr in ihrem Kleinwagen durch die Flügel eines imposanten Eisentors. Gleich dahinter stand ein ehemaliges Pförtnerhäuschen, das inzwischen völlig verfallen war, aber es war schwer zu sagen, ob durch Kriegsschäden oder bloße Vernachlässigung. Eine lange, gewundene Auffahrt führte durch große düstere Rhododendrongruppen bis zum Haus. Lucy schnappte nach Luft, als sie das Haus sah, eine Kleinausgabe von Windsor Castle. Die Steintreppe vor dem Eingang konnte Pflege gebrauchen, und die Kieswege waren von Unkraut überwuchert.

Lucy läutete eine altmodische schmiedeeiserne Glocke, deren Lärm im Gebäude verhallte. Eine nachlässig gekleidete Frau öffnete, wischte sich die Hände an der Schürze ab und sah Lucy misstrauisch an.

«Werden erwartet, was?», sagte sie. «Miss Irgendwas-barrow, hat sie gesagt.»

«Ganz recht», sagte Lucy.

Im Haus war es unglaublich kalt. Ihre Führerin brachte sie durch eine dunkle Halle und öffnete eine Tür zur Rechten. Lucy war überrascht, als sie sich in einem anheimelnden Salon mit Bücherregalen und Chintzsesseln wiederfand.

«Ich werde Sie melden», sagte die Frau, ging und schloss die Tür hinter sich, nachdem sie Lucy mit unverhohlenem Missfallen gemustert hatte.

Nach einigen Minuten ging die Tür wieder auf. Lucy fand Emma Crackenthorpe vom ersten Augenblick an sympathisch.

Diese war eine Frau mittleren Alters ohne auffällige Merkmale, weder schön noch hässlich, zweckmäßig gekleidet in Tweedrock und Pullover, die schwarzen Haare aus der Stirn gekämmt, mit ruhigen kastanienbraunen Augen und angenehmer Stimme.

«Miss Eyelesbarrow?», fragte sie und hielt ihr die Hand hin.

Dann verzog sie zweifelnd das Gesicht.

«Ich frage mich, ob diese Stelle wirklich das Richtige für Sie ist», sagte sie. «Wissen Sie, ich brauche keine Wirtschafterin, die den Haushalt beaufsichtigt. Ich brauche ein Mädchen für alles.»

Lucy sagte, das bräuchten die meisten Leute.

Emma Crackenthorpe sagte entschuldigend:

«Viele Menschen glauben, mit ein wenig Staubwischen sei alles getan – aber das bisschen Staubwischen kann ich selber erledigen.»

«Ich verstehe», sagte Lucy. «Sie brauchen jemanden, der

kocht, abwäscht, putzt und einheizt. Das geht in Ordnung. Das mache ich alles. Ich bin nicht arbeitsscheu.»

«Das Haus ist sehr groß, fürchte ich, und unpraktisch. Wir bewohnen natürlich nur einen Teil davon – mein Vater und ich. Er ist nahezu invalide. Wir führen ein ruhiges Leben, und es gibt einen Aga-Herd. Ich habe mehrere Brüder, aber sie kommen nur selten her. Wir haben zwei Zugehfrauen, eine Mrs. Kidder am Vormittag und Mrs. Hart, die an drei Tagen die Woche kommt, das Silber putzt und anderen Kleinkram erledigt. Sie haben ein eigenes Auto?»

«Ja. Es kann im Freien stehen, falls Sie keine Unterstellmöglichkeiten haben. Das ist es gewohnt.»

«Oh, alte Ställe gibt es in Hülle und Fülle. Das dürfte kein Problem sein.» Sie runzelte die Stirn und sagte dann: «Eyelesbarrow – ein ziemlich seltener Name. Freunde haben mir mal von einer Lucy Eyelesbarrow erzählt – die Kennedys?»

«Das stimmt. Ich habe in North Devon bei ihnen gearbeitet, als Mrs. Kennedy das Kind erwartete.»

Emma Crackenthorpe lächelte.

«Ich weiß noch, sie haben gesagt, sie hätten es noch nie so gut gehabt wie in der Zeit, als Sie sich um alles gekümmert haben. Aber ich dachte, Sie seien schrecklich teuer. Das Gehalt, das ich Ihnen nannte –»

«Das genügt mir», sagte Lucy. «Schauen Sie, mir liegt besonders daran, in der Nähe von Brackhampton zu arbeiten. Ich habe eine alte Tante mit angegriffener Gesundheit und möchte in ihrer Nähe sein. Deswegen ist das Gehalt für mich zweitrangig. Das Nichtstun kann ich mir andererseits nicht leisten. Wäre es möglich, an den meisten Tagen eine gewisse Zeit freizuhaben?»

«Aber natürlich. Jeden Nachmittag bis sechs, wenn Sie möchten.»

«Das wäre herrlich.»

Miss Crackenthorpe zögerte kurz, dann sagte sie: «Mein Vater ist alt und manchmal etwas – schwierig. Er legt großen Wert auf Sparsamkeit, und manchmal rutschen ihm Bemerkungen heraus, die verletzend klingen. Es wäre mir –»

Lucy fiel ihr ins Wort:

«Ich bin die verschiedensten alten Menschen gewohnt», sagte sie. «Bisher bin ich immer mit ihnen klargekommen.»

Emma Crackenthorpe wirkte erleichtert.

«Probleme mit dem Vater!», befand Lucy. «Bestimmt ein alter Wüterich.»

Sie bekam ein großes dunkles Zimmer zugewiesen, das ein kleiner Radiator nur unzureichend wärmte, und wurde im Haus herumgeführt, einem ungemütlichen Herrenhaus. Als sie an einer Tür in der Halle vorbeikamen, brüllte eine Stimme:

«Bist du das, Emma? Hast du das neue Mädchen dabei? Bring sie her. Ich will sie mir ansehen.»

Emma wurde rot und warf Lucy einen entschuldigenden Blick zu.

Die beiden Frauen traten in das Zimmer. Es hatte dicke dunkle Samttapisserien, schmale Fenster, die wenig Licht hereinließen, und stand voller massiver Mahagonimöbel aus viktorianischer Zeit.

Der alte Mr. Crackenthorpe lag ausgestreckt in einem Rollstuhl, an dem ein Gehstock mit Silberknauf lehnte.

Er war ein großer hagerer Mann mit Hängebacken, einem Kopf wie eine Bulldogge und einem kampflustig vorgereckten Kinn. Unter den dichten schwarzen, teilweise ergrauten Haaren funkelten misstrauische Äuglein.

«Dann lassen Sie sich mal ansehen, junge Dame.»

Lucy ging gelassen lächelnd zu ihm.

«Eine Sache schreiben Sie sich besser sofort hinter die Ohren. Bloß weil wir in einem großen Haus leben, heißt das noch lange nicht, dass wir reich sind. Wir sind *nicht* reich. Wir leben einfach – haben Sie verstanden? –, einfach und bescheiden! Hochtrabende Vorstellungen sind hier fehl am Platz. Kabeljau ist genauso gut wie Steinbutt, lassen Sie sich das gesagt sein. Verschwendung lasse ich mir nicht bieten. Ich wohne hier, weil mein Vater dieses Haus gebaut hat und weil es mir gefällt. Nach meinem Tod können sie es verkaufen, wenn sie wollen – und sie *werden* wollen. Kein Familiensinn. Dieses Haus wurde für die

Ewigkeit gebaut – es ist solide, und wir haben unseren eigenen Grund und Boden. Dadurch haben wir Ruhe. Wenn man es als Bauland verkauft, würde es eine Menge einbringen, aber nicht, solange *ich* lebe. Mich wird man hier nur mit den Füßen voran raustragen.»

Er funkelte Lucy an.

«Eigener Herd ist Goldes wert», sagte Lucy.

«Wollen Sie mich zum Besten halten?»

«Ganz und gar nicht. Es muss sehr schön sein, wenn man einen echten Landsitz mitten in der Stadt hat.»

«Ganz meine Meinung. Von hier sieht man weit und breit kein Haus, stimmt's? Felder mit Kühen – mitten in Brackhampton. Bei bestimmten Windrichtungen hört man den Verkehr – aber davon abgesehen leben wir noch mitten auf dem Lande.»

Zu seiner Tochter gewandt, fügte er ohne Pause oder Tonveränderung hinzu:

«Ruf diesen Narren von Arzt an. Sag ihm, seine letzte Arznei taugt nichts.»

Lucy und Emma gingen. Er rief ihnen nach:

«Und lass das Weibsstück, das immer so schnieft, hier nicht mehr Staub wischen. Die hat mir die ganzen Bücher verstellt.»

Lucy fragte:

«Ist Mr. Crackenthorpe schon lange invalide?»

Emma sagte ausweichend:

«Oh, schon seit Jahren ... Das hier ist die Küche.»

Die Küche war riesig. In der Mitte stand kalt und verlassen ein monumentaler Herd, daneben ein nüchterner Aga.

Lucy fragte nach den Essenszeiten und inspizierte die Speisekammer. Dann sagte sie munter zu Emma Crackenthorpe:

«Ich weiß vorläufig alles, was ich wissen muss. Keine Sorge. Überlassen Sie alles mir.»

Emma Crackenthorpe seufzte erleichtert, als sie sich an diesem Abend zurückzog.

Die Kennedys hatten völlig Recht, sagte sie sich. Sie ist großartig.

Am nächsten Morgen stand Lucy um sechs Uhr auf. Sie

brachte das Haus in Ordnung, putzte Gemüse, deckte den Tisch und bereitete und servierte das Frühstück. Zusammen mit Mrs. Kidder machte sie die Betten, und um elf Uhr setzten sich die beiden zu einer Kanne starken Tees und Gebäck in die Küche. Mrs. Kidder hatte es besänftigt, dass Lucy nicht auf dem hohen Ross saß, zudem liebte sie starken und süßen Tee und erging sich daher in Klatsch und Tratsch. Sie war eine spindeldürre Frau mit stechenden Augen und schmalen Lippen.

«*Er* ist ein richtiger alter Pfennigfuchser. Was die sich alles bieten lassen muss! Trotzdem glaube ich nicht, dass sie unter der Knute steht. Die lässt sich nicht die Butter vom Brot nehmen. Und wenn die Gentlemen herkommen, sorgt sie dafür, dass es was Anständiges zu beißen gibt.»

«Die Gentlemen?»

«Ja. Das war mal eine ganz große Familie. Der Älteste, Mr. Edmund, ist im Krieg gefallen. Dann ist da Mr. Cedric, der lebt irgendwo im Ausland. Ist ledig geblieben. Treibt sich in der Weltgeschichte rum und malt Bilder. Mr. Harold arbeitet in der City und wohnt in London – hat eine Grafentochter geheiratet. Dann gibt's Mr. Alfred, der ist ganz umgänglich, hat aber was vom schwarzen Schaf und ist schon ein paar Mal in die Zwickmühle geraten – schließlich ist da noch der Mann von Miss Edith, Mr. Bryan, der ist unheimlich nett und – sie ist vor ein paar Jahren verstorben, aber er gehört immer noch zur Familie. Ach ja, und Master Alexander, das ist der kleine Junge von Miss Edith. Der geht zur Schule, ist aber in den Ferien meistens hier. Miss Emma vergöttert ihn richtig.»

Lucy verdaute all diese Neuigkeiten und drängte ihrer Informantin immer wieder Tee auf. Schließlich stand Mrs. Kidder widerstrebend auf.

«Jetzt haben wir uns ja richtig verquatscht», sagte sie verwundert. «Soll ich Ihnen bei den Kartoffeln helfen, Liebes?»

«Die sind schon fertig.»

«Na, Sie kriegen ja ganz schön was geschafft! Dann mach ich mich wohl besser auf die Socken, wenn es hier eh nichts mehr zu tun gibt.»

Mrs. Kidder ging, und da Lucy noch Zeit hatte, scheuerte sie den Küchentisch. Das hatte sie die ganze Zeit vorgehabt, aber aufgeschoben, um Mrs. Kidder nicht zu kränken, zu deren Aufgaben es eigentlich gehörte. Dann polierte sie das Tafelsilber, bis es blitzte und funkelte. Sie kochte Mittagessen, räumte ab, spülte das Geschirr, und um halb drei konnte sie auf Entdeckungsreise gehen. Das Teegeschirr hatte sie auf einem Tablett bereitgestellt und Sandwiches, Brot und Butter mit einer feuchten Serviette abgedeckt, um alles frisch zu halten.

Sie schlenderte durch die Gärten, was ja nur normal war. Im Küchengarten gab es ein paar Gemüsebeete. Von den Gewächshäusern waren nur Ruinen übrig. Alle Wege waren von Unkraut überwuchert. Nur eine Staudenrabatte am Haus war gejätet und gepflegt, und Lucy nahm an, dass dies Emmas Werk war. Der Gärtner war ein schwerhöriger alter Mann, der nur so tat, als arbeite er. Lucy unterhielt sich freundlich mit ihm. Er wohnte in einem Cottage unmittelbar neben den Stallungen.

Hinter den Stallungen führte die eingezäunte Lieferantenzufahrt durch den Park und unter der Eisenbahn hindurch auf einen Feldweg.

Alle paar Minuten donnerte oben auf dem Bahndamm ein Zug über die Hauptstrecke. Lucy beobachtete, wie die Züge verlangsamten, wenn sie sich in die scharfe Kurve legten, die das Anwesen der Crackenthorpes einfasste. Sie schritt durch die Unterführung und ging den Feldweg entlang. Er wurde anscheinend selten benutzt. Auf der einen Seite lag der Bahndamm, auf der anderen stand eine hohe Mauer, die emporragende Fabrikbauten einschloss. Lucy folgte dem Feldweg, bis er auf eine Straße mit kleinen Häusern mündete. Ein Stück weiter hörte sie den Verkehrslärm einer Durchgangsstraße. Sie sah auf die Uhr. Eine Frau kam aus einem Haus, und Lucy richtete das Wort an sie.

«Entschuldigen Sie bitte, aber können Sie mir sagen, ob es hier in der Nähe einen öffentlichen Fernsprecher gibt?»

«Das Postamt ist gleich da unten an der Straßenecke.»

Lucy bedankte sich und ging zum Postamt, das gleichzeitig ein Kaufladen war. An der Seite stand eine Telefonzelle. Lucy trat hinein, wählte und bat darum, Miss Marple zu sprechen. Eine Frauenstimme antwortete barsch:

«Sie hat sich hingelegt, und ich werde sie unter keinen Umständen stören!! Sie braucht ihre Ruhe – sie ist eine alte Dame! Von wem soll ich etwas ausrichten?»

«Miss Eyelesbarrow. Sie brauchen Sie nicht zu stören. Sagen Sie ihr bitte nur, ich sei angekommen, alles entwickle sich bestens, und ich werde mich melden, soweit ich etwas Neues weiß.»

Sie hängte ein und machte sich auf den Rückweg nach Rutherford Hall.

Fünftes Kapitel

I

«Haben Sie etwas dagegen, wenn ich im Park meinen Golfschwung übe?», fragte Lucy.

«Aber natürlich nicht. Spielen Sie gern Golf?»

«Ich spiele nicht besonders gut, aber ich bleibe gern in Übung. Es ist eine angenehmere Bewegungsform als das bloße Spazierengehen.»

«Außerhalb unseres Anwesens kann man nirgends spazieren gehen», knurrte Mr. Crackenthorpe. «Nur Gehwege und erbärmliche kleine Hutschachteln von Häusern. Alle wollen bloß mein Land in die Finger kriegen und noch mehr Häuser draufstellen. Aber nur über meine Leiche. Und ich werde nicht so bald sterben, bloß um irgendwem einen Gefallen zu tun. Das kann ich Ihnen sagen! Ich tue *niemandem* einen Gefallen!»

Emma Crackenthorpe legte sich ins Mittel:

«Nun lass doch, Vater.»

«Ich *weiß* doch, was die vorhaben – und worauf sie bloß warten. Alle, wie sie da sind. Cedric und dieser schlaue Fuchs Harold mit seinem süffisanten Grinsen. Und bei Alfred wundere ich mich bloß, dass er nicht längst versucht hat, mich kaltzumachen. Hat er an Weihnachten vielleicht auch. Da hatte ich ganz komische Krankheitsanzeichen. War dem alten Quimper ein Rätsel. Hat mir jede Menge dezente Fragen gestellt.»

«Jeder bekommt mal eine Magenverstimmung, Vater.»

«Schon gut, schon gut, sag doch ruhig, dass ich zu viel gegessen hatte! Darauf willst du doch hinaus. Und *warum* habe ich zu viel gegessen? Weil zu viel Essen serviert wurde, viel zu viel. Alles Luxus und Verschwendung. Da fällt mir ein – Sie da, junge Frau. Fünf Kartoffeln haben Sie zum Mittagessen aufgetischt – und zwar ziemlich große. Niemand isst doch mehr als zwei Kartoffeln. Also servieren Sie in Zukunft nicht mehr als vier. Die fünfte war heute verschwendet.»

«Sie war nicht verschwendet, Mr. Crackenthorpe. Ich wollte sie heute Abend für eine spanische Omelette verwenden.»

«Pfui Deibel!» Als Lucy mit dem Kaffeetablett das Zimmer verließ, hörte sie ihn noch sagen: «Patente junge Frau, das, nie um eine Antwort verlegen. Kocht gut – und hübsch ist das Mädchen auch.»

Lucy Eyelesbarrow nahm ein leichtes Eisen aus dem Golfschlägersatz, den sie in weiser Voraussicht mitgebracht hatte, ging in den Park hinaus und schwang sich über den Zaun.

Sie schlug eine Reihe von Bällen. Nach etwa fünf Minuten landete ein augenscheinlich angeschnittener Ball am Bahndamm. Lucy ging hinterher und suchte ihn. Sie sah zum Haus zurück. Es war weit weg, und niemanden kümmerte ihr Tun. Sie suchte weiter ihren Golfball. Ab und zu schlug sie Bälle vom Bahndamm ins Gras hinunter. Im Lauf des Nachmittags suchte sie etwa ein Drittel des Bahndamms ab. Nichts. Sie spielte ihren Ball zum Haus zurück.

Am Tag darauf fand sie etwas. Ein auf halber Höhe des Bahndamms wachsender Dornbusch war abgeknickt. Einzelne Zweige lagen verstreut am Boden. Lucy untersuchte den Strauch. An einem Dorn hatte sich ein Pelzfetzen verfangen. Er hatte fast dieselbe Farbe wie das Holz, ein blasses Braun. Lucy begutachtete ihn kurz, dann holte sie eine Schere aus der Tasche und schnitt ihn vorsichtig durch. Die abgeschnittene Hälfte schob sie in einen Briefumschlag und steckte ihn in die Tasche. Dann stieg sie den steilen Hang hinab und hielt Ausschau nach weiteren Anhaltspunkten. Sorgfältig suchte sie die unebene Wiese ab. Sie glaubte, eine Art Trampelpfad auszumachen, der durch das hohe Gras führte. Aber er war kaum zu erkennen – weit weniger deutlich als ihre eigenen Fußspuren.

Er musste schon vor einiger Zeit entstanden sein und war nur so schwach zu erkennen, dass sie ihn sich vielleicht bloß einbildete.

Gewissenhaft pirschte sie direkt unterhalb des Dornbuschs durch das hohe Gras am Fuß des Bahndamms. Endlich hatte ihre Suche Erfolg. Sie fand eine Puderdose, ein kleines billiges Ding aus Email. Sie wickelte sie in ihr Taschentuch und steckte es in die Tasche. Sie suchte weiter, fand aber sonst nichts.

Am folgenden Nachmittag stieg sie in ihren Wagen und besuchte ihre gebrechliche Tante. Emma Crackenthorpe sagte netterweise: «Lassen Sie sich ruhig Zeit. Bis zum Abendessen können wir Sie entbehren.»

«Das ist sehr freundlich von Ihnen, aber um sechs bin ich spätestens zurück.»

Nr. 4 Madison Road war ein kleines graues Haus in einer kleinen grauen Straße. Es hatte blitzsaubere Vorhänge aus Nottinghamer Spitze, eine glänzende weiße Eingangsstufe und einen blank polierten Türknauf aus Messing. Die Tür wurde von einer hoch gewachsenen, sauertöpfischen Frau geöffnet, die Schwarz trug und das Haar zu einem großen stahlgrauen Knoten geschlungen hatte.

Sie beäugte Lucy misstrauisch und abschätzig, als sie sie zu Miss Marple führte.

Miss Marple bewohnte das Hinterzimmer mit Blick auf ein kleines, gepflegtes Gartenrechteck. Das Zimmer war penibel aufgeräumt, mit Untersetzern und Zierdeckchen versehen, einer Unmenge von Chinoiserien, einem großen Lehnsessel aus der Zeit Jakobs I. und zwei Topffarnen. Miss Marple saß in einem Ohrensessel am Kamin und häkelte emsig.

Lucy trat ein, zog die Tür zu und setzte sich Miss Marple gegenüber in einen Sessel.

«Tja», sagte sie. «Es sieht so aus, als hätten Sie Recht gehabt.»

Sie packte ihre Funde aus und schilderte, wie sie dazu gekommen war.

Miss Marples Wangen röteten sich vor Genugtuung.

«Es mag ein unschickliches Gefühl sein», sagte sie, «aber es ist erfreulich, eine Hypothese aufzustellen, die sich dann bewahrheitet!»

Sie betastete das kleine Pelzbüschel. «Elspeth sagte, die Frau habe einen hellen Pelzmantel getragen. Ich nehme an, die Puderdose steckte in der Manteltasche und fiel heraus, als die Leiche die Böschung hinabrollte. Sie sieht unbedeutend aus, aber vielleicht hilft sie uns weiter. Sie haben nicht den ganzen Pelz mitgenommen?»

«Nein, die Hälfte habe ich am Dornbusch gelassen.»

Miss Marple nickte anerkennend.

«Gut so. Sie sind sehr intelligent, Liebes. Die Polizei wird Ihre Angaben überprüfen wollen.»

«Sie wollen zur Polizei – mit diesen Dingen?»

«Also – noch nicht...» Miss Marple überlegte: «Ich halte es für besser, wenn wir zuerst die Leiche finden. Glauben Sie nicht auch?»

«Doch, aber ist das nicht ziemlich viel verlangt? Ich meine, angenommen, Ihre Annahme stimmt. Der Mörder hat die Leiche aus dem Zug gestoßen, ist in Brackhampton ausgestiegen und später – wahrscheinlich noch am selben Abend – vorbeigekommen, um die Leiche fortzuschaffen. Aber was ist danach geschehen? Er kann sie doch *überallhin* gebracht haben.»

«Nicht *überallhin*», sagte Miss Marple. «Ich glaube, Sie haben die Angelegenheit nicht bis an ihr logisches Ende durchdacht, meine liebe Miss Eyelesbarrow.»

«Nennen Sie mich doch Lucy. Warum nicht überallhin?»

«Weil es in dem Fall viel leichter gewesen wäre, das Mädchen an einem einsamen Fleckchen umzubringen und die Leiche dann in aller Ruhe wegzuschaffen. Sie haben nicht daran gedacht –»

Lucy unterbrach.

«Wollen Sie damit sagen – heißt das – dieses Verbrechen wurde vorsätzlich begangen?»

«Zunächst hatte ich das ausgeschlossen», sagte Miss Marple. «Von so etwas geht man ja nicht direkt aus. Es sah wie ein Streit aus, bei dem der Mann die Nerven verliert, das Mädchen erdrosselt und plötzlich vor dem Problem steht, das Opfer wegbringen zu müssen, einem Problem, das er binnen weniger Minuten lösen muss. Aber es wäre ein zu großer Zufall, wenn er das Mädchen in einer Gefühlsaufwallung ermordet, aus dem Fenster gesehen und eine Kurve genau an der Stelle vorgefunden hätte, wo er die Leiche hinausschubsen *und* sie später wieder finden und beseitigen konnte! Hätte er sie einfach so hinausgeworfen und später nichts mehr unternommen, dann wäre die Leiche schon vor langer Zeit gefunden worden.»

Sie schwieg. Lucy starrte sie an.

«Wissen Sie», sagte Miss Marple nachdenklich, «ich glaube, wir haben es hier mit einem von langer Hand vorbereiteten Verbrechen zu tun – der Täter muss ein ganz geriebener Bursche sein. Ein Zug hat so etwas Anonymes. Hätte er die Frau dort umgebracht, wo sie wohnte oder abgestiegen war, dann hätte sein Kommen oder Gehen auffallen können. Hätte er sie aufs Land gefahren, dann hätten der Wagen, sein Kennzeichen und Fabrikat auffallen können. Aber in einem Zug herrscht sowieso ein ständiges Kommen und Gehen von Fremden. Wenn er in einem Wagen ohne Gang mit ihr allein war, konnte er sie problemlos beseitigen – zumal er seinen nächsten Schritt bereits genau kannte. Er wusste alles über Rutherford Hall – er *muss* es gewusst haben: seine geographische Lage, die seltsame Abgeschiedenheit nämlich – eine von Eisenbahngleisen umschlossene Insel.»

«Genau das ist es», sagte Lucy. «Rutherford Hall ist ein Anachronismus. Das geschäftige Treiben der Stadt umspült das Anwesen, überflutet es aber nie. Morgens bringen die Lieferanten ihre Waren, das ist alles.»

«Wir können also davon ausgehen, wie Sie eben sagten, dass der Mörder am Abend nach Rutherford Hall gekommen ist. Als der Leichnam hinabstürzte, war es schon dunkel, und es war nicht anzunehmen, dass er vor Tagesanbruch entdeckt würde.»

«Allerdings nicht.»

«Wie kam der Mörder wohl hin? Im Auto? Auf welchem Weg?»

Lucy überlegte.

«Es gibt einen Feldweg, der an einer Fabrikmauer entlangführt. Wahrscheinlich ist er aus dieser Richtung gekommen, in die Unterführung eingebogen und zur Lieferantenzufahrt weitergefahren. Dann konnte er über den Zaun steigen, unten am Bahndamm entlang bis zur Leiche gehen und sie zum Auto zurücktragen.»

«Und dann hat er sie an einen Ort gebracht, den er sich bereits ausgesucht hatte», spann Miss Marple den Gedanken weiter. «Das Ganze war wohl überlegt. Und ich glaube, wie gesagt, nicht, dass er sie von Rutherford Hall entfernt hat, oder wenn, dann nicht sehr weit. Das Einfachste wäre doch wohl, sie irgendwo zu vergraben, oder?» Sie sah Lucy forschend an.

«Ja, wahrscheinlich», sagte Lucy nachdenklich. «Aber das ist schwieriger, als es sich anhört.»

Miss Marple pflichtete ihr bei.

«Im Park konnte er sie nicht begraben. Zu viel Arbeit und zu auffällig. Irgendwo, wo die Erde bereits aufgewühlt war?»

«Vielleicht im Küchengarten, aber der liegt ganz in der Nähe vom Cottage des Gärtners. Er ist zwar alt und schwerhörig – aber riskant wäre es trotzdem.»

«Gibt es einen Hund?»

«Nein.»

«Dann vielleicht in einer Remise oder einem Nebengebäude?»

«Das wäre einfacher und ginge schneller ... Es gibt eine ganze Reihe nicht mehr benutzter alter Gebäude; eingefallene Schweineställe, Sattelkammern, Werkstätten, die nie betreten werden. Er könnte sie auch einfach in eine Rhododendrongruppe oder ein Gebüsch geworfen haben.»

Miss Marple nickte.

«Ja, das halte ich für *sehr* viel wahrscheinlicher.»

Es klopfte an der Tür, und die sauertöpfische Florence kam mit einem Tablett herein.

«Schön, dass Sie Besuch haben», sagte sie zu Miss Marple. «Ich habe Ihnen meine Biskuits gebacken, die Sie immer so gemocht haben.»

«Florence backt einfach köstliches Teegebäck», sagte Miss Marple.

Florences zerknitterte Gesichtszüge verzogen sich unerwartet zu einem Lächeln, und sie verließ hocherfreut das Zimmer.

«Liebes», sagte Miss Marple, «ich schlage vor, dass wir uns beim Tee nicht weiter über Mord unterhalten. Das ist doch ein arg unerfreuliches Thema.»

II

Nach dem Tee erhob sich Lucy.

«Ich muss zurück», sagte sie. «Wie ich Ihnen bereits sagte, lebt gegenwärtig niemand in Rutherford Hall, der als Mörder in Betracht käme. Es gibt nur einen alten Mann, eine Frau mittleren Alters und den tauben alten Gärtner.»

«Ich habe auch nicht gesagt, dass er dort *wohnen* muss», sagte Miss Marple. «Ich bin bloß sicher, dass er sich in Rutherford Hall sehr gut auskennt. Aber dem können wir nachgehen, wenn Sie die Leiche gefunden haben.»

«Sie scheinen ganz selbstverständlich davon auszugehen, *dass* ich sie finde», sagte Lucy. «Ich bin weit weniger optimistisch.»

«Ich bin überzeugt, dass Sie Erfolg haben werden, meine liebe Lucy. Sie sind so ein tüchtiger Mensch.»

«Das mag wohl sein, aber mit der Leichensuche habe ich keine Erfahrung.»

«Ich bin sicher, dass man dafür nur etwas gesunden Menschenverstand braucht», sagte Miss Marple aufmunternd.

Lucy sah sie an und lachte. Miss Marple lächelte zurück.

Am nächsten Nachmittag machte sich Lucy systematisch ans Werk.

Sie durchstöberte Nebengebäude, stocherte in den Wildrosen, die an den alten Schweineställen emporrankten, und spähte gerade in den Kesselraum unter dem Gewächshaus, als sich hinter ihr jemand räusperte. Sie fuhr herum und fand sich Hillman gegenüber, dem alten Gärtner, der sie missbilligend ansah.

«Passen Sie bloß auf, dass Sie nicht hinfallen und sich was brechen, Miss», warnte er sie. «Der Treppe da ist nicht zu trauen, und wo Sie da eben auf dem Heuboden waren, ist der Boden auch nicht sicher.»

Lucy war bemüht, sich ihre Verlegenheit nicht anmerken zu lassen.

«Sie müssen mich für sehr neugierig halten», sagte sie munter, «dabei habe ich mich nur gefragt, ob man hieraus nicht mehr machen könnte – Pilze für den Markt anbauen oder Ähnliches. Man hat das alles so schrecklich verkommen lassen.»

«Das liegt am alten Herrn. Rückt keinen Penny raus. Ich bräuchte hier mindestens zwei Gärtner und einen Gehilfen, um alles instand zu halten, aber davon will er nichts hören. Hab schon ewig gebraucht, bis er endlich einen elektrischen Rasenmäher angeschafft hat. Er wollte allen Ernstes, dass ich den ganzen Rasen vor dem Haus von Hand mähe.»

«Aber würden sich Reparaturen nicht auszahlen?»

«Hier zahlt sich nichts mehr aus – das Anwesen ist viel zu verfallen. Und ihn schert das auch nicht. Er weiß genau, was hier passieren wird, wenn er mal nicht mehr ist – die jungen Herren werden in Windeseile verkaufen. Warten bloß darauf, dass er ins Gras beißt. Die kriegen nach seinem Tod ein hübsches Sümmchen, hab ich mir sagen lassen.»

«Dann ist er also ein reicher Mann?», fragte Lucy.

«*Crackenthorpes Fancies,* die Pralinen müssen Sie doch kennen. Der alte Herr hat das aufgebaut, Mr. Crackenthorpes Vater. Ganz gewiefter Bursche, nach allem, was man hört. Hat ein Vermögen gemacht und den Landsitz gebaut. Zäh wie Leder, heißt es, und kolossal nachtragend. Aber *er* war wenigstens noch freigebig. Keine Spur von Geizkragen. Soll von seinen beiden Söhnen enttäuscht gewesen sein. Hat ihnen eine anständige Erziehung gegeben und sie zu Gentlemen gemacht – Oxford und so. Aber beide waren zu sehr Gentlemen, um in den Familienbetrieb einzusteigen. Der jüngere hat eine Schauspielerin geheiratet, und dann setzt er sich betrunken ans Steuer und kratzt bei einem Verkehrsunfall ab. Für den älteren, unseren hier, hatte der

Vater sowieso nie viel übrig. Der war viel im Ausland, hat haufenweise heidnische Statuen gekauft und nach Hause geschickt. Als junger Mann war er noch nicht so knickerig – das ist er erst mit den Jahren geworden. Nein, die sind nie besonders miteinander ausgekommen, er und sein Vater, jedenfalls habe ich das gehört.»

Lucy mimte höfliches Interesse und verarbeitete diese Neuigkeiten. Der alte Mann lehnte sich an eine Mauer und machte sich an die Fortsetzung seines Familienepos. Für das Reden hatte er mehr übrig als für das Arbeiten.

«Ist vor dem Krieg gestorben, der alte Herr. War fürchterlich jähzornig. War nicht ratsam, sich mit ihm anzulegen, das ließ er sich nicht bieten.»

«Und nach dem Krieg ist dann der heutige Mr. Crackenthorpe hierher gezogen, ja?»

«Mit seiner Familie, ja. Die Kinder waren da ja schon fast groß.»

«Aber wie ... oh, jetzt verstehe ich, Sie meinen den Ersten Weltkrieg.»

«Nein, den meine ich nicht. Er ist 1928 gestorben, so wahr ich hier stehe.»

Lucy sah ein, dass 1928 in der Tat «vor dem Krieg» war, auch wenn sie es nicht so ausgedrückt hätte.

Sie sagte: «Tja, ich nehme an, Sie wollen sich wieder an Ihre Arbeit machen. Ich sollte Sie nicht länger aufhalten.»

«Ach», sagte der alte Hillman lustlos, «so spät am Tag kann man nicht mehr viel machen. Das Licht ist zu schlecht.»

Auf dem Rückweg ins Haus blieb Lucy noch einmal stehen und untersuchte ein viel versprechendes Gebüsch aus jungen Birken und Azaleen.

In der Halle stieß sie auf Emma Crackenthorpe, die einen Brief las. Die Nachmittagspost war soeben eingetroffen.

«Mein Neffe kommt morgen her – mit einem Klassenkameraden. Alexanders Zimmer ist das über der Veranda. Das daneben können wir James Stoddart-West anbieten. Beide können das Badezimmer gegenüber benutzen.»

«Sehr wohl, Miss Crackenthorpe. Ich werde die Zimmer herrichten.»

«Sie kommen morgen Vormittag.» Sie zögerte. «Ich nehme an, sie bringen einen Bärenhunger mit.»

«Das möchte ich meinen», sagte Lucy. «Was halten Sie von Roastbeef? Und vielleicht Sirupkuchen?»

«Alexander ist ganz versessen auf Sirupkuchen.»

Die Jungen trafen pünktlich ein. Beide hatten gepflegte Haare, verdächtig engelhafte Gesichter und ausgezeichnete Manieren. Alexander Eastley hatte blonde Haare und blaue Augen, Stoddart-West war dunkel und trug eine Brille.

Beim Mittagessen erörterten sie gravitätisch Ereignisse aus der Welt des Sports und bezogen gelegentlich die neuesten Zukunftsromane ins Gespräch ein. Sie klangen wie alte Professoren bei einer Diskussion über prähistorische Faustkeile. Im Vergleich zu ihnen kam sich Lucy richtig jung vor.

Das Lendenfilet verschwand im Handumdrehen, und der Sirupkuchen wurde bis zum letzten Krümel aufgegessen.

Mr. Crackenthorpe grummelte: «Ihr beiden esst mir noch die Haare vom Kopf.»

Alexander warf ihm aus seinen blauen Augen einen tadelnden Blick zu.

«Wir können uns von Käse und Brot ernähren, wenn du dir Fleisch nicht leisten kannst, Großvater.»

«Leisten? Ich kann es mir leisten. Ich mag nur keine Verschwendung.»

«Wir haben nichts verschwendet, Sir», sagte Stoddart-West mit einem Blick auf seinen Teller, der diese Aussage deutlich bestätigte.

«Ihr Jungen esst doppelt so viel wie ich.»

«Wir sind in der Wachstumsphase», erklärte Alexander. «Unsere Körper brauchen sehr viele Proteine.»

Der alte Mann knurrte.

Als sich die beiden Jungen von der Tafel erhoben, hörte Lucy, wie Alexander seinem Freund entschuldigend zuraunte:

«Beachte meinen Großvater lieber gar nicht. Er macht eine

Diät oder so, und deswegen reagiert er manchmal etwas seltsam. Und er ist fürchterlich geizig. Ich glaube, das muss eine Art Komplex sein.»

Stoddart-West sagte verständnisvoll:

«Ich hatte eine Tante, die immer glaubte, sie würde bankrott gehen, dabei hatte sie Geld wie Heu. Krankhaft, hat der Arzt gesagt. Hast du den Fußball mitgenommen, Alex?»

Nachdem Lucy das Mittagsgeschirr abgeräumt und gespült hatte, ging sie nach draußen. In der Ferne hörte sie die Rufe der Jungen auf dem Rasen. Sie ging in die entgegengesetzte Richtung, die Auffahrt hinunter, und schlug sich dann in ein Rhododendrongebüsch. Sie suchte sorgfältig, bog die Blätter beiseite und spähte ins Dunkel. Sie ging systematisch von Busch zu Busch und harkte mit einem Golfschläger in ihnen herum, als Alexander Eastleys Stimme sie plötzlich auffahren ließ.

«Suchen Sie etwas Bestimmtes, Miss Eyelesbarrow?»

«Einen Golfball», sagte Lucy geistesgegenwärtig. «Mehrere Golfbälle, um genau zu sein. Ich habe ein paar Nachmittage lang meinen Golfschwung geübt und dabei etliche Bälle verloren. Heute habe ich mir gesagt, dass ich sie endlich mal suchen muss.»

«Wir suchen mit», sagte Alexander hilfsbereit.

«Das ist sehr lieb von dir, aber ich dachte, ihr spielt Fußball.»

«Man kann nicht immerzu herumbolzen», erklärte Stoddart-West. «Davon wird einem zu heiß. Spielen Sie viel Golf?»

«Ich spiele sehr gern, aber ich habe nicht oft die Gelegenheit.»

«Das kann ich mir denken. Sie sind hier die Köchin, nicht wahr?»

«Ja.»

«Haben Sie heute das Mittagessen gekocht?»

«Ja. Hat es euch geschmeckt?»

«Das war astrein», sagte Alexander. «In der Penne bekommen wir nur grässliches Fleisch, völlig zäh. Ich mag Rindfleisch, das innen noch rosa und saftig ist. Auch der Sirupkuchen war einfach prima.»

«Ihr solltet mir eure Leibgerichte verraten.»

«Können wir mal Apfelbaisers haben? Die esse ich am allerliebsten.»

«Natürlich.»

Alexander seufzte glücklich.

«Unter der Treppe liegt ein Uhrengolfspiel», sagte er. «Das könnten wir hier auf dem Rasen aufbauen und etwas putten. Was meinst du, Stodders?»

«Pfundig!», sagte Stoddart-West.

«Er ist kein echter Australier», erklärte Alexander höflich. «Aber er übt ihre Redeweise, falls seine Familie ihn nächstes Jahr zum Vergleichsspiel im Cricket mitnimmt.»

Lucy fand, Uhrengolf sei eine gute Idee, und die beiden zogen los, um das Spiel zu holen. Als Lucy später zum Haus zurückkam, bauten sie es auf dem Rasen auf und debattierten, welche Nummer wo hingehörte.

«Wir haben keine Lust, es wie ein Zifferblatt aufzubauen», sagte Stoddart-West. «Das ist doch Kinderkram. Wir wollen eine Bahn haben. Für lange und kurze Schläge. Schade, dass die Zahlen so verrostet sind. Man kann sie kaum erkennen.»

«Sie müssten weiß gestrichen werden», sagte Lucy. «Besorgt euch doch morgen etwas Farbe und malt sie an.»

«Prima Idee.» Alexanders Miene hellte sich auf. «Mensch, ich glaube, in der Großen Scheune stehen noch ein paar alte Farbtöpfe – die haben die Maler in den letzten Ferien dagelassen. Wollen wir mal nachschauen?»

«Was ist die Große Scheune?», fragte Lucy.

Alexander deutete auf einen lang gestreckten Steinbau, der in einiger Entfernung vom Haupthaus nahe der Lieferantenzufahrt lag.

«Das ist ziemlich alt», sagte er. «Großvater nennt es einen Silo und behauptet, er stamme noch aus elisabethanischer Zeit, aber damit gibt er bloß an. Das war eine Scheune von dem Bauernhof, der hier mal gestanden hat. Den hat mein Urgroßvater abgerissen und dafür dieses scheußliche Haus gebaut.»

Nach einer Pause fuhr er fort: «Das meiste von Großvaters Sammlung steht in der Scheune. Der ganze Kram, den er als junger Mann nach Hause geschickt hat. Auch davon ist das meiste ziemlich scheußlich. Heute wird die Große Scheune eigentlich nur noch für Whistturniere und so benutzt. Veranstaltungen vom Women's Institute. Und Basare der Konservativen. Schauen Sie sie sich doch mal an.»

Lucy kam gerne mit.

Die Scheune hatte eine wuchtige nägelbeschlagene Eichentür.

Alexander nahm einen Schlüssel von einem Nagel, der rechts neben der Tür unter Efeu verborgen war. Er drehte ihn im Schloss herum, stieß die Tür auf, und sie betraten die Scheune.

Auf den ersten Blick fühlte sich Lucy wie in einem umwerfend schlechten Museum. Die Marmorhäupter zweier römischer Imperatoren funkelten sie aus Glotzaugen an, es gab einen großen Sarkophag aus einer gräkoromanischen Verfallsepoche, und eine geziert lächelnde Venus stand auf einem Piedestal und raffte ihre Gewänder. Neben diesen Kunstwerken standen ein paar Tapeziertische, übereinander gestapelte Stühle und allerlei Gerümpel: ein rostiger Handmäher, zwei Eimer, mottenzerfressene Autositze und ein grüner Gartenstuhl aus Eisen, dem ein Bein fehlte.

«Ich glaube, die Farbe habe ich dort drüben gesehen», sagte Alexander vage. Er ging in eine Ecke und zog einen verrotteten Vorhang beiseite.

Sie fanden ein paar Farbtöpfe und Pinsel, die letzteren trocken und hart.

«Dann braucht ihr noch Terpentin», sagte Lucy.

Terpentin war jedoch nicht zu finden. Die Jungen schlugen vor, mit dem Fahrrad welches zu besorgen, und Lucy bestärkte sie darin. Sie sagte sich, dass das Streichen der Uhrengolfzahlen die beiden eine Weile beschäftigt halten würde.

Die Jungen gingen, und sie blieb allein in der Scheune zurück.

«Hier müsste dringend mal aufgeräumt werden», hatte sie gemurmelt.

«Das würde ich mir sparen», riet Alexander ihr. «Hier wird sauber gemacht, wenn die Scheune für Veranstaltungen gebraucht wird, aber das ist in dieser Jahreszeit praktisch nie der Fall.»

«Soll ich den Schlüssel dann wieder an den Nagel hängen? Wird er immer dort aufbewahrt?»

«Ja. Hier gibt es nichts zu stibitzen, wie Sie sehen. Diese scheußlichen Marmordinger will niemand haben, und außerdem wiegen sie Tonnen.»

Lucy stimmte ihm zu. Sie konnte den Kunstgeschmack des alten Mr. Crackenthorpe nicht gerade bewundern. Er musste ein unfehlbares Gespür dafür gehabt haben, aus jeder Periode das hässlichste Exemplar auszuwählen.

Nachdem die Jungen verschwunden waren, sah sie sich ein wenig um. Ihr Blick schweifte zum Sarkophag und blieb an ihm hängen.

Dieser Sarkophag...

Die Luft in der Scheune war etwas modrig, als wäre lange nicht gelüftet worden. Lucy ging zum Sarkophag hinüber. Er hatte einen schweren, dicht schließenden Deckel. Lucy sah ihn grübelnd an.

Sie verließ die Scheune, ging in die Küche, holte ein schweres Brecheisen und kehrte zurück.

Es war Knochenarbeit, aber Lucy gab nicht auf.

Langsam hob sich der Deckel, vom Brecheisen hochgestemmt.

Er hob sich weit genug, dass Lucy sehen konnte, was sich in dem Sarkophag befand...

Sechstes Kapitel

I

Wenige Minuten darauf verließ eine bleiche Lucy die Scheune, schloss ab und hängte den Schlüssel an den Nagel zurück.

Sie eilte zu den Ställen, stieg ins Auto und fuhr die Lieferantenzufahrt hinab. Dann hielt sie vor dem Postamt unten an der Straße, trat in die Telefonzelle, warf Geld ein und wählte.

«Ich möchte Miss Marple sprechen.»

«Sie hat sich hingelegt, Miss. Sie sind Miss Eyelesbarrow, nicht wahr?»

«Ja.»

«Ich werde sie nicht stören und damit hat sich's, Miss. Sie ist eine alte Dame, und sie braucht ihren Schlaf.»

«Bitte wecken Sie sie. Es ist dringend.»

«Ich werde sie nicht –»

«Bitte tun Sie unverzüglich, was ich Ihnen sage.»

Notfalls konnte Lucys Stimme messerscharf klingen. Florence wusste, wie weit sie gehen konnte.

Kurz darauf drang Miss Marples Stimme durch den Hörer.

«Ja, Lucy?»

Lucy holte tief Luft.

«Sie hatten Recht», sagte sie. «Ich habe sie gefunden.»

«Eine Frauenleiche?»

«Ja. Eine Frau in einem Pelzmantel. Sie liegt in einem Steinsarkophag in einer Art Museumsscheune beim Haus. Was soll ich jetzt machen? Ich glaube, ich sollte die Polizei rufen.»

«Ja. Sie müssen die Polizei rufen. Sofort.»

«Aber was ist mit allem anderen? Was ist mit Ihnen? Als Erstes wird man mich doch fragen, warum ich scheinbar ohne jeden Grund einen tonnenschweren Steindeckel hochstemme. Soll ich einen Grund erfinden? Mir würde schon einer einfallen.»

«Nein», sagte Miss Marple leise, aber bestimmt, «ich glaube, Sie wissen, dass Sie jetzt die volle Wahrheit sagen müssen.»

«Über Sie?»

«Über alles.»

Plötzlich erschien ein Lächeln auf Lucys blassem Gesicht.

«Nichts leichter als das», sagte sie. «Aber ich könnte mir denken, dass man mir kaum glauben wird.»

Sie hängte ein, wartete einen Augenblick und wählte dann die Nummer der Polizeiwache.

«Ich habe soeben einen Leichnam in einem Sarkophag in der Großen Scheune von Rutherford Hall entdeckt.»

«Wie bitte?»

Lucy wiederholte den Satz, nahm die nächste Frage vorweg und nannte ihren Namen.

Sie fuhr zurück, stellte den Wagen ab und ging ins Haus.

In der Halle blieb sie kurz stehen und überlegte.

Dann nickte sie und ging in die Bibliothek, wo Miss Crackenthorpe ihrem Vater bei der Lösung des *Times*-Kreuzworträtsels half.

«Kann ich Sie kurz sprechen, Miss Crackenthorpe?»

Emma sah hoch, und ein Schatten überzog ihr Gesicht. Lucy nahm an, dass ihre Besorgnis häusliche Gründe hatte. Mit solchen Sätzen leiteten nützliche Hausangestellte üblicherweise ihre Kündigung ein.

«Reden Sie schon, Mädchen, reden Sie», sagte der alte Mr. Crackenthorpe gereizt.

Lucy sagte zu Emma:

«Ich würde Sie gern einen Augenblick allein sprechen.»

«Unsinn», sagte Mr. Crackenthorpe. «Sagen Sie nur frei heraus, was Sie zu sagen haben.»

«Lass nur, Vater.» Emma erhob sich und kam zur Tür.

«So ein Unsinn. Das kann doch warten», sagte der alte Mann verschnupft.

«Ich fürchte, es kann nicht warten», sagte Lucy.

«So eine Unverschämtheit!», sagte Mr. Crackenthorpe.

Emma trat in die Halle hinaus. Lucy folgte ihr und schloss die Tür hinter ihnen.

«Ja?», fragte Emma. «Worum geht es denn? Wenn Ihnen die Arbeit zu viel wird, seit die Jungen hier sind, dann kann ich Ihnen helfen, und –»

«Darum geht es nicht», sagte Lucy. «Ich wollte nur nicht vor Ihrem Vater darüber sprechen, weil er als kranker Mann einen Schock erleiden könnte. Ich habe im Sarkophag in der Großen Scheune nämlich die Leiche einer ermordeten Frau gefunden.»

Emma Crackenthorpe starrte sie an.

«Im Sarkophag? Eine ermordete Frau? Das ist doch unmöglich!»

«Ich fürchte, es ist nur zu wahr. Ich habe die Polizei gerufen. Sie müsste jeden Augenblick hier sein.»

Emmas Wangen röteten sich.

«Sie hätten mir zunächst Bescheid sagen sollen – bevor Sie die Polizei benachrichtigten.»

«Es tut mir Leid», sagte Lucy.

«Ich habe Sie gar nicht telefonieren gehört –» Emmas Blick streifte das Telefon auf dem Tischchen.

«Ich habe vom Postamt unten an der Straße aus angerufen.»

«Wie sonderbar. Warum nicht von hier?»

Lucy suchte fieberhaft nach einer Ausrede.

«Ich hatte Angst, die Jungen könnten in der Nähe sein – etwas mitbekommen – wenn ich aus der Halle telefoniere.»

«Verstehe ... ja ... ich verstehe ... Sie ist also unterwegs ... die Polizei, meine ich?»

«Sie ist schon da», sagte Lucy. Ein Auto kam mit quietschenden Bremsen vor dem Portal zum Stehen, und kurz darauf hallte das Klingeln der Türglocke durchs Haus.

II

«Es tut mir Leid, sehr Leid – dass ich Sie hierum bitten musste», sagte Inspector Bacon.

Er stützte Emma Crackenthorpe und führte sie aus der Scheune. Emmas Gesicht war aschfahl, sie sah krank aus, hielt sich aber kerzengerade.

«Ich bin ganz sicher, dass ich diese Frau noch nie in meinem Leben gesehen habe.»

«Wir sind Ihnen sehr verbunden, Miss Crackenthorpe. Mehr wollte ich nicht wissen. Möchten Sie sich vielleicht etwas hinlegen?»

«Ich muss zu meinem Vater. Ich habe sofort Dr. Quimper angerufen, als ich davon erfahren habe, und der Arzt ist jetzt bei ihm.»

Als sie die Halle durchquerten, trat Dr. Quimper aus der Bibliothek. Er war ein leutseliger Mann von stattlichem Wuchs, dessen kaustischer Witz von seinen Patienten sehr geschätzt wurde.

Der Inspector und er nickten sich zu.

«Miss Crackenthorpe hat sich unerschrocken einer sehr unangenehmen Aufgabe gestellt», sagte Bacon.

«Gut gemacht, Emma», sagte der Arzt und klopfte ihr auf die Schulter. «Sie halten etwas aus. Das habe ich schon immer gewusst. Ihr Vater hat es gut aufgenommen. Gehen Sie ruhig zu ihm hinein und sprechen Sie mit ihm, und dann kommen Sie in den Speisesaal und trinken einen Brandy. Das ist eine Verordnung.»

Emma lächelte ihn dankbar an und ging in die Bibliothek.

«Diese Frau ist das Salz der Erde», sagte der Arzt und sah ihr nach. «Ewig schade, dass sie nie geheiratet hat. Der Fluch, die einzige Frau in einer Familie von Männern zu sein. Ihre Schwester hat das Weite gesucht und mit siebzehn geheiratet, soweit ich weiß. Dabei ist die hier eine hübsche Frau. Sie wäre eine gute Frau und Mutter geworden.»

«Hängt zu sehr an ihrem Vater, nehme ich an», sagte Inspector Bacon.

«Ach, so sehr hängt sie gar nicht an ihm – aber sie weiß wie so viele Frauen instinktiv, wie man sein Mannsvolk glücklich macht. Sie sieht, dass ihr Vater gern invalid ist, also lässt sie ihn den Invaliden spielen. Ihre Brüder behandelt sie genauso. Cedric gibt sie das Gefühl, er sei ein guter Maler ... wie heißt der andere ... Harold weiß, wie wichtig ihr ihr klares Urteil ist – und Alfred darf sie mit Geschichten von seinen Kuhhandeln schockieren. O ja – sie ist eine kluge Frau – lässt sich nicht so leicht zum Narren halten. Na egal, brauchen Sie mich noch? Soll ich mir jetzt, wo Johnstone fertig ist» – Johnstone war der Polizeipathologe – «die Leiche anschauen? Vielleicht ist sie ja einer meiner Kunstfehler.»

«Ja, Doktor, es wäre mir lieb, wenn Sie sie sich mal anschauen könnten. Wir müssen sie identifizieren. Ich fürchte, für den alten Mr. Crackenthorpe ist das unmöglich, oder? Eine zu große Belastung.»

«Belastung? Ach i wo. Das vergibt er Ihnen oder mir nie, wenn wir ihn keinen Blick drauf werfen lassen. Er ist richtig wild darauf. So etwas Spannendes ist ihm bestimmt seit fünfzehn Jahren nicht mehr passiert – *und* es kostet ihn keinen roten Heller!»

«Dann fehlt ihm also in Wirklichkeit gar nicht viel?»

«Er ist zweiundsiebzig», sagte der Arzt. «Das ist eigentlich schon alles, was ihm fehlt. Ab und zu plagt ihn das Rheuma – wem ginge das nicht so? Nur nennt er es Arthritis. Nach dem Essen hat er einen beschleunigten Puls – warum auch nicht? Aber er macht daraus gleich ein Herzleiden. Aber er kann alles tun, was er will. Ich habe viele solche Patienten. Die ernsthaft Kranken beharren meist stur darauf, dass sie kerngesund sind. Kommen Sie, schauen wir uns Ihre Leiche mal an. Unangenehmer Anblick, was?»

«Nach Johnstones Schätzung ist die Frau seit zwei bis drei Wochen tot.»

«Also ziemlich unangenehm.»

Der Arzt stand vor dem Sarkophag und ließ den «unangenehmen Anblick» mit unverhohlener Neugier, aber professioneller Nüchternheit auf sich wirken.

«Noch nie gesehen. Keine Patientin von mir. Ich kann mich nicht erinnern, sie je in Brackhampton gesehen zu haben. Sie muss mal ganz gut ausgesehen haben – hm – *irgendwer* hatte sie wahrlich auf dem Kieker.»

Sie gingen an die frische Luft. Dr. Quimper sah am Haus empor.

«Gefunden in der – wie nennen sie das – in der Großen Scheune – in einem Sarkophag! Phantastisch! Wer hat sie gefunden?»

«Miss Lucy Eyelesbarrow.»

«Ach, die neue Stütze der Hausfrau? Was hat *die* denn in Sarkophagen herumzuschnüffeln?»

«Das wüsste ich auch gern», sagte Inspector Bacon grimmig. «Ach, was Mr. Crackenthorpe angeht: Würden Sie –?»

«Ich hole ihn.»

Dick in Schals eingemummt, kam Mr. Crackenthorpe in Begleitung des Doktors forschen Schritts heran.

«Eine Schande», sagte er. «Eine absolute Schande. Diesen Sarkophag habe ich aus Florenz mitgebracht, das war – warten Sie mal – das muss 1908 gewesen sein – oder erst 1909?»

«Immer mit der Ruhe», warnte ihn der Arzt. «Es ist kein besonders schöner Anblick.»

«Egal wie krank ich bin, ich muss schließlich meine Pflicht tun, oder?»

Mr. Crackenthorpe genügte jedoch ein sehr kurzer Abstecher in die Große Scheune, und mit beachtlicher Geschwindigkeit kam er wieder ins Freie geschlurft.

«Noch nie gesehen!», sagte er. «Was hat das zu bedeuten? Eine absolute Schande. Der ist nicht aus Florenz – jetzt weiß ich es wieder – den habe ich aus Neapel. Ein wunderschönes Stück. Und irgend so eine Närrin muss herkommen und sich darin umbringen lassen!»

Er griff sich an die linke Brusttasche seines Mantels.

«Wird mir zu viel ... mein Herz ... wo ist Emma? Doktor...»

Dr. Quimper nahm seinen Arm.

«Das ist gleich vorbei», sagte er. «Ich verabreiche Ihnen ein kleines Stärkungsmittel. Brandy.»

Sie gingen gemeinsam zum Haus zurück.

«Sir. Bitte, Sir.»

Inspector Bacon drehte sich um. Zwei Jungen kamen atemlos auf Fahrrädern angesaust. Auf ihren Mienen lag inständiges Flehen.

«Bitte, Sir, können wir die Leiche sehen?»

«Nein, kommt nicht in Frage», sagte Inspector Bacon.

«Aber, Sir, bitte, Sir. Man kann doch nie wissen. Vielleicht kennen wir sie ja. Oh, bitte, Sir, seien Sie doch kein Spielverderber. Das ist nicht fair. Da ist ein Mord geschehen, direkt bei uns in der Scheune. Die Gelegenheit bekommen wir vielleicht nie wieder. Seien Sie kein Spielverderber, Sir.»

«Wer seid ihr beiden überhaupt?»

«Ich bin Alexander Eastley, und das ist mein Freund James Stoddart-West.»

«Habt ihr jemals irgendwo in der Gegend eine blonde Frau in einem hell gefärbten Eichhörnchenmantel gesehen?»

«Also, ich weiß nicht genau», sagte Alexander scharfsinnig. «Vielleicht fällt es mir ein, wenn ich sie –»

«Bringen Sie die beiden rein, Sanders», sagte Inspector Bacon zu dem Constable, der an der Scheunentür stand. «Man ist nur einmal jung.»

«Oh, Sir, vielen Dank, Sir», schrien die beiden Jungen. «Das ist ja *so* nett von Ihnen, Sir.»

Bacon wandte sich zum Haus.

«Und jetzt knöpfe ich mir diese Miss Lucy Eyelesbarrow vor», sagte er sich grimmig.

III

Nachdem Lucy die Polizei zur Großen Scheune geführt und kurz zusammengefasst hatte, wie sie auf den Leichnam gestoßen war, hatte sie sich wieder ins Haus begeben, machte sich aber keine Illusionen, die Polizei wäre etwa schon fertig mit ihr.

Sie hatte eben die Kartoffelchips für das Abendessen geschnitten, als man ihr sagte, Inspector Bacon wolle sie sprechen. Sie stellte die große Schüssel mit kaltem Salzwasser, in der die Chips lagen, beiseite und folgte dem Polizisten zum Inspector. Sie setzte sich und wartete gelassen auf seine Fragen.

Sie nannte ihm ihren Namen und ihre Londoner Adresse und fügte ungefragt hinzu:

«Ich gebe Ihnen gern einige Referenzen, damit Sie wissen, mit wem Sie es zu tun haben.»

Auf ihrer Liste befanden sich lauter hoch geachtete Persönlichkeiten. Ein Großadmiral, der Dekan eines Colleges in Oxford und eine Trägerin des *Order of the British Empire*. Inspector Bacon war unwillkürlich beeindruckt.

«Also, Miss Eyelesbarrow, Sie waren auf der Suche nach Farbe in die Große Scheune gegangen. Ist das richtig? Und nachdem Sie die Farbe gefunden hatten, holten Sie ein Brecheisen, stemmten den Deckel des Sarkophags auf und fanden die Leiche. Wonach suchten Sie in dem Sarkophag?»

«Ich suchte eine Leiche», sagte Lucy.

«Sie suchten eine Leiche – und Sie fanden eine! Finden Sie nicht, dass das eine ganz schön weit hergeholte Geschichte ist?»

«O doch, sehr weit hergeholt. Darf ich sie Ihnen kurz erklären?»

«Darum möchte ich Sie ausdrücklich bitten.»

Lucy gab ihm ein knappes Resümee der Ereignisse, die zu ihrer sensationellen Entdeckung geführt hatten.

Der Inspector fasste ungläubig zusammen.

«Sie wurden von einer alten Dame beauftragt, hier eine Stelle anzutreten und dann das Haus und die Anlagen nach *einer Leiche* abzusuchen? Habe ich das richtig verstanden?»

«Ja.»

«Wer ist diese alte Dame?»

«Miss Jane Marple. Sie wohnt gegenwärtig in der Madison Road Nr. 4.»

Der Inspector notierte sich Name und Adresse.

«Und diese Geschichte soll ich Ihnen glauben?»

Lucy sagte liebenswürdig:

«Natürlich erst, nachdem Sie Miss Marple vernommen und es sich von ihr haben bestätigen lassen.»

«Ich werde sie allerdings vernehmen. Sie muss übergeschnappt sein.»

Lucy verkniff sich den Kommentar, es spräche wohl kaum für mangelnde Zurechnungsfähigkeit, wenn man mit einer Vermutung Recht behalte, sondern sagte bloß:

«Was gedenken Sie Miss Crackenthorpe zu sagen? Was *meine* Rolle angeht, meine ich?»

«Warum fragen Sie?»

«Nun, was Miss Marple anbelangt, so habe ich meine Aufgabe erfüllt und die Leiche gefunden, die ich finden sollte. Aber ich bin immer noch bei Miss Crackenthorpe unter Vertrag, sie hat zwei hungrige Jungen im Haus, und nach all der Aufregung werden vermutlich bald weitere Familienmitglieder eintreffen. Miss Crackenthorpe braucht Hilfe im Haus. Wenn Sie ihr jetzt sagen, dass ich diese Stelle nur angetreten habe, um mich auf Leichenjagd zu begeben, wirft sie mich vermutlich hinaus. Sagen Sie es ihr jedoch nicht, dann kann ich meine Stelle behalten und mich nützlich machen.»

Der Inspector sah sie scharf an.

«Einstweilen sage ich *niemandem* etwas», sagte er. «Ich habe Ihre Aussage noch nicht überprüft. Sie könnten sich das alles schließlich aus den Fingern gesogen haben.»

Lucy stand auf.

«Vielen Dank. Dann gehe ich jetzt in die Küche zurück und mache mich wieder an meine Arbeit.»

Siebtes Kapitel

I

«Wir schalten lieber Scotland Yard ein, meinen Sie nicht auch, Bacon?»

Der Chief Constable sah Inspector Bacon fragend an. Der Inspector war ein großer kräftiger Mann – seine Miene war die eines Mannes, den es vor der Menschheit schlichtweg ekelte.

«Die Frau war nicht von hier, Sir», sagte er. «Ihren Dessous zufolge könnte sie Ausländerin sein. Das behalte ich vorläufig natürlich noch für mich», fügte Inspector Bacon hastig hinzu. «Dann haben wir bis zum Abschluss der gerichtlichen Untersuchung noch einen Trumpf im Ärmel.»

Der Chief Constable nickte.

«Die gerichtliche Untersuchung ist eine reine Formsache, nehme ich an?»

«Ja, Sir. Der Coroner ist schon verständigt.»

«Und für wann ist sie angesetzt?»

«Morgen. Meines Wissens werden die anderen Mitglieder der Familie Crackenthorpe bis dahin eingetroffen sein. Noch besteht die Möglichkeit, dass einer von ihnen die Frau identifizieren kann. Sie kommen alle her.»

Er sah auf eine Liste in der Hand.

«Harold Crackenthorpe ist irgendwas in der City – ein ziemlich hohes Tier, soweit ich informiert bin. Alfred – weiß nicht genau, was der macht. Cedric – das ist der im Ausland. *Maler!*» Im Mund des Inspectors erhielt das Wort seine ganze Anrüchigkeit. Der Chief Constable lächelte unter seinem Schnurrbart.

«Es gibt doch wohl keinen Grund zu der Annahme, dass die

Familie Crackenthorpe in dieses Verbrechen verwickelt ist, oder?», fragte er.

«Der einzige wäre, dass die Leiche auf ihrem Anwesen gefunden wurde», sagte Inspector Bacon. «Und natürlich ist nicht auszuschließen, dass dieser *Künstler* in der Familie sie identifizieren kann. Ich werde bloß nicht schlau daraus, was diese ganzen Faseleien von einem Zug sollen.»

«Ja richtig. Sie haben die alte Dame aufgesucht – diese – ähm...», (er warf einen Blick auf die Notiz vor sich auf dem Tisch), «...diese Miss Marple?»

«Ja, Sir. Und sie behauptet das steif und fest. Ob sie plemplem ist oder nicht, kann ich nicht sagen, aber sie bleibt bei ihrer Geschichte – ihre Freundin habe alles gesehen und so weiter. Was das angeht, möchte ich behaupten, dass es ein reines Hirngespinst ist – was sich alte Damen eben so ausdenken, ob nun fliegende Untertassen unten im Garten oder russische Spione in der Leihbücherei. Unstrittig ist aber wohl, dass *sie* die junge Frau engagiert hat, diese Stütze der Hausfrau, und sie angewiesen hat, eine Leiche zu suchen – und das hat das Mädchen auch getan.»

«*Und* eine gefunden», bemerkte der Chief Constable. «Alles in allem ist das eine sehr ausgefallene Geschichte. Marple, Miss Jane Marple – der Name kommt mir irgendwie bekannt vor... na, ich werde mich mal mit dem Yard in Verbindung setzen. Ich glaube, Sie haben Recht; das ist kein Fall für die Ortspolizei – obwohl wir das noch nicht publik machen werden. Vorläufig geben wir möglichst wenig an die Presse weiter.»

II

Die gerichtliche Untersuchung war eine reine Formsache. Niemand meldete sich, um die Tote zu identifizieren. Lucy wurde gebeten, ihre Aussage zu wiederholen, wie sie den Leichnam gefunden hatte, und das medizinische Gutachten lautete auf Tod durch Erdrosseln. Alles Weitere wurde vertagt.

Die Mitglieder der Familie Crackenthorpe verließen die Halle, in der die gerichtliche Untersuchung abgehalten worden war, und traten in einen kalten und stürmischen Tag hinaus. Sie waren zu fünft, Emma, Cedric, Harold, Alfred und Bryan Eastley, der Witwer der verstorbenen Tochter Edith. Auch Mr. Wimborne war anwesend, der Seniorpartner der Anwaltskanzlei, die die Crackenthorpes in allen Rechtssachen vertrat. Er war trotz großer Unannehmlichkeiten eigens aus London angereist, um an der gerichtlichen Untersuchung teilzunehmen. Alle standen eine Weile fröstelnd auf dem Gehweg. Eine ansehnliche Menschenmenge hatte sich versammelt; die pikanten Einzelheiten der «Leiche im Sarkophag» waren sowohl in der Londoner Presse als auch in der Lokalzeitung wiedergegeben worden.

Ein Gemurmel ging durch die Menge: «Da sind sie ...»

Emma sagte schroff: «Fahren wir.»

Der große gemietete Daimler fuhr vor. Emma stieg ein und winkte Lucy zu sich. Mr. Wimborne, Cedric und Harold folgten. Bryan Eastley sagte: «Ich nehme Alfred in meiner Mühle mit.» Der Chauffeur schloss den Wagenschlag, und der Daimler fuhr an.

«Halt!», rief Emma. «Da sind die Jungen!»

Ihren lautstarken Protesten zum Trotz hatten die Jungen in Rutherford Hall bleiben müssen, aber jetzt waren sie plötzlich da und grinsten über das ganze Gesicht.

«Wir sind mit den Fahrrädern gekommen», sagte Stoddart-West. «Der Polizist war sehr freundlich und hat uns durch den Hintereingang in die Halle gelassen. Ich hoffe, Sie haben nichts dagegen, Miss Crackenthorpe», fügte er höflich hinzu.

«Nein, hat sie nicht», sagte Cedric an Stelle seiner Schwester. «Man ist nur einmal jung. Eure erste gerichtliche Untersuchung, was?»

«Ich fand sie ziemlich enttäuschend», sagte Alexander. «Alles war so schnell vorbei.»

«Können wir diese Unterhaltung nicht abbrechen?», fragte Harold gereizt. «Nicht vor diesem Menschenauflauf. Und dann diese ganzen Männer mit ihren Kameras.»

Auf sein Zeichen hin setzte der Chauffeur den Wagen in Bewegung. Die Jungen winkten ihnen nach.

«Alles so schnell vorbei!», sagte Cedric. «Das glauben *sie,* diese Unschuldsengel. Jetzt geht es doch erst richtig los.»

«Das alles ist sehr bedauerlich. *Äußerst* bedauerlich», sagte Harold. «Ich nehme an –»

Er sah Mr. Wimborne an, der die dünnen Lippen aufeinander presste und angewidert den Kopf schüttelte.

«Ich hoffe, die Angelegenheit wird in Bälde umfassend geklärt sein», sagte er salbungsvoll. «Die Polizei ist sehr gründlich vorgegangen. Ich kann mich gleichwohl nur Harolds Bemerkung anschließen; das alles ist höchst bedauerlich.»

Während er das sagte, sah er Lucy an, und seine Miene drückte eindeutig Missbilligung aus. «Wäre diese junge Frau nicht gewesen, und hätte sie nicht herumgeschnüffelt, wo sie nichts zu suchen hatte, dann wäre das alles nicht passiert», sagte sein Blick.

Genau das oder eine sehr ähnliche Meinung wurde von Harold Crackenthorpe ausgesprochen.

«Ach, übrigens – ähm – Miss – äh – Eyelesbarrow, warum genau haben Sie überhaupt in diesen Sarkophag geschaut?»

Lucy hatte sich schon gewundert, warum es so lange dauerte, bis ein Familienmitglied das wissen wollte. Ihr war klar gewesen, dass die Polizei als Allererstes danach fragen würde; überraschend fand sie nur, dass bis jetzt sonst niemand darauf gekommen war.

Cedric, Emma, Harold und Mr. Wimborne sahen sie an.

Ihre Antwort hatte sie sich natürlich schon vor geraumer Zeit zurechtgelegt.

«Nun ja», sagte sie zögernd. «Ich weiß nicht so recht … ich hatte einfach das Gefühl, die Scheune müsste dringend aufgeräumt und sauber gemacht werden. Und dann war da …», sie zögerte, «… dieser eigentümliche und unangenehme Geruch …»

Sie hatte damit gerechnet, dass alle vor dieser unappetitlichen Vorstellung zurückschrecken würden …

Mr. Wimborne murmelte: «Ja, ja, natürlich … über drei Wochen, hat der Polizeiarzt gesagt … wissen Sie, ich glaube, wir sollten uns nicht zu eingehend damit beschäftigen.» Er lächelte die kreidebleich gewordene Emma aufmunternd an. «Vergessen Sie nicht», sagte er, «diese unglückselige junge Frau hatte doch mit *uns* nichts zu tun.»

«Da wäre ich mir nicht so sicher», sagte Cedric.

Lucy Eyelesbarrow sah ihn neugierig an. Die auffälligen Unterschiede zwischen den drei Brüdern hatten sie von Anfang an fasziniert. Cedric war ein stattlicher Mann mit wettergegerbtem, markigem Gesicht, strubbeligen schwarzen Haaren und heiterem Wesen. Er war mit Stoppelbart am Flughafen eingetroffen, und obwohl er sich für die gerichtliche Untersuchung rasiert hatte, trug er nach wie vor die Kleidung, in der er angekommen war. Anscheinend hatte er nichts anderes als die alte graue Flanellhose und eine geflickte, fadenscheinige und ausgebeulte Jacke. Ein Bohemien, wie er im Buche stand, und stolz darauf.

Sein Bruder Harold war im Gegensatz dazu der Inbegriff eines Gentleman aus dem Londoner Bankenviertel, eine Führungskraft in bedeutenden Unternehmen. Er war groß gewachsen und drückte stets das Kreuz durch, hatte schwarze, an den Schläfen sich lichtende Haare und einen schmalen schwarzen Schnurrbart, war tadellos gekleidet und trug einen dunklen, gut sitzenden Anzug mit perlgrauer Krawatte. Er schien, was er war, ein korrekter und erfolgreicher Geschäftsmann.

Jetzt sagte er eisig:

«Die Bemerkung hättest du dir sparen können, Cedric.»

«Warum denn? Die Frau lag schließlich in unserer Scheune. Was hatte sie da zu suchen?»

Mr. Wimborne hüstelte und sagte:

«Nun, vielleicht ein – ähm – Rendezvous. Meines Wissens ist allgemein bekannt, dass der Schlüssel draußen an einem Nagel hängt.»

Seiner Stimme war die Entrüstung angesichts solcher Leichtfertigkeit anzuhören. So deutlich, dass sich Emma rechtfertigen wollte.

«Das ist im Krieg eingeführt worden. Für die Luftschutzwarte. Damals stand dort ein Spirituskocher, auf dem sie sich Kakao gekocht haben. Und da eigentlich nichts in der Scheune ist, was irgendjemanden interessieren könnte, haben wir den Schlüssel später einfach hängen gelassen. Für die Leute vom Women's Institute ist das am bequemsten. Würden wir den Schlüssel im Haus aufbewahren, würde das nur Umstände machen – wenn beispielsweise niemand zu Hause ist, um ihn für die Vorbereitung von Veranstaltungen herauszugeben. Wir hatten doch immer nur Zugehfrauen und keine Festangestellten...»

Ihre Stimme verlor sich. Sie hatte ausdrucks- und teilnahmslos eine weitschweifige Erklärung abgegeben, war in Gedanken aber offenbar ganz woanders.

Cedric warf ihr einen verwunderten Blick zu.

«Du klingst besorgt, Schwesterherz. Ist was?»

Harold sagte ärgerlich:

«Wie kannst du da noch fragen, Cedric!»

«Ja, warum denn nicht? Gut, eine unbekannte junge Frau hat sich in der Scheune von Rutherford Hall umbringen lassen (klingt wie ein viktorianisches Melodram); gut, es hat Emma einen Schock versetzt – aber Emma war immer ein vernünftiges Mädchen – ich verstehe nicht, warum sie *weiterhin* besorgt sein sollte. Heiliger Strohsack, der Mensch gewöhnt sich an alles.»

«Manche Menschen gewöhnen sich an Morde vielleicht etwas langsamer als du», sagte Harold beißend. «Ich könnte mir denken, bei euch bekommt man Morde im Dutzend billiger; auf Mallorca ist –»

«Ibiza, nicht Mallorca.»

«Gehupft wie gesprungen.»

«Keineswegs – das sind verschiedene Inseln.»

Harold fuhr fort:

«Ich will damit sagen, dass ein Mord für *dich* gang und gäbe sein mag, schließlich lebst du unter südländischen Hitzköpfen. Wir in England hingegen pflegen das etwas ernster zu nehmen.» Zunehmend gereizt fügte er hinzu: «Und um alles in der Welt, Cedric, wie kannst du nur bei einer öffentlichen gerichtlichen Untersuchung in diesem Aufzug erscheinen –»

«Was ist denn an meiner Kleidung auszusetzen? Sie ist bequem.»

«Sie ist deplatziert.»

«Tut mir Leid, das ist nun mal die einzige Kleidung, die ich dabeihabe. Ich hatte keine Zeit, einen Schrankkoffer zu packen, bevor ich nach Hause eilte, um meinen teuren Geschwistern bei dieser Sache zur Seite zu stehen. Ich bin Maler, und Maler fühlen sich in ihrer Kleidung gern wohl.»

«Aha, du versuchst also immer noch zu malen?»

«Pass auf, Harold, wenn du damit andeuten möchtest –»

Mr. Wimborne räusperte sich Respekt heischend.

«Diese Diskussion führt uns nicht weiter», sagte er tadelnd. «Ich hoffe, meine liebe Emma, Sie können mir sagen, ob ich Ihnen noch behilflich sein kann, bevor ich in die Stadt zurückfahre.»

Der Tadel erreichte seinen Zweck. Emma Crackenthorpe versicherte ihm hastig:

«Es war sehr gütig von Ihnen, zu uns herauszukommen.»

«Gern geschehen. An der gerichtlichen Untersuchung sollte tunlichst ein Außenstehender teilnehmen, der das Verfahren gleichwohl im Interesse der Familie verfolgt. Ich habe mit dem Inspector ein Treffen in Rutherford Hall ausgemacht. So betrüblich das alles für Sie ist, wird sich der Fall doch zweifelsohne bald aufklären. Wenn Sie mich fragen, besteht kaum ein Zweifel an den Geschehnissen. Wie Emma uns eben mitgeteilt hat, war allgemein bekannt, dass der Schlüssel zur Großen Scheune draußen neben der Tür hing. Höchstwahrscheinlich nutzten Pärchen aus der Gegend die Scheune in den Wintermonaten für ihre Tête-à-têtes. Zweifellos kam es zum Streit, und ein junger Mann hat die Nerven verloren. Als ihm voller Entsetzen aufging, was er getan hatte, fiel sein Blick auf den Sarkophag, und er erkannte, dass dieser ein exzellentes Versteck abgeben würde.»

Lucy dachte, stimmt, klingt plausibel. Genau das könnte man denken.

Cedric sagte: «Ein Pärchen aus der Gegend, sagen Sie – aber niemand aus der Gegend konnte das Mädchen identifizieren.»

«Die Untersuchung steht noch ganz am Anfang. Ohne Zweifel wird die Leiche binnen kurzem identifiziert werden. Und natürlich ist nicht auszuschließen, dass der fragliche *Mann* von hier ist, während das Mädchen von außerhalb stammte oder aus einem anderen Stadtteil von Brackhampton. Brackhampton ist eine große Stadt – sie ist in den letzten zwanzig Jahren enorm gewachsen.»

«Wenn ich ein Mädchen wäre und mich mit meinem Liebhaber treffen wollte, würde ich mich bedanken, wenn ich erst meilenweit zu einer eiskalten Scheune reisen sollte», wandte Cedric ein. «Ich wäre ja eher für Händchenhalten im Kino, Sie nicht auch, Miss Eyelesbarrow?»

«Können wir nicht das Thema wechseln?», fragte Harold mit gequälter Stimme.

Bei diesem Satz hielt der Wagen vor dem Portal von Rutherford Hall, und alle stiegen aus.

Achtes Kapitel

I

Als Mr. Wimborne die Bibliothek betrat, blinzelte er, und seine schlauen alten Augen wanderten über den ihm bereits bekannten Inspector Bacon zu dem blonden gut aussehenden Mann hinter ihm.

Inspector Bacon stellte sie vor.

«Das ist Detective-Inspector Craddock von New Scotland Yard», sagte er.

«New Scotland Yard – aha.» Mr. Wimborne zog die Augenbrauen hoch.

Dermot Craddock hatte ein einnehmendes Wesen und zog Wimborne zwanglos ins Gespräch.

«Man hat uns bei diesem Fall zu Rate gezogen, Mr. Wimborne», sagte er. «Da Sie die Familie Crackenthorpe vertreten, ist es, glaube ich, das Beste, wenn ich Sie in einige vertrauliche Einzelheiten einweihe.»

Niemand verstand es besser als Inspector Craddock, einen Splitter der Wahrheit zu zeigen und ihn als die ganze Wahrheit auszugeben.

«Inspector Bacon hat nichts dagegen, nehme ich an?», fügte er hinzu und sah seinen Kollegen an.

Inspector Bacon verneinte mit allem gebotenen Ernst und mitnichten, als sei das Ganze abgesprochen.

«Es geht um Folgendes», sagte Craddock. «Wir haben infolge gewisser Beweisstücke Grund zu der Annahme, dass die Tote keine Einheimische, sondern erst kürzlich aus dem Ausland nach England gekommen und aus London hergereist war.

Wahrscheinlich (aber da sind wir uns noch nicht ganz sicher) kam sie aus Frankreich.»

Wieder zog Mr. Wimborne die Augenbrauen hoch.

«Aha», machte er. «Aha?»

«Aufgrund dieser Wahrscheinlichkeit», erläuterte Inspector Bacon, «fand der Chief Constable, dass die Ermittlung eher ins Ressort des Yard fiele.»

«Ich kann nur hoffen, dass dieser Fall umgehend abgeschlossen wird», sagte Mr. Wimborne. «Wie Sie sich zweifellos denken werden, bereitet die ganze Angelegenheit der Familie große Sorgen. Obwohl niemand *persönlich* betroffen ist, ist es doch –»

Er stockte kurz, aber Inspector Craddock führte den Satz für ihn zu Ende.

«Ist es doch nicht angenehm, ein Mordopfer auf dem eigenen Anwesen zu finden. Da kann ich Ihnen nur zustimmen. Ich würde mich jetzt gern kurz mit den verschiedenen Familienmitgliedern unterhalten –»

«Ich verstehe nicht, was –»

«Was die mir sagen können? Vermutlich nichts von Belang – aber man kann nie wissen. Ich möchte behaupten, die beste Auskunft bekäme ich von Ihnen, Sir. Auskunft über das Haus und die Familie.»

«Und inwiefern soll das auch nur im Geringsten mit einer unbekannten jungen Frau zu tun haben, die aus dem Ausland hergekommen und hier umgebracht worden ist?»

«Nun, das ist genau der springende Punkt», sagte Craddock. «*Warum* ist sie hergekommen? Hatte sie eine Verbindung zu dem Haus? Hat sie zum Beispiel mal als Bedienstete hier gearbeitet? Meinetwegen als Zofe? Oder ist sie hergekommen, um sich hier mit einem früheren Bewohner von Rutherford Hall zu treffen?»

Mr. Wimborne sagte eisig, Rutherford Hall sei von der Familie Crackenthorpe bewohnt worden, seit Josiah Crackenthorpe den Landsitz 1884 erbaut habe.

«Ach, das ist ja interessant», sagte Craddock. «Könnten Sie mir wohl einen kurzen Abriss der Familiengeschichte –»

Mr. Wimborne zuckte die Schultern.

«Da gibt es nicht viel zu erzählen. Josiah Crackenthorpe hat Pralinen und Salzgebäck hergestellt, Saucen, Pickles usw. Er hat ein riesiges Vermögen gemacht. Und er hat diesen Landsitz gebaut. Heute wohnt hier Luther Crackenthorpe, sein ältester Sohn.»

«Gab es weitere Söhne?»

«Einen, Henry, der ist 1911 bei einem Autounfall ums Leben gekommen.»

«Und der gegenwärtige Mr. Crackenthorpe hat nie daran gedacht, das Haus zu verkaufen?»

«Das kann er nicht», sagte der Anwalt trocken. «Durch das Testament seines Vaters sind ihm die Hände gebunden.»

«Würden Sie mir wohl von diesem Testament erzählen?»

«Warum sollte ich?»

Inspector Craddock lächelte.

«Ich kann es mir in Somerset House auch selbst anschauen, wenn's sein muss.»

Mr. Wimborne lächelte widerstrebend und griesgrämig.

«Das stimmt, Inspector. Ich protestiere lediglich, da die von Ihnen erbetene Information nichts zur Sache tut. Was Josiah Crackenthorpes Testament angeht, gibt es kein Geheimnis. Er hat sein beträchtliches Vermögen einer Treuhandgesellschaft überschrieben. Die Zinsen sind lebenslänglich an seinen Sohn Luther auszuzahlen, und nach Luthers Tod wird das Kapital zu gleichen Teilen unter Luthers Kindern Edmund, Cedric, Harold, Alfred, Emma und Edith aufgeteilt. Edmund ist im Krieg gefallen, und Edith ist vor vier Jahren gestorben, so dass das Geld nach Luther Crackenthorpes Ableben unter Cedric, Harold, Alfred, Emma und Ediths Sohn Alexander aufgeteilt wird.»

«Und das Haus?»

«Das Haus geht an Luther Crackenthorpes ältesten Sohn oder seine Nachkommen.»

«War Edmund Crackenthorpe verheiratet?»

«Nein.»

«Die Immobilie geht also –?»

«An den nächsten Sohn – Cedric.»
«Mr. Luther Crackenthorpe selbst kann sie nicht veräußern?»
«Nein.»
«Und er kann auch nicht über das Kapital verfügen?»
«Nein.»
«Ist das nicht ziemlich ungewöhnlich? Ich habe den Eindruck, dass sein Vater ihn nicht besonders mochte», sagte Inspector Craddock listig.

«Ihr Eindruck trügt nicht», sagte Mr. Wimborne. «Der alte Josiah war schwer enttäuscht, dass sein ältester Sohn kein Interesse für den Familienbetrieb – oder auch für irgendwelche anderen Betriebe – an den Tag legte. Luther verbrachte seine Zeit im Ausland und sammelte Kunstschätze. Der alte Josiah stand solchen Dingen ablehnend gegenüber. Daher ließ er sein Geld von Treuhändern für die übernächste Generation verwalten.»

«Aber bis dahin kommt diese übernächste Generation nicht in den Genuss der Zinsen, sondern muss selber für ihren Lebensunterhalt sorgen oder hoffen, dass ihr Vater ihnen gelegentlich etwas zukommen lässt, und ihr Vater wiederum empfängt beträchtliche Zinsen, hat aber keine Verfügungsbefugnis über das Kapital.»

«Genau. Und was das alles mit der Ermordung einer unbekannten jungen Ausländerin zu tun haben soll, will mir nicht in den Kopf!»

«Auf den ersten Blick hat es überhaupt nichts damit zu tun», bestätigte Inspector Craddock, «nur möchte ich zunächst einmal sämtliche Tatsachen festhalten.»

Mr. Wimborne sah ihn durchdringend an, dann erhob er sich, offenbar zufrieden mit dem Ergebnis seiner Musterung.

«Ich gedenke jetzt nach London zurückzukehren», sagte er. «Es sei denn, Sie hätten noch weitere Fragen an mich.»

Er sah zwischen den beiden Männern hin und her.

«Nein, vielen Dank, Sir.»

Draußen in der Halle ertönte fortissimo der Gong.

«Ach du liebe Zeit», sagte Mr. Wimborne. «Das muss einer der Jungen sein.»

Inspector Craddock erhob die Stimme, um sich trotz des Lärms Gehör zu verschaffen:

«Wir sollten die Familie in Ruhe zu Mittag essen lassen, aber Inspector Bacon und ich würden gern – sagen wir gegen 14.15 zurückkehren und uns nacheinander kurz mit allen Familienmitgliedern unterhalten.»

«Ist das wirklich unumgänglich?»

«Na ja ...» Craddock zuckte die Achseln. «Manchmal kommt etwas dabei heraus. Vielleicht erinnert sich irgendjemand an irgendetwas, das uns Anhaltspunkte für die Identifizierung der Frau verschafft.»

«Ich wage es zu bezweifeln, Inspector, sehr sogar. Aber ich wünsche Ihnen Glück. Wie gesagt, je eher diese unangenehme Angelegenheit aufgeklärt wird, desto besser für alle Beteiligten.»

Er schüttelte den Kopf und verließ gemächlich das Zimmer.

II

Lucy war nach der gerichtlichen Untersuchung direkt in die Küche zurückgegangen und hatte mit der Vorbereitung des Mittagessens alle Hände voll zu tun, als Bryan Eastley den Kopf zur Tür hereinstreckte.

«Kann ich Ihnen in irgendeiner Weise behilflich sein?», fragte er. «Ich eigne mich als Mädchen für alles.»

Lucy warf ihm einen kurzen, leicht zerstreuten Blick zu. Bryan war in seinem kleinen Morris-Sportwagen direkt zur gerichtlichen Untersuchung gekommen, und sie konnte ihn noch nicht recht einschätzen.

Er machte einen sympathischen Eindruck. Ein liebenswürdiger junger Mann Anfang dreißig mit braunen Haaren, eher schwermütigen blauen Augen und einem buschigen blonden Schnurrbart.

«Die Jungen sind noch nicht zurück», sagte er, kam herein und setzte sich auf das Ende des Küchentischs. «Mit den Rädern dürften sie noch zwanzig Minuten brauchen.»

Lucy lächelte.

«Sie waren ja ganz versessen darauf, bloß nichts zu verpassen.»

«Kein Wunder. Ich meine – die erste gerichtliche Untersuchung in ihrem jungen Leben und dann gewissermaßen direkt vor der Haustür.»

«Würde es Ihnen etwas ausmachen, vom Tisch aufzustehen, Mr. Eastley. Ich brauche Platz für die Backform.»

Bryan gehorchte.

«Ach du liebes bisschen, das Fett ist ja phänomenal heiß. Was tun Sie denn da rein?»

«Yorkshire Pudding.»

«Ein Hoch auf Yorkshire. Steht heute das gute alte englische Roastbeef auf der Speisekarte?»

«Ja.»

«Also ein Braten zum Leichenschmaus. Riecht gut.» Er schnupperte anerkennend. «Stört es Sie, wenn ich drauflos fasle?»

«Wenn Sie zum Helfen gekommen sind, wäre es mir lieber, Sie würden mir helfen.» Sie zog das nächste Backblech aus dem Ofen. «Hier – drehen Sie die Kartoffeln um, damit sie auch auf der anderen Seite braun werden...»

Bryan befolgte die Anweisungen ohne zu zögern.

«Hat das alles vor sich hingebrutzelt, während wir bei der gerichtlichen Untersuchung waren? Wenn das nun alles verbrannt wäre?»

«Sehr unwahrscheinlich. Der Herd lässt sich regulieren.»

«Eine Art elektrisches Gehirn, was?»

Lucy warf ihm einen kurzen Blick zu.

«Genau. Jetzt schieben Sie das Blech wieder in den Ofen. Hier, nehmen Sie den Topflappen. Die zweitunterste Einschubleiste – die oberste brauche ich für den Yorkshire Pudding.»

Bryan gehorchte, schrie aber kurz auf.

«Haben Sie sich verbrannt?»

«Nur ein bisschen. Ist nicht schlimm. Kochen ist ja ein richtig gefährliches Spiel.»

«Ich nehme an, Sie haben noch nie selber gekocht.»

«Eigentlich doch – sogar oft. Aber so etwas noch nie. Ich kann mir ein Ei kochen – wenn ich nicht vergesse, auf die Uhr zu sehen. Und ich kann Spiegeleier und Speck machen. Und ich kann ein Steak unter den Grill legen oder eine Suppendose aufmachen. Ich habe in meiner Wohnung eins von diesen kleinen elektrischen Dingsdas ...»

«Sie leben in London?»

«Wenn Sie das Leben nennen – ja.»

Er klang bedrückt. Er sah zu, wie Lucy die Eiermischung in die Pfanne goss.

«Das macht ja mächtig Spaß», sagte er seufzend.

Als ihre Arbeit fürs Erste getan war, fand Lucy Zeit, ihn genauer anzuschauen.

«Was? Das Kochen?»

«Ja. Erinnert mich an das Kochen bei uns daheim – in meiner Kindheit.»

Lucy fiel auf, dass Bryan Eastley etwas merkwürdig Verlorenes und Verlassenes hatte. Als sie ihn eingehender in Augenschein nahm, sah sie, dass er älter war, als sie zunächst gedacht hatte. Er musste auf die vierzig zugehen. Es war schwer, sich ihn als Alexanders Vater vorzustellen. Er erinnerte sie an unzählige junge Piloten, die sie im Krieg kennen gelernt hatte, als sie erst leicht zu beeindruckende vierzehn Jahre alt gewesen war. Sie hatte sich weiterentwickelt und war in der Nachkriegswelt groß geworden – aber sie hatte das Gefühl, Bryan habe sich nicht weiterentwickelt, sondern sei von der seither verstrichenen Zeit überholt worden. Sein nächster Satz bestätigte das. Er hatte sich wieder auf dem Küchentisch niedergelassen.

«Wir leben in einer unübersichtlichen Welt», sagte er, «finden Sie nicht auch? Ich meine, es ist schwierig, sich in ihr zurechtzufinden. Man ist darauf einfach nicht vorbereitet worden.»

Lucy dachte an Emmas Erzählungen.

«Sie waren Jagdflieger, nicht wahr?», sagte sie. «Sie haben das Fliegerkreuz bekommen.»

«Und genau das wird Ihnen zum Klotz am Bein. Sie laufen mit Lametta an der Brust herum, also versuchen die Leute, es

Ihnen leicht zu machen. Verschaffen Ihnen eine Stelle und so. Hoch anständig von ihnen. Aber das ist etwas für Federfuchser, und darauf verstehen Sie sich einfach nicht. Sie sitzen an einem Tisch und verstricken sich in Zahlenkolonnen. Ich hatte so meine eigenen Ideen, hatte mir ein paar Sachen einfallen lassen. Aber Sie bekommen keine Unterstützung. Können niemanden dazu bringen, Ihnen das Geld vorzustrecken. Wenn ich ein bisschen Kapital hätte –»

Er geriet ins Brüten.

«Sie haben Edie nicht kennen gelernt, oder? Meine Frau? Nein, natürlich nicht. Sie war anders als ihre ganzen Geschwister. Vor allen Dingen jünger. Sie war Luftwaffenhelferin. Hat immer gesagt, ihr alter Herr sei übergeschnappt. Ist er übrigens auch. Ein unglaublicher Knickstiefel. Aber das letzte Hemd hat keine Taschen. Wenn er stirbt, muss das Geld sowieso aufgeteilt werden. Edies Anteil geht natürlich an Alexander. Aber er kommt erst mit einundzwanzig an das Kapital heran.»

«Entschuldigung, aber können Sie bitte wieder aufstehen. Ich möchte anrichten und die Bratensauce zubereiten.»

In diesem Augenblick kamen Alexander und Stoddart-West außer Atem und mit erhitzten Gesichtern herein.

«Hallo Bryan», sagte Alexander freundlich zu seinem Vater. «Hier hast du dich also versteckt. Mann, das ist ja ein klasse Braten. Gibt es Yorkshire Pudding dazu?»

«Na klar.»

«In der Penne gibt es nur grauslichen Yorkshire Pudding – ganz feucht und klitschig.»

«Aus dem Weg», sagte Lucy. «Ich muss Sauce machen.»

«Machen Sie viel Sauce. Können wir zwei Saucieren voll haben?»

«Ja.»

«Pfundig», sagte Stoddart-West deutlich artikuliert.

«Blass mag ich sie aber nicht», sagte Alexander ängstlich.

«Die bräunt noch.»

«Sie ist eine klasse Köchin», sagte Alexander zu seinem Vater.

Lucy hatte den Eindruck eines Rollentauschs. Alexander sprach wie ein gütiger Vater zu seinem Sohn.

«Können wir Ihnen helfen, Miss Eyelesbarrow?», fragte Stoddart-West höflich.

«Ja, gern. Alexander, geh raus und schlag den Gong. James, würdest du dieses Tablett in den Speisesaal bringen? Und nehmen Sie den Braten, Mr. Eastley? Ich komme dann mit den Kartoffeln und dem Yorkshire Pudding nach.»

«Da draußen ist noch ein Mann von Scotland Yard», sagte Alexander. «Glauben Sie, der isst mit uns zu Mittag?»

«Das hängt davon ab, wie deine Tante mit ihm verblieben ist.»

«Ich glaube, Tante Emma würde es nichts ausmachen … Sie ist sehr gastfreundlich. Aber Onkel Harold wäre wahrscheinlich dagegen. Dem liegt der Mord schwer im Magen.» Alexander balancierte das Tablett durch die Tür und warf über die Schulter zurück: «Im Moment ist Mr. Wimborne in der Bibliothek bei dem Mann von Scotland Yard. Aber Mr. Wimborne bleibt nicht zum Essen. Er hat gesagt, er muss nach London zurück. Komm, Stodders. Ach, der ist schon am Gong.»

Der Gong hatte das Kommando übernommen. Stoddart-West war ein Künstler. Er gongte mit aller Kraft und unterband jede weitere Konversation.

Bryan trug den Braten, Lucy folgte mit dem Gemüse und ging noch einmal in die Küche zurück, um die beiden randvollen Saucieren zu holen.

Mr. Wimborne stand in der Halle und zog seine Handschuhe an, als Emma die Treppe herabgeeilt kam.

«Wollen Sie wirklich nicht zum Mittagessen bleiben, Mr. Wimborne? Es ist alles bereit.»

«Bedaure, ich muss in dringenden Dingen nach London zurück. Der Zug hat einen Speisewagen.»

«Es war sehr freundlich von Ihnen zu kommen», sagte Emma dankbar.

Die beiden Polizeibeamten kamen aus der Bibliothek.

Mr. Wimborne ergriff Emmas Hand.

«Machen Sie sich keine Sorgen, meine Liebe», sagte er. «Das

hier ist Detective-Inspector Craddock vom New Scotland Yard, der die Ermittlungsarbeiten übernommen hat. Er wird Ihnen ab Viertel nach zwei einige Fragen stellen, deren Antworten ihm bei der Untersuchung weiterhelfen können. Aber wie gesagt, es besteht überhaupt kein Grund zur Sorge.» Er sah Craddock an. «Ich nehme an, ich kann Ihre Informationen Miss Crackenthorpe gegenüber wiederholen?»

«Gewiss, Sir.»

«Inspector Craddock hat mich darüber in Kenntnis gesetzt, dass es sich höchstwahrscheinlich nicht um ein Lokaldelikt handelt. Es wird angenommen, dass die Ermordete aus London kam und eine Ausländerin war.»

Emma Crackenthorpe sagte scharf:

«Eine Ausländerin. War sie Französin?»

Mr. Wimborne hatte sie mit seiner Bemerkung trösten wollen und wirkte erstaunt. Dermot Craddock blickte Emma forschend an.

Er fragte sich, wie sie darauf kam, die Ermordete könne Französin gewesen sein, und warum diese Vorstellung sie zu beunruhigen schien.

Neuntes Kapitel

I

Die Einzigen, die Lucys köstliches Mittagessen zu würdigen wussten, waren die beiden Jungen und Cedric Crackenthorpe, der von den Umständen, die ihn nach England zurückgebracht hatten, vollkommen unbeeindruckt zu sein schien. Für ihn war die ganze Angelegenheit offenbar ein guter Witz, wenn auch von etwas makabrer Natur.

Lucy merkte, dass diese Haltung seinem Bruder Harold sauer aufstieß. Der schien den Mord als eine persönliche Beleidigung der Familie Crackenthorpe anzusehen und war dermaßen empört, dass er die Speisen kaum anrührte. Emma wirkte beunruhigt und unglücklich und aß ebenfalls nur wenig. Alfred schien tief in Gedanken versunken und sagte kaum ein Wort. Er war ein recht gut aussehender Mann mit einem schmalen dunklen Gesicht und eng stehenden Augen.

Nach dem Mittagessen kehrten die Polizeibeamten zurück und fragten höflich, ob sie wohl kurz Mr. Cedric Crackenthorpe sprechen dürften.

Inspector Craddock war leutselig und freundlich.

«Setzen Sie sich doch, Mr. Crackenthorpe. Wie ich höre, sind Sie soeben von den Balearen zurückgekehrt. Leben Sie dort unten?»

«Seit sechs Jahren. Auf Ibiza. Gefällt mir besser als dieses nasskalte Land.»

«Sie bekommen viel mehr Sonnenschein als wir, kann ich mir vorstellen», sagte Inspector Craddock verbindlich. «Aber Sie sollen erst kürzlich zu Hause gewesen sein – zu Weihnachten, genau gesagt. Warum mussten Sie schon so bald wieder kommen?»

Cedric grinste.

«Habe ein Telegramm von Emma bekommen, meiner Schwester. Wir hatten vorher noch nie einen Mord auf dem Gelände. Wollte nichts verpassen – also bin ich gekommen.»

«Interessieren Sie sich für Kriminologie?»

«Na, das Wort ist wohl etwas hochgestochen. Ich mag einfach Mordfälle – Detektivgeschichten und so! Und einen Mordfall vor der eigenen Haustür hat man nicht alle Tage. Außerdem dachte ich, die arme Em könnte ein bisschen Hilfe gebrauchen – der alte Herr muss versorgt werden, die Polizei und was weiß ich noch alles.»

«Verstehe. Es reizte Ihren Sportsgeist und Ihren Familiensinn. Ich bezweifle nicht, dass Ihre Schwester Ihnen sehr dankbar ist – obwohl ihre beiden anderen Brüder ebenfalls hergekommen sind.»

«Aber nicht, um sie zu unterstützen und aufzubauen», erklärte Cedric ihm. «Harold ist schrecklich wütend auf sie. Der Finanzmann aus der City ist alles andere als angetan davon, dass er in die Ermordung einer Halbweltdame hineingezogen worden ist.»

Craddock zog leicht die Augenbrauen hoch.

«War sie – eine Halbweltdame?»

«Na, das müssten Sie doch am besten beurteilen können. Die Tatsachen scheinen mir jedenfalls ganz darauf hinzuweisen.»

«Ich dachte, Sie hätten vielleicht sogar einen Tipp, wer sie war.»

«Kommen Sie, Inspector, Sie wissen doch schon – oder Ihre Kollegen können es Ihnen sagen, dass ich sie nicht identifizieren konnte.»

«Ich sagte ja auch ‹einen Tipp›, Mr. Crackenthorpe. Sie haben die Frau vielleicht noch nie *gesehen* – aber Sie können unter Umständen erraten, wer sie war – oder wer sie gewesen sein könnte.»

Cedric schüttelte den Kopf.

«Da sind Sie auf dem Holzweg. Ich habe keinen blassen

Schimmer. Sie wollen vermutlich darauf hinaus, dass sie in der Großen Scheune ein Rendezvous mit einem von uns hatte. Aber keiner von uns lebt hier. Im Haus wohnen nur eine Frau und ein alter Mann. Und Sie wollen wohl kaum im Ernst behaupten, dass sie zu einem Techtelmechtel mit meinem verehrten Paps hergekommen ist.»

«Wir gehen der Vermutung nach – und Inspector Bacon ist da ganz meiner Meinung –, dass die Frau früher einmal in Verbindung mit diesem Haus gestanden haben könnte. Das könnte durchaus einige Jahre her sein. Versetzen Sie sich doch in Gedanken einmal zurück, Mr. Crackenthorpe.»

Cedric überlegte kurz und schüttelte dann den Kopf.

«Wir hatten wie die meisten Leute von Zeit zu Zeit ausländisches Personal, aber mir fällt niemand ein, der dafür in Frage käme. Fragen Sie lieber die anderen – die wissen vielleicht mehr als ich.»

«Das werden wir selbstverständlich noch tun.»

Craddock lehnte sich zurück und fuhr fort: «Wie Sie bei der gerichtlichen Untersuchung gehört haben, kann der Pathologe den Zeitpunkt des Todes nur eingrenzen. Mehr als zwei Wochen, weniger als vier – also um Weihnachten herum. Sie sagten, Sie seien Weihnachten nach Hause gekommen. Wann sind Sie in England angekommen und wann wieder weggefahren?»

Cedric überlegte.

«Mal sehen ... ich bin geflogen. Angekommen bin ich am Samstag vor Weihnachten – das muss also der 21. gewesen sein.»

«Sie hatten einen Direktflug ab Mallorca?»

«Ja. Bin um fünf Uhr früh los und war mittags hier.»

«Und zurück?»

«Da bin ich am Freitag darauf geflogen, am 27.»

«Vielen Dank.»

Cedric grinste.

«Zeitlich wäre es mir also dummerweise möglich gewesen. Aber ich muss Sie enttäuschen, Inspector, das Erdrosseln junger Frauen gehört *nicht* zu meinen weihnachtlichen Lieblingsbeschäftigungen.»

«Das will ich auch nicht hoffen, Mr. Crackenthorpe.»

Inspector Bacon sah bloß missbilligend drein.

«So etwas würde ja auch nicht gerade von Frieden und gutem Willen zeugen, meinen Sie nicht auch?»

Cedric richtete seine Frage an Inspector Bacon, der nur knurrte. Inspector Craddock sagte höflich:

«Vielen Dank, Mr. Crackenthorpe. Das wäre alles.»

«Na, was halten Sie von ihm?», fragte Craddock, als Cedric die Tür hinter sich geschlossen hatte.

Bacon knurrte wieder.

«So blasiert, dass er zu allem imstande wäre», sagte er. «Ich mag diesen Menschentyp nicht. Ein loses Völkchen, diese Künstler, das oft genug Umgang mit zweifelhaften Frauenzimmern pflegt.»

Craddock lächelte.

«Und ich mag seine Kleidung nicht», fuhr Bacon fort. «Hat keinen Respekt – in so einem Aufzug zu einer gerichtlichen Untersuchung zu gehen. Die dreckigste Hose, die ich seit langem gesehen habe. Und haben Sie seine Krawatte gesehen? Sah aus wie aus bunten Bindfäden. Wenn Sie mich fragen, erdrosselt so ein Mann eine Frau ohne viel Federlesens.»

«Die hier hat er aber nicht erdrosselt – jedenfalls nicht, wenn er Mallorca wirklich erst am 21. verlassen hat. Aber das ist ja leicht nachzuprüfen.»

Bacon warf ihm einen kritischen Blick zu.

«Ich habe gemerkt, dass Sie das tatsächliche Datum des Verbrechens noch nicht preisgeben.»

«Nein, das behalten wir vorläufig für uns. Am Anfang einer Ermittlung habe ich gern noch einen Trumpf im Ärmel.»

Bacon war ganz seiner Meinung.

«Stimmt, es ist immer das Beste, man rückt erst im entscheidenden Moment damit raus», meinte er.

«Dann wollen wir mal hören, was unser korrekter City-Gentleman zu der Sache zu sagen hat», sagte Craddock.

Der zugeknöpfte Harold Crackenthorpe hatte sehr wenig zu sagen. Einfach geschmacklos – ein äußerst unglücklicher Vorfall. Er fürchte, die Zeitungen ... die ersten Reporter hätten seines Wissens schon um Unterredungen gebeten ... Dieser ganze Firlefanz ... äußerst bedauerlich ...

Harolds abgehackte Satzfetzen rissen ab. Er lehnte sich mit der Miene eines Mannes zurück, dem ein übler Gestank in die Nase gestiegen ist.

Die Nachfragen des Inspectors blieben ergebnislos. Nein, er habe keine Ahnung, wer die Frau war oder gewesen sein könne. Ja, er habe Weihnachten in Rutherford Hall verbracht. Er habe London erst Heiligabend verlassen können – sei aber über das folgende Wochenende geblieben.

«Das war's dann schon», sagte Inspector Craddock, ohne Harold mit weiteren Fragen zuzusetzen. Ihm war bereits klar geworden, dass dieser keine große Hilfe sein würde.

Als Nächstes nahm er sich Alfred vor, der mit leicht übertriebener Nonchalance den Raum betrat.

Alfred Crackenthorpe kam Craddock dunkel bekannt vor. Dieses Familienmitglied hatte er doch schon gesehen? Oder war sein Bild in der Zeitung gewesen? Die Erinnerung hatte einen leichten Hautgout. Er erkundigte sich nach Alfreds Beruf, bekam aber nur eine ausweichende Antwort.

«Momentan bin ich im Versicherungswesen. Vor kurzem habe ich einen neuen Diktaphontyp auf den Markt gebracht. Ziemlich revolutionär – übrigens hervorragend angekommen.»

Inspector Craddock nickte anerkennend – und niemand wäre auf den Gedanken gekommen, dass ihm die oberflächliche Eleganz von Alfreds billigem Anzug auffiel. Cedrics Garderobe war unansehnlich und fadenscheinig, bestand aber aus einstmals feinem Tuch mit gutem Schnitt. Hier hatte er einen Talmiglanz vor sich, der seine eigene Geschichte erzählte. Craddock stellte freundlich seine Routinefragen. Alfred schien interessiert – sogar leicht amüsiert.

«Keine schlechte Idee, dass die Frau mal hier gearbeitet haben könnte. Aber nicht als Zofe; ich glaube, so was hat meine Schwester nie gehabt. Hat doch heutzutage keiner mehr. Aber ausländische Hausangestellte hatten wir natürlich immer wieder. Polen – und ein paar sture Deutsche. Aber da Emma die Frau definitiv nicht erkannt hat, fällt die Möglichkeit wohl ins Wasser, Inspector. Emma hat ein hervorragendes Gesichtergedächtnis. Nein, wenn die Frau aus London kam ... wie kommen Sie übrigens darauf, dass sie aus London kam?»

Er ließ die Frage en passant einfließen, aber seine Augen waren hellwach und gespannt.

Inspector Craddock lächelte und schüttelte den Kopf.

Alfred sah ihn prüfend an.

«Wird nicht verraten, was? Eine Rückfahrkarte in der Manteltasche oder so etwas?»

«Könnte sein, Mr. Crackenthorpe.»

«Also angenommen, sie kam aus London, dann hielt der Bursche, den sie hier treffen wollte, die Große Scheune vielleicht für den idealen Ort, um sie still und heimlich um die Ecke zu bringen. Er kennt sich hier ja offensichtlich bestens aus. An Ihrer Stelle würde ich nach *dem* suchen, Inspector.»

«Das tun wir», sagte Inspector Craddock. Die drei kleinen Wörter klangen ruhig und zuversichtlich.

Er dankte Alfred und entließ ihn.

«Wissen Sie was», sagte er zu Bacon, «ich kenne diesen Kerl irgendwoher...»

Inspector Bacon sprach über Alfred das Urteil.

«Aalglatter Bursche», sagte er. «So glatt, dass er manchmal ausrutscht.»

II

«Ich weiß gar nicht, ob Sie mich überhaupt sprechen wollen», sagte Bryan Eastley schüchtern, als er ins Zimmer trat und gleich an der Tür stehen blieb. «Ich gehöre im Grunde gar nicht zur Familie –»

«Mal sehen. Sie sind Mr. Bryan Eastley, der Witwer der vor fünf Jahren verstorbenen Miss Edith Crackenthorpe?»

«Das stimmt.»

«Wir sind Ihnen für Ihre Mitarbeit sehr dankbar, Mr. Eastley, besonders wenn Sie etwas wissen, das uns Ihres Erachtens auf die eine oder andere Weise weiterhilft.»

«Aber ich weiß nichts. Würde ich ja gerne. Die ganze Sache ist so verflixt komisch, nicht wahr? Kommt die her und trifft mitten im Winter in dieser zugigen alten Scheune einen Mann. Ich würde mich ja bedanken!»

«Es ist allerdings verblüffend», bestätigte Inspector Craddock.

«Stimmt es, dass sie Ausländerin war? Ich habe so etwas läuten gehört.»

«Fällt Ihnen dazu etwas ein?» Der Inspector sah ihn prüfend an, aber Bryans Miene blieb freundlich und nichtssagend.

«Nein, gar nichts, ehrlich gesagt.»

«Sie stammte vielleicht aus Frankreich», sagte Inspector Bacon mit einem Anflug von Argwohn.

Bryan wurde etwas lebhafter. Seine blauen Augen huschten etwas interessierter umher, und er zwirbelte seinen buschigen blonden Schnurrbart.

«Ach ja? *Paris et l'amour?*» Er schüttelte den Kopf. «Alles in allem macht es das nur unwahrscheinlicher, oder? Ein Herumturteln in der Scheune, meine ich. Oder haben Sie zufällig noch andere Sarkophagmorde? Dass ein Kerl mit einem Trieb dahintersteckt – oder einem Komplex? Sich für Caligula oder so hält?»

Inspector Craddock machte sich nicht einmal die Mühe, diese Mutmaßung zu entkräften. Stattdessen fragte er beiläufig:

«In der Familie hat niemand zufällig Verbindungen nach Frankreich oder – oder – Verwandte, von denen Sie wüssten?»

Bryan verneinte; die Crackenthorpes hätten für *l'amour* nicht viel übrig.

«Harold ist anständig verheiratet», sagte er. «Ein Fischgesicht von Frau, Tochter eines verarmten Peers. Alfred macht sich, glaube ich, nicht viel aus Frauen – verbringt sein Leben lieber mit Mauscheleien, die am Ende meistens in die Binsen gehen. Ich könnte mir denken, dass Cedric ein paar spanische Señoritas hat, die auf Ibiza nach seiner Pfeife tanzen. Die Frauen fliegen auf ihn. Rasiert sich zwar kaum je und sieht aus, als würde er sich nie waschen. Verstehe ja nicht, warum das auf Frauen so anziehend wirkt, aber anscheinend tut es das – also hilfreich bin ich Ihnen nicht gerade, was?»

Er grinste sie an.

«Halten Sie sich lieber an meinen Alexander. Der ist mit James Stoddart-West unterwegs und sucht im großen Stil nach Beweisen. Wetten, die stöbern irgendetwas auf?»

Inspector Craddock sagte, das hoffe er. Dann dankte er Bryan Eastley und sagte, er würde sich als Nächstes gern mit Miss Crackenthorpe unterhalten.

III

Inspector Craddock betrachtete Emma Crackenthorpe eingehender als zuvor. Die Miene, mit der sie ihn vor dem Mittagessen überrascht hatte, ging ihm nicht aus dem Kopf.

Eine ruhige Frau. Nicht dumm. Aber auch kein Schlaumeier. Eine von diesen netten, sympathischen Frauen, die von Männern leicht als selbstverständlich hingenommen wurden, und die sich auf die Kunst verstanden, aus einem Haus ein Zuhause zu machen und eine Atmosphäre der Behaglichkeit und Eintracht herzustellen. Emma Crackenthorpe hielt er für eine solche Frau.

Solche Frauen wurden oft verkannt. Hinter ihrem ruhigen Äußeren verbarg sich Charakterstärke, und man durfte sie nicht unterschätzen. Vielleicht, mutmaßte Craddock, ruhte der Schlüssel zum Geheimnis der Toten im Sarkophag in den tiefsten Tiefen von Emmas Geist.

Während ihm das alles durch den Kopf ging, stellte er eine Reihe unwichtiger Fragen.

«Ich nehme an, das meiste haben Sie Inspector Bacon bereits erklärt», sagte er. «Wahrscheinlich muss ich Sie also kaum noch mit Fragen belästigen.»

«Fragen Sie ruhig, was Sie möchten.»

«Wie Mr. Wimborne Ihnen bereits gesagt hat, sind wir zu

dem Schluss gelangt, dass die Tote nicht von hier stammte. Das ist vielleicht eine Erleichterung für Sie – Mr. Wimborne nahm das jedenfalls an –, aber unsere Arbeit erschwert es. Die Tote ist dadurch weniger leicht zu identifizieren.»

«Hatte sie denn gar nichts dabei? Eine Handtasche? Papiere?»

Craddock schüttelte den Kopf.

«Keine Handtasche, nichts im Mantel.»

«Sie haben keine Ahnung, wie sie hieß – oder woher sie kam – gar nichts?»

«Sie will es wissen», dachte Craddock, «sie muss partout erfahren, wer diese Frau war. Ob es ihr schon die ganze Zeit so geht? Bacon hatte offenbar nicht den Eindruck – und der lässt sich nicht so leicht was vormachen...»

«Wir wissen nichts über sie», sagte er. «Deswegen bauen wir auf Ihre Hilfe. Sind Sie sicher, dass Sie uns nicht helfen können? Selbst wenn Sie sie nicht erkannt haben – können Sie sich denken, wer sie vielleicht sein könnte?»

Vielleicht bildete er es sich nur ein, aber er hatte den Eindruck, dass sie mit der Antwort einen Moment zögerte.

«Ich habe nicht die leiseste Ahnung», sagte sie dann.

Inspector Craddocks Auftreten änderte sich unmerklich. Es war kaum spürbar, eigentlich bekam nur seine Stimme einen Anflug von Härte.

«Als Mr. Wimborne sagte, die Frau sei eine Ausländerin, warum dachten Sie da, sie sei Französin?»

Emma ließ sich nicht aus der Fassung bringen, zog nur leicht die Augenbrauen hoch.

«Habe ich das? Ja, stimmt, habe ich wohl. Ich weiß nicht warum – außer dass man ja alle Ausländer für Franzosen hält, bis man dann ihre wirkliche Nationalität erfährt. Die meisten Ausländer hierzulande sind doch Franzosen, oder?»

«Oh, das würde ich nicht sagen, Miss Crackenthorpe. Das hat sich längst geändert. Heutzutage gibt es hier so viele Nationalitäten, Italiener, Deutsche, Österreicher, die ganzen Skandinavier –»

«Ja, da haben Sie wohl Recht.»

«Sie haben also keinen besonderen Grund, warum Sie die Frau für eine Französin hielten?»

Sie verneinte es ohne Hast, überlegte bloß einen Augenblick und schüttelte dann fast bedauernd den Kopf.

«Nein», sagte sie. «Nein, eigentlich nicht.»

Ruhig hielt sie seinem Blick stand, zuckte mit keiner Wimper. Craddock sah Inspector Bacon an. Der beugte sich vor und hielt Miss Crackenthorpe eine kleine Puderdose aus Email hin.

«Kommt Ihnen das bekannt vor, Miss Crackenthorpe?»

Sie nahm die Dose in die Hand und untersuchte sie.

«Nein. Mir gehört sie nicht.»

«Wissen Sie, wem sie gehört hat?»

«Nein.»

«Dann brauchen wir Sie vorläufig nicht weiter zu behelligen, glaube ich.»

«Danke.»

Sie lächelte sie kurz an, erhob sich und verließ das Zimmer. Erneut bildete er es sich vielleicht nur ein, aber Craddock glaubte, sie bewege sich mit leichter Hast, wie getrieben von einer gewissen Erleichterung.

«Glauben Sie, sie weiß etwas?», fragte Bacon.

Inspector Craddock sagte bedauernd:

«In einem bestimmten Stadium unterstellt man jedem mehr Wissen, als er preisgeben will.»

«Und meistens liegt man damit richtig», bestätigte Bacon aus seinem reichhaltigen Erfahrungsschatz. «Nur hat es oft nichts mit dem Fall zu tun, um den es gerade geht», fügte er hinzu, «sondern mit irgendeiner Jugendsünde, oder die Leute haben Angst davor, dass ihre schmutzige Wäsche in der Öffentlichkeit gewaschen wird.»

«Ja, das kenne ich. Na ja, wenigstens –»

Aber Inspector Craddocks Satz blieb unvollendet, denn die Tür flog auf, und ein äußerst aufgebrachter alter Mr. Crackenthorpe schlurfte herein.

«So weit kommt das noch, dass Scotland Yard anrückt und nicht mal den Anstand mitbringt, sich als Erstes mit dem Familien oberhaupt zu unterhalten! Wer ist denn hier wohl der Herr im Haus, können Sie mir das mal verraten? Na? Wer ist hier der Herr im Haus?»

«Natürlich Sie, Mr. Crackenthorpe», sagte Craddock besänftigend und erhob sich. «Wir waren davon ausgegangen, Sie hätten Inspector Bacon bereits alles gesagt, was Sie wissen, und angesichts Ihrer angegriffenen Gesundheit wollten wir Sie nicht über Gebühr strapazieren. Dr. Quimper sagte –»

«Das will ich meinen – das will ich meinen. Ein robuster Mann bin ich nicht ... Aber was den Dr. Quimper angeht, der ist ein altes Waschweib – guter Arzt und voller Verständnis für meine Leiden – aber er neigt dazu, mich in Watte zu packen. Hat eine fixe Idee, was das Essen angeht. Als ich mir Weihnachten ein bisschen den Magen verdorben hatte, konnte er sich gar nicht wieder beruhigen – was hatte ich gegessen, wann, wer hatte es gekocht, wer aufgetragen – so ein Affentheater! Aber wenn meine Gesundheit auch nicht die beste ist, so geht es mir doch gut genug, um Ihnen zu helfen, wo ich nur kann. Ein Mord unter meinem Dach – oder zumindest in meiner Scheune! Übrigens ein interessanter Bau. Noch aus elisabethanischer Zeit. Der örtliche Architekt glaubt das zwar nicht, aber der Bursche weiß nicht, wovon er redet. Keinen Tag nach 1580 erbaut – aber darum geht es jetzt ja nicht. Also, was wollen Sie wissen? Was ist der Stand Ihrer Theorien?»

«Für Theorien ist es noch etwas zu früh, Mr. Crackenthorpe. Wir versuchen noch herauszufinden, wer die Frau war.»

«Ausländerin, sagten Sie?»

«Das nehmen wir an.»

«Feindliche Agentin?»

«Unwahrscheinlich, will ich meinen.»

«Wollen Sie meinen – wollen Sie meinen! Die sind überall, diese Leute. Infiltrieren das ganze Land! Mir unbegreiflich, warum die Einwanderungsbehörde sie ins Land lässt. Betreiben nichts als Wirtschaftsspionage, möchte ich wetten. Und sie hat das bestimmt auch gemacht.»

«In Brackhampton?»

«Sind doch überall Fabriken. Eine direkt vor unserem Hintertor.»

Craddock warf Bacon einen fragenden Blick zu, und der sagte:

«Blechdosen.»

«Woher wollen Sie wissen, dass sie die wirklich herstellen? Ich sage Ihnen, man darf sich nichts vormachen lassen. Gut, wenn sie keine Spionin war, wer war sie dann? Glauben Sie, sie hatte was mit einem meiner entzückenden Söhne? Wenn, dann Alfred. Harold ist für so was viel zu vorsichtig. Und Cedric lässt sich nicht dazu herab, in diesem Land zu leben. Gut, dann war sie also Alfreds Weibsbild. Und irgendein Hitzkopf folgt ihr hierher, weil er glaubt, sie will sich mit ihm treffen, und macht sie kalt. Was halten Sie davon?»

Inspector Craddock sagte diplomatisch, eine solche Theorie sei keinesfalls auszuschließen. Aber Mr. Alfred Crackenthorpe hätte die Frau nicht erkannt, sagte er.

«Pah! Angst, das ist alles! Alfred war schon immer ein Angsthase. Aber er ist ein Lügner, darf man nicht vergessen, war er schon immer. Der lügt, dass sich die Balken biegen. Keiner meiner Söhne taugt was. Die reinen Aasgeier, die bloß darauf warten, dass ich endlich abkratze, das ist ihr einziger Lebensinhalt.» Er lachte. «Aber die können warten, bis sie schwarz werden. Den Gefallen tu ich ihnen *nie!* Also, wenn Sie weiter keine Fragen haben ... ich bin müde. Muss mich hinlegen.»

Er schlurfte wieder hinaus.

«Alfreds Weibsbild?», fragte Bacon. «Ich glaube, da will uns der alte Mann einen Bären aufbinden.» Er hielt zweifelnd inne. «Ich persönlich glaube, Alfred ist sauber – er hat es vielleicht faustdick hinter den Ohren, aber das geht uns im Augenblick nichts an. Nein, mich beschäftigt eher dieser Luftwaffenkerl.»

«Bryan Eastley?»

«Ja. Von der Sorte sind mir schon ein paar über den Weg gelaufen. Die treiben gewissermaßen haltlos durch die Welt – haben zu früh im Leben Gefahr, Tod und Abenteuer kennen gelernt. Jetzt kommt ihnen das Leben fad vor. Fad und unbefriedigend. In mancher Hinsicht haben wir sie schlecht behandelt. Obwohl ich nicht wüsste, was man dagegen tun könnte. Aber da stehen sie nun, voller Vergangenheit und ohne Zukunft. Dabei sind sie es, die Kopf und Kragen riskieren – der Durchschnittsmensch geht instinktiv auf Nummer sicher, weniger aus Moral als aus Vorsicht. Aber diese Hasardeure kennen keine Angst – auf Nummer sicher gehen ist für sie ein Fremdwort. Wenn Eastley wegen irgendwelcher Scherereien einer Frau nach dem Leben getrachtet hätte...» Er verstummte mit einer hilflosen Geste. «Aber warum hätte er sie umbringen wollen? Und wenn man eine Frau umbringt, warum deponiert man sie in einem Sarkophag des Schwiegervaters? Nein, wenn Sie mich fragen, hat keiner von denen etwas mit dem Mord zu tun. Wenn es einer von ihnen gewesen wäre, hätte er sich nicht die Mühe gemacht, die Leiche quasi im eigenen Hinterhof zu deponieren.»

Craddock konnte sich das ebenfalls nicht zusammenreimen.

«Haben Sie hier noch zu tun?»

Craddock verneinte.

Bacon schlug vor, nach Brackhampton zu fahren und eine Tasse Tee zu trinken – aber Craddock sagte, er wolle noch eine alte Bekannte besuchen.

Zehntes Kapitel

I

Miss Marple saß aufrecht vor einem Panorama aus Porzellanhunden und Andenken aus Margate und lächelte Inspector Dermot Craddock anerkennend an.

«Ich bin ja so froh, dass der Fall Ihnen übertragen worden ist», sagte sie. «Genau das hatte ich gehofft.»

«Als ich Ihren Brief bekommen habe, bin ich sofort zum Polizeivize gegangen», sagte Craddock. «Zufälligerweise hatte er gerade erfahren, dass Brackhampton uns um Amtshilfe ersuchte. Dort dachte man sich schon, dass es kein Lokaldelikt sei. Der Polizeivize horchte auf, als ich ihm von Ihnen erzählte. Er hatte von Ihnen gehört, von meinem Patenonkel, nehme ich an.»

«Der liebe Sir Henry», murmelte Miss Marple zärtlich.

«Ich musste ihm von der Affäre in Little Paddocks erzählen. Möchten Sie wissen, was er daraufhin sagte?»

«Ja bitte, wenn es kein Vertrauensbruch ist.»

«Er sagte: ‹Das Ganze sieht mir nach einer ziemlich verqueren Geschichte aus, die sich ein paar alte Damen aus den Fingern gesogen und mit der sie wider Erwarten Recht behalten haben. Aber da Sie eine dieser alten Damen bereits kennen, setze ich Sie auf den Fall an.› Und da bin ich nun! Nur, meine liebe Miss Marple, wie geht es jetzt weiter? Sie werden sich denken können, dass das hier kein offizieller Besuch ist. Ich bin ohne meine Spießgesellen gekommen, weil ich es für das Beste hielt, wenn wir beide erst mal die Köpfe zusammenstecken.»

Miss Marple lächelte ihn an.

«Wer Sie nur in Ihrer offiziellen Funktion kennt», sagte sie, «käme wahrscheinlich nie auf den Gedanken, dass Sie so menschlich sein können. Und Sie sehen besser aus denn je – nicht rot werden ... Was hat man Ihnen denn schon gesagt?»

«Alles, glaube ich. Ich habe die erste Aussage Ihrer Freundin Mrs. McGillicuddy bei der Polizei von St. Mary Mead, die Bestätigung ihrer Aussage durch den Schaffner sowie die Notiz für den Bahnhofsvorsteher von Brackhampton. Ich möchte meinen, alle Betroffenen haben die erforderlichen Nachforschungen angestellt – sowohl bei der Eisenbahn als auch bei der Polizei. Aber Sie haben sie mit Ihren phantastischen Vermutungen zweifellos allesamt übertroffen.»

«*Keine* Vermutungen», sagte Miss Marple. «Außerdem war ich im Vorteil. Ich *kannte* Elspeth McGillicuddy. Die anderen nicht. Niemand konnte ihre Geschichte bestätigen, und wenn keine Frau als vermisst gemeldet wird, dann muss der Rest der Welt ja glauben, eine alte Frau hätte Hirngespinste. So was haben alte Frauen schließlich oft genug – nur eben Elspeth McGillicuddy nicht.»

«Elspeth McGillicuddy nicht», stimmte der Inspector ihr zu. «Ich freue mich schon darauf, sie kennen zu lernen. Schade, dass sie auf Ceylon ist. Wir haben übrigens Vorsorge getroffen, dass sie dort befragt wird.»

«Meine eigenen Überlegungen waren nicht sonderlich originell», sagte Miss Marple. «Das steht alles schon bei Mark Twain. Der Junge, der das Pferd fand. Er fragte sich einfach, wo er hingehen würde, wenn er ein Pferd wäre, dann ging er hin, und da war das Pferd.»

«Sie haben sich gefragt, was Sie als brutaler und blutrünstiger Mörder tun würden?», fragte Craddock und musterte nachdenklich die rosige Blässe und Zerbrechlichkeit der alten Dame. «Also, Ihr Verstand –»

«Wie ein Spülstein, pflegte mein Neffe Raymond zu sagen», stimmte Miss Marple zu und nickte lebhaft. «Ich erwiderte darauf immer, Spülsteine seien im Haushalt unentbehrlich und in der Regel sehr reinlich.»

«Können Sie nicht noch ein wenig weitergehen, sich an die Stelle des Mörders versetzen und mir sagen, wo er jetzt ist?»

Miss Marple seufzte.

«Das würde ich ja nur zu gern. Aber ich weiß es nicht – ich habe nicht die geringste Ahnung. Es muss jedoch jemand sein, der in Rutherford Hall gewohnt hat oder sich dort zumindest hervorragend auskennt.»

«Da stimme ich Ihnen zu. Aber damit begeben wir uns auf ein weites Feld. In Rutherford Hall hat eine ganze Reihe von Zugehfrauen gearbeitet. Das Women's Institute hält dort Veranstaltungen ab – und vorher die Luftschutzhelferinnen. Sie alle kennen die Große Scheune und den Sarkophag, und sie alle wissen, wo der Schlüssel aufbewahrt wird. Der Schauplatz ist in der ganzen Gegend bekannt. Buchstäblich jeder könnte für seine Zwecke auf die Große Scheune verfallen.»

«So, so. Ich verstehe durchaus Ihre Probleme.»

Craddock sagte: «Bevor wir die Leiche nicht identifiziert haben, kommen wir nicht weiter.»

«Und das könnte eine langwierige Angelegenheit werden?»

«Ach, früher oder später wird es uns schon gelingen. Wir gehen sämtlichen Vermisstenanzeigen nach, bei denen es um Frauen dieses Alters und Aussehens geht. Bisher ist die richtige noch nicht dabei. Der Pathologe schätzt sie auf etwa fünfunddreißig, gesund, wahrscheinlich verheiratet, mindestens ein Kind. Ihr Pelzmantel war billig und stammt aus einem Londoner Geschäft. Im letzten Vierteljahr sind hunderte solcher Mäntel verkauft worden, rund sechzig Prozent davon an blonde Frauen. Keine Verkäuferin kann mit der Fotografie der Toten etwas anfangen oder uns sagen, ob der Mantel kurz vor Weihnachten gekauft wurde. Ihre anderen Kleidungsstücke sind überwiegend ausländische Fabrikate und wurden zumeist in Paris gekauft. Es gibt keine englischen Wäschezeichen. Wir haben uns mit Paris in Verbindung gesetzt, und dort geht man der Sache für uns nach. Früher oder später wird natürlich jemand eine vermisste Verwandte oder Untermieterin melden. Das ist bloß eine Frage der Zeit.»

«Die Puderdose war keine Hilfe?»

«Leider nicht. Diese Artikel gehen an der Rue de Rivoli für wenig Geld zu hunderten über den Ladentisch. Ach, die hätten Sie – oder eher Miss Eyelesbarrow – übrigens sofort bei der Polizei abliefern sollen.»

Miss Marple schüttelte den Kopf.

«Aber da war doch noch gar keine Rede davon, dass ein Verbrechen verübt worden sein könnte», sagte sie. «Wenn eine junge Frau ihren Golfschwung verbessern will und auf der Wiese eine billige alte Puderdose findet, dann erwarten Sie doch nicht im Ernst, dass sie damit sofort zur Polizei läuft.» Miss Marple schwieg kurz und sagte dann: «Ich fand es *viel* klüger, zunächst die Leiche zu finden.»

Inspector Craddock war belustigt.

«Anscheinend haben Sie keine Sekunde daran gezweifelt, dass Sie eine finden würden.»

«Nein, allerdings nicht. Lucy Eyelesbarrow ist ein äußerst tüchtiger und intelligenter Mensch.»

«Das will ich meinen! Ihre umwerfende Effizienz jagt mir eine Heidenangst ein! Kein Mann wird es je wagen, dieses Mädchen zu heiraten.»

«Ach, sagen Sie das nicht ... es kommt allerdings nur eine bestimmte Sorte Mann in Frage.» Miss Marple grübelte kurz. «Wie kommt sie in Rutherford Hall zurecht?»

«Man ist vollständig auf sie angewiesen, soweit ich das beurteilen kann. Frisst ihr aus der Hand – buchstäblich, könnte man sagen. Apropos, von ihrer Verbindung zu Ihnen weiß man dort nichts. Das haben wir vorläufig für uns behalten.»

«Im Moment stehen wir auch nicht in Verbindung. Sie hat ausgeführt, worum ich sie gebeten hatte.»

«Das heißt, wenn sie will, kann sie jederzeit kündigen und gehen?»

«Ja.»

«Sie bleibt aber da. Warum?»

«Das hat sie mir nicht verraten. Sie ist ein sehr intelligentes Mädchen. Ich nehme an, sie ist neugierig geworden.»

«Auf das Problem? Oder auf die Familie?»

«Möglicherweise sind die beiden schwer zu trennen», sagte Miss Marple.

Craddock sah sie prüfend an.

«Haben Sie einen Verdächtigen?»

«O nein – du liebe Zeit, nein!»

«Ich glaube doch.»

Miss Marple schüttelte den Kopf.

Dermot Craddock seufzte. «Ich kann also nur meine ‹Ermittlungen durchführen›, wie es so schön heißt. Als Polizist führt man ein ereignisloses Leben!»

«Sie werden Erfolg haben, da bin ich sicher.»

«Haben Sie irgendwelche Tipps? Weitere geniale Intuitionen?»

«Ich dachte in Richtung von Theatergruppen», vermutete Miss Marple. «Die geben überall Gastspiele und haben keine festen Bindungen. So eine junge Frau würde weit weniger vermisst.»

«Stimmt. Auf den Gedanken bin ich noch gar nicht gekommen. Wir werden dem nachgehen.» Dann fragte er noch: «Warum lachen Sie?»

«Ich stelle mir gerade Elspeth McGillicuddys Gesicht vor», sagte Miss Marple, «wenn sie erfährt, dass wir die Leiche gefunden haben.»

II

«Also!», sagte Mrs. McGillicuddy. *«Also, das...»*

Es verschlug ihr die Sprache. Sie betrachtete erst den redegewandten netten jungen Mann, der ihr mit offiziellen Referenzen seine Aufwartung gemacht hatte, dann die Fotografien, die er ihr gegeben hatte.

«Das ist sie», sagte sie. «Ja, das ist sie. Das arme Ding. Aber ich bin ehrlich froh, dass Sie ihre Leiche gefunden haben. Mir wollte ja niemand ein Wort glauben! Weder die Polizei noch das

Bahnpersonal oder sonst jemand. Es ist äußerst verdrießlich, wenn einem niemand glaubt. Jedenfalls kann mir niemand vorwerfen, ich hätte nicht alles getan, was ich konnte.»

Der nette junge Mann murmelte mitfühlend und verständnisvoll.

«Wo, sagten Sie noch gleich, wurde die Leiche gefunden?»

«In der Scheune eines Landsitzes namens Rutherford Hall, kurz vor Brackhampton.»

«Nie gehört. Ich wüsste bloß gern, wie sie da hingekommen ist.»

Das konnte ihr der junge Mann auch nicht sagen.

«Ich nehme an, Jane Marple hat sie gefunden. Auf sie kann man sich verlassen.»

Der junge Mann zog seine Unterlagen zu Rate und sagte: «Die Leiche wurde von einer Miss Lucy Eyelesbarrow gefunden.»

«Auch noch nie gehört», sagte Mrs. McGillicuddy. «Trotzdem glaube ich, dass Jane Marple ihre Finger im Spiel hatte.»

«Noch einmal zum Wichtigsten, Mrs. McGillicuddy: Sie können dieses Bild eindeutig als das der Frau identifizieren, die Sie in einem Zug gesehen haben.»

«Wo sie von einem Mann erdrosselt wurde. Ja, das kann ich.»

«Können Sie uns diesen Mann beschreiben?»

«Er war sehr groß», sagte Mrs. McGillicuddy.

«Und?»

«Und dunkel.»

«Und?»

«Mehr kann ich Ihnen nicht sagen», sagte Mrs. McGillicuddy. «Er stand mit dem Rücken zu mir. Sein Gesicht konnte ich nicht sehen.»

«Würden Sie ihn wieder erkennen, wenn Sie ihn sähen?»

«Natürlich nicht! Er kehrte mir doch den Rücken zu. Ich konnte sein Gesicht gar nicht sehen.»

«Können Sie schätzen, wie alt er war?»

Mrs. McGillicuddy überlegte.

«Nein – kaum. Ich meine, ich *weiß* nicht … Ich bin ziemlich sicher, dass er ... nicht mehr ganz jung war. Seine Schultern wirkten – na ja, gesetzt, wenn Sie verstehen, was ich meine.» Der junge Mann nickte. «Dreißig oder älter, genauer kann ich es Ihnen nicht sagen. Ich muss gestehen, dass ich ihn kaum angesehen habe. Nur *sie* – mit den Händen um den Hals, und ihr Gesicht – ganz blau angelaufen ... manchmal träume ich noch heute davon ...»

«Es muss erschütternd gewesen sein», sagte der junge Mann voller Anteilnahme.

Er klappte sein Notizbuch zu und sagte:

«Wann kehren Sie nach England zurück?»

«Erst in drei Wochen. Ich werde doch vorher nicht gebraucht, oder?»

Er konnte sie sofort beruhigen.

«Aber nein. Im Augenblick können Sie gar nichts tun. Sollten wir jedoch jemanden festnehmen ...»

Er ließ die Bemerkung im Raum stehen.

In der Post lag ein Brief von Miss Marple an ihre Freundin. Die Handschrift war steil und krakelig, und viele Wörter waren unterstrichen. Dank ihrer langen Übung konnte Mrs. McGillicuddy den Brief ohne weiteres entziffern. Miss Marple schrieb ihr ausführlich, und Mrs. McGillicuddy verschlang jedes Wort voller Genuss.

Jane und sie hatten es ihnen gezeigt!

Elftes Kapitel

I

«Ich werde einfach nicht schlau aus Ihnen», sagte Cedric Crackenthorpe.

Er lehnte sich an die morsche Mauer eines lange aufgegebenen Schweinestalls und musterte Lucy Eyelesbarrow.

«Woraus werden Sie nicht schlau?»

«Was Sie hier eigentlich machen.»

«Ich verdiene meinen Lebensunterhalt.»

«Als Perle?» Die Geringschätzung war ihm anzuhören.

«Wo leben Sie denn?», sagte Lucy. «Perle, ich muss doch sehr bitten! Ich bin Wirtschafterin, eine professionelle Hausangestellte oder ein Geschenk des Himmels, meistens Letzteres.»

«Aber Sie können doch unmöglich alles das mögen, was Sie hier zu tun haben – Kochen, Bettenmachen, mit einem Saugstauber oder wie das heißt herumsurren und Ihre Arme bis zu den Ellenbogen im Spülwasser versenken.»

Lucy lachte.

«Ich mag vielleicht nicht jede Einzelheit, aber beim Kochen kann ich meine Kreativität ausleben, und ich habe meine helle Freude daran, ein Chaos aufzuräumen.»

«Ich lebe ständig in einem Chaos», sagte Cedric. «Und zwar gern», setzte er trotzig hinzu.

«Das sieht man Ihnen an.»

«Meine Finca auf Ibiza wird nach einfachen Grundsätzen geführt. Drei Teller, zwei Tassen und Untertassen, ein Bett, ein Tisch und ein paar Stühle. Überall sind Staub, Farbkleckse und Steinsplitter – ich bin Bildhauer *und* Maler – und von all dem haben die Leute die Finger zu lassen. Eine Frau hat da nichts zu suchen.»

«In gar keiner Eigenschaft?»

«Was wollen Sie damit sagen?»

«Ich hatte angenommen, ein Künstler wie Sie hätte auch eine Art Liebesleben.»

«Mein Liebesleben, wie Sie das nennen, tut nichts zur Sache», sagte Cedric würdevoll. «Aber herrschsüchtige Frauen mit so einem störenden Putzfimmel kann ich nicht haben.»

«Ich würde mich zu gern mal über Ihre Finca hermachen», sagte Lucy. «Das wäre eine echte Herausforderung!»

«Die Gelegenheit bekommen Sie nie!»

«Das fürchte ich auch.»

Ein paar Backsteine fielen aus dem Schweinestall. Cedric wandte sich um und sah in seine brennnesselüberwucherten Tiefen.

«Die gute alte Madge», sagte er. «An die kann ich mich noch so gut erinnern. Eine Sau von richtig liebenswertem Wesen und eine produktive Mutter. Beim letzten Wurf siebzehn Ferkel, das weiß ich noch. An schönen Nachmittagen sind wir immer hergekommen und haben Madge mit einem Stock den Rücken gekratzt. Das hatte sie unheimlich gern.»

«Warum hat man das ganze Anwesen eigentlich so verfallen lassen? Das kann doch nicht nur am Krieg gelegen haben.»

«Das möchten Sie wohl auch gern aufräumen, was? Dass Sie sich aber auch überall einmischen müssen. Mir ist jetzt klar, dass die Leiche einfach von jemandem wie Ihnen entdeckt werden *musste!* Nicht einmal einen gräkoromanischen Sarkophag können Sie in Ruhe lassen.» Er schwieg kurz und beantwortete dann ihre Frage: «Nein, es liegt nicht nur am Krieg. Es liegt an meinem Vater. Was halten Sie eigentlich von dem?»

«Ich hatte noch keine Zeit, mir ein Bild von ihm zu machen.»

«Weichen Sie nicht aus. Er ist der größte Geizkragen unter der Sonne, und ich persönlich glaube ja, dass er auch nicht alle Tassen im Schrank hat. Natürlich hasst er uns alle – außer Emma vielleicht. Und alles nur wegen Großvaters Testament.»

Lucy sah ihn fragend an.

«Mein Großvater hat sich dumm und dämlich verdient. Mit Crunchies und Cracker Jacks und Cosy Crisps. All dem Teekonfekt, und da er ein weitsichtiger Mann war, hat er rechtzeitig auf Käsegebäck und Canapés umgestellt, so dass wir heute auch bei Cocktailpartys Reibach machen. Na ja, irgendwann gab mein Vater zu verstehen, dass er nach Höherem als Crunchies strebe. Er reiste durch Italien, den Balkan und Griechenland und dilettierte als Kunstliebhaber. Das fuchste meinen Großvater. Er kam zu dem Urteil, mein Vater sei kein Geschäftsmann und habe keinen Kunstverstand (beides völlig richtig), und vermachte sein ganzes Vermögen treuhänderisch seinen Enkelkindern. Vater empfängt lebenslänglich die Zinsen, kommt aber nicht an das Kapital heran. Wissen Sie, was er daraufhin gemacht hat? Er hat aufgehört, Geld auszugeben. Ist hierher gezogen und hat angefangen zu sparen. Inzwischen müsste er ähnlich viel auf der hohen Kante haben wie mein Großvater am Ende seines Lebens. Aber Harold, ich, Alfred und Emma kommen an keinen einzigen Penny von Großvaters Geld heran. Ich bin ein abgebrannter Maler. Harold ist Geschäftsmann geworden und inzwischen ein hohes Tier in der City – er hat das Händchen für Finanzen, obwohl ich gehört habe, dass auch ihm im Moment das Wasser bis zum Hals steht. Und Alfred – also Alfred wird im Familienkreis immer Heiducken-Alf genannt –»

«Warum?»

«Was Sie nicht alles wissen wollen! Weil er das schwarze Schaf der Familie ist. Der steht immerzu mit einem Fuß im Gefängnis. Im Krieg war er im Versorgungswesen, hat es aber unter bis heute nicht ganz geklärten Umständen von einem Tag auf den anderen verlassen. Und danach kamen zweifelhafte Geschäfte mit Obstkonserven – und irgendein Ärger mit Eiern. Nie was Großes – aber er hat sich immer mit dubiosen Sachen durchlaviert.»

«Ist es nicht ziemlich unklug, das alles einer Fremden zu erzählen?»

«Warum? Sind Sie eine Polizeispionin?»

«Könnte doch sein.»

«Glaube ich aber nicht. Sie haben sich hier schon krumm und lahm geschuftet, bevor die Polizei uns Beachtung geschenkt hat. Ich glaube –»

Er verstummte, als seine Schwester Emma aus der Tür zum Küchengarten trat.

«Hallo, Em? Du siehst ja so verstört aus.»

«Das bin ich auch. Ich muss mit dir reden, Cedric.»

«Ich muss sowieso ins Haus zurück», sagte Lucy taktvoll.

«Bleiben Sie ruhig», sagte Cedric. «Der Mord hat Sie doch praktisch zum Familienmitglied gemacht.»

«Ich habe noch viel zu tun», sagte Lucy. «Ich wollte eigentlich nur etwas Petersilie holen.»

Sie räumte das Feld und ging in den Küchengarten. Cedrics Blick folgte ihr.

«Sieht gut aus, das Mädchen», sagte er. «Wer ist das eigentlich?»

«Oh, sie ist weit und breit bekannt», sagte Emma. «Sie ist eine Spezialistin für solche Arbeiten. Aber lassen wir Lucy Eyelesbarrow, Cedric. Ich mache mir schreckliche Sorgen. Bei der Polizei glaubt man offenbar, die Tote sei Ausländerin, vielleicht Französin. Cedric, glaubst du, das ist womöglich – *Martine?*»

II

Cedric starrte sie einen Augenblick verständnislos an.

«Martine? Wer um Himmels willen – ach, du meinst *Martine!*»

«Ja. Glaubst du –»

«Warum um Himmels willen sollte das denn *Martine* sein?»

«Nun, ihr Telegramm war doch seltsam, wenn man es sich recht überlegt. Das muss ungefähr zur selben Zeit gewesen sein … Glaubst du, sie könnte trotz allem hergekommen und –»

«Unsinn. Warum sollte Martine herkommen und sich in die Große Scheune verirren? Wozu? Ich halte das für höchst unwahrscheinlich.»

«Und du glaubst nicht, dass ich es lieber Inspector Bacon sagen sollte – oder dem anderen?»

«Was denn sagen?»

«Na ja – das mit Martine. Mit ihrem Brief.»

«Jetzt mach die Sache nicht noch komplizierter, Schwesterherz, indem du alle möglichen Belanglosigkeiten anschleppst, die mit der Sache nichts zu tun haben. Was den Brief von Martine angeht, war ich übrigens von Anfang an skeptisch.»

«Ich nicht.»

«Du hast auch schon immer gern die unmöglichsten Sachen für bare Münze genommen, altes Haus. Mein Ratschlag wäre, rühr dich nicht und gib keinen Mucks von dir. Soll die Polizei doch ihre kostbare Leiche identifizieren. Ich möchte wetten, Harold würde dir dasselbe raten.»

«Oh, das würde er bestimmt. Und Alfred auch. Aber ich mache mir Sorgen, Cedric, schreckliche Sorgen. Ich weiß nicht, was ich tun soll.»

«Gar nichts», sagte Cedric prompt. «Du sagst keinen Ton, Emma. Wie heißt es so schön? Gehe nie zu deinem Fürst, wenn du nicht gerufen wirst.»

Emma Crackenthorpe seufzte. Sie ging langsam zum Haus zurück, und ihr Gewissen plagte sie.

Als sie die Auffahrt erreichte, trat Dr. Quimper aus dem Haus und öffnete die Tür seines verbeulten Austin. Er hielt inne, als er sie sah, dann ließ er den Wagen stehen und kam auf sie zu.

«So, Emma», sagte er. «Ihr Vater ist gesund und munter. Mord bekommt ihm. Er bringt seine Lebensgeister in Schwung. Müsste ich meinen Patienten öfter verordnen.»

Emma lächelte mechanisch. Dem Fachmann entging diese Reaktion keineswegs.

«Stimmt irgendetwas nicht?», fragte er.

Emma sah zu ihm auf. Sie vertraute der Güte und dem Mitgefühl des Arztes. Er war mehr als ein Arzt geworden, er war ein Freund, auf den sie sich verlassen konnte. Sein wohldosierter Sarkasmus täuschte sie nicht – sie kannte den weichen Kern unter der rauen Schale.

«Nein, ich mache mir Sorgen», gab sie zu.

«Möchten Sie es sich von der Seele reden? Sie müssen aber nicht.»

«Ich wäre froh, wenn ich es loswerden könnte. Das meiste wissen Sie eh schon. Ich weiß einfach nicht, was ich machen soll.»

«Ich finde, dass Sie in Ihrem Urteil meist sehr sicher sind. Wo liegt das Problem?»

«Ich weiß nicht, ob Sie sich noch daran erinnern, was ich Ihnen von meinem Bruder erzählt habe – dem, der im Krieg gefallen ist.»

«Meinen Sie seine Heirat – oder den Heiratsplan – mit der Französin? War da nicht etwas in dieser Richtung?»

«Genau. Unmittelbar nachdem ich seinen Brief bekommen hatte, ist er gefallen. Wir haben von dem oder über das Mädchen nie wieder etwas gehört. Wir kennen eigentlich nur ihren Vornamen. Wir haben immer erwartet, sie würde schreiben oder plötzlich auftauchen, aber das war nie der Fall. Wir haben *gar nichts* gehört – bis vor etwa einem Monat, kurz vor Weihnachten.»

«Ich erinnere mich. Da haben Sie einen Brief bekommen, nicht wahr?»

«Ja. Sie schrieb, sie sei in England und würde uns gerne kennen lernen. Alles war vorbereitet, aber im letzten Moment kabelte sie, sie müsse unerwartet nach Frankreich zurück.»

«Und?»

«Die Polizei glaubt, die Frau, die hier umgebracht worden ist – sei Französin.»

«Tatsächlich? Ich fand, sie war eher ein englischer Typ, aber das kann man ja nie so genau sagen. Sie machen sich also Sorgen, die Tote könnte die Frau Ihres Bruders gewesen sein?»

«Ja.»

«Ich halte das für so gut wie ausgeschlossen», sagte Dr. Quimper, fügte aber hinzu: «Aber ich verstehe nur zu gut, wie Sie sich fühlen.»

«Ich frage mich, ob ich der Polizei nicht davon erzählen sollte – von der ganzen Sache. Cedric und die anderen halten das für unnötig. Was meinen Sie?»

«Hm.» Dr. Quimper spitzte die Lippen. Er schwieg eine Weile, tief in Gedanken. Dann sagte er fast widerstrebend: «Es ist natürlich viel *einfacher,* wenn Sie nichts sagen. Ich verstehe die Haltung Ihrer Brüder. Dennoch –»

«Ja?»

Quimper sah sie an. Er hatte einen fast zärtlichen Ausdruck in den Augen.

«Ich würde hingehen und es melden», sagte er. «Sie können sonst sowieso nicht ruhig schlafen. Ich kenne Sie doch.»

Emma wurde rot.

«Vielleicht ist es dumm von mir.»

«Tun Sie, was Sie für richtig halten, meine Liebe – der Rest der Familie kann Ihnen den Buckel runterrutschen. Ich halte Sie für vernünftiger als die alle zusammen.»

Zwölftes Kapitel

I

«Mädchen! Heda, Mädchen! Kommen Sie mal her!»

Lucy drehte sich überrascht um. Der alte Mr. Crackenthorpe stand in einer Tür und winkte sie ungestüm zu sich.

«Kann ich etwas für Sie tun, Mr. Crackenthorpe?»

«Reden Sie nicht so viel. Kommen Sie her.»

Lucy gehorchte dem herrischen Zeigefinger. Der alte Mr. Crackenthorpe nahm sie beim Arm, zog sie ins Zimmer und schloss die Tür.

«Muss Ihnen was zeigen», sagte er.

Lucy sah sich um. Sie waren in einem kleinen Zimmer, das offensichtlich als Arbeitszimmer gedacht war, aber ebenso offensichtlich seit langer Zeit nicht mehr als solches genutzt wurde. Auf dem Schreibtisch lagen verstaubte Papierstöße, und in den Zimmerecken hingen Spinnwebvorhänge von der Decke. Es roch feucht und muffig.

«Soll ich hier sauber machen?», fragte Lucy.

Der alte Mr. Crackenthorpe schüttelte heftig den Kopf.

«Auf keinen Fall! Ich halte diesen Raum immer verschlossen. Emma würde sich hier nur zu gern zu schaffen machen, aber ich lasse sie nicht. Das ist *mein* Zimmer. Sehen Sie die Steine da? Das sind geologische Proben.»

Lucy betrachtete eine Sammlung von zwölf oder vierzehn Steinen, teils poliert, teils unbehauen.

«Hübsch», sagte sie höflich. «Sehr interessant.»

«Ganz recht. Sie sind ein intelligentes Mädchen. Die zeige ich nicht jedem. Und ich werde Ihnen noch etwas zeigen.»

«Das ist sehr freundlich von Ihnen, aber ich muss wieder an die Arbeit. Bei sechs Leuten im Haus –»

«Die mir die Haare vom Kopf essen ... Das ist das Einzige, was sie hier machen! *Essen*. Und sie bieten nicht mal Kostgeld an. Blutsauger! Warten bloß darauf, dass ich abkratze. Ich werde aber nicht so bald abkratzen – *den* Gefallen tu ich ihnen bestimmt nicht. Ich bin viel robuster, als selbst Emma glaubt.»

«Davon bin ich überzeugt.»

«Und so alt bin ich auch noch nicht. Sie tut so, als wäre ich ein Greis, und behandelt mich wie einen Greis. Sie halten mich doch nicht für einen Greis, oder?»

«Natürlich nicht», sagte Lucy.

«Kluges Mädchen. Jetzt schauen Sie sich das mal an.»

Er zeigte auf ein großes vergilbtes Schaubild an der Wand. Lucy erkannte einen Stammbaum; teilweise so klein gezeichnet, dass man die Namen nur mit einer Lupe hätte lesen können. Die Stammeltern waren jedoch mit stolzen Großbuchstaben geschrieben und trugen Kronen über den Namen.

«Wir stammen von Königen ab», sagte Mr. Crackenthorpe. «Jedenfalls mütterlicherseits – mein Vater war ein Parvenü! Ein gewöhnlicher alter Mann. Mochte mich nicht. Weil ich immer etwas Besseres war als er. Bin eher nach meiner Mutter gekommen. Hatte von klein auf einen Sinn für Kunst und klassische Skulptur – *er* konnte dem nichts abgewinnen, der dumme alte Narr. Kann mich an meine Mutter nicht erinnern; starb, als ich zwei Jahre alt war. Die Letzte ihres Geschlechts. Es kam zur Zwangsversteigerung, und sie heiratete meinen Vater. Aber schauen Sie nur: Edward der Bekenner – Ethelred der Unberatene – die ganze Schar. Und das war noch vor den Normannen. *Vor den Normannen* – das ist doch was, oder?»

«Allerdings.»

«Und jetzt werde ich Ihnen noch was zeigen.» Er führte sie durchs Zimmer vor einen gewaltigen nachgedunkelten Eichenschrank. Lucy fühlte sich unter seinem festen Griff etwas unbehaglich. Heute war dem alten Mr. Crackenthorpe keine Schwäche anzumerken. «Sehen Sie den? Kommt aus Lushington – dem ehemaligen Familiensitz meiner Mutter. Der stammt aus elisabethanischer Zeit. Man braucht vier Männer, um ihn von der Stelle zu rücken. Sie wissen wohl nicht, was ich darin aufbewahre, oder? Soll ich es Ihnen zeigen?»

«Zeigen Sie es mir doch bitte», sagte Lucy höflich.

«Neugierig, was? Alle Frauen sind neugierig.» Er zog einen Schlüssel aus der Tasche, schloss die untere Schranktür auf und holte eine erstaunlich neu aussehende Kassette heraus. Auch diese schloss er auf.

«Werfen Sie mal einen Blick darauf, meine Liebe. Wissen Sie, was das ist?»

Er nahm einen kleinen, papierumwickelten Zylinder heraus und pulte ein Ende auf. Klirrend fielen ihm Goldmünzen in die hohle Hand.

«Schauen Sie sich die an, junge Frau. Schauen Sie sie sich an, nehmen Sie sie ruhig in die Hand. Wissen Sie, was das ist? Ich wette, Sie haben keine Ahnung. Sie sind zu jung. Das sind Sovereigns. Gute alte Goldsovereigns. Womit wir bezahlt haben, bevor diese dreckigen Papierfetzen Mode wurden. Sind viel mehr wert als alberne Zettel. Habe ich vor langer Zeit gesammelt. Ich habe noch andere Sachen in dieser Schatulle. Habe hier viele Dinge zurückgelegt. Alles für die Zukunft. Emma weiß nichts davon – niemand weiß etwas davon. Das ist unser kleines Geheimnis, was, Mädchen? Wissen Sie, warum ich Ihnen das zeige und davon erzähle?»

«Warum?»

«Weil sie mich nicht für einen verbrauchten kranken Greis halten sollen. Ich habe noch genug Saft in den Knochen. Meine Frau ist schon eine halbe Ewigkeit tot. Die hatte grundsätzlich an allem was auszusetzen. Mochte die Namen nicht, die ich den Kindern gegeben habe – gute sächsische Namen –, und hatte kein Interesse am Stammbaum. Aber ich habe nie auf sie gehört, und am Ende hat sie sowieso immer nachgegeben, weil sie eine Bangbüx war. Sie sind dagegen ein temperamentvoller Fratz – noch dazu ein sehr hübscher Fratz. Ich möchte Ihnen einen guten Rat geben. Verschwenden Sie sich nicht an einen jungen Mann. Junge Männer sind Narren! Sie müssen an Ihre Zukunft denken. *Warten* Sie...» Seine Finger pressten sich in Lucys Arm. Er flüsterte ihr ins Ohr: «Das ist alles. *Warten Sie.* Diese dummen Narren glauben, ich würde bald sterben. Das werde ich aber nicht. Sollte mich nicht wundern, wenn ich sie alle überlebe. Und dann werden wir ja sehen! O ja, dann werden wir sehen. Harold hat keine Kinder. Cedric und Alfred sind unverheiratet. Und Emma – Emma wird nicht mehr heiraten. Quimper hat es ihr ein bisschen angetan – aber Quimper heiratet Emma nie im Leben. Natürlich ist da noch Alexander. Ja richtig, Alexander... Wissen Sie, Alexander mag ich... Ja, das ist seltsam. Ich mag Alexander.»

Er schwieg einen Augenblick und sagte dann stirnrunzelnd:

«Also, Mädchen, wie wäre es? Wie wäre es, hm?»

«Miss Eyelesbarrow...»

Emmas Stimme drang gedämpft durch die geschlossene Tür des Arbeitszimmers. Lucy ergriff die Gelegenheit beim Schopfe.

«Miss Crackenthorpe braucht mich. Ich muss gehen. Vielen Dank für alles, was Sie mir gezeigt haben...»

«Vergessen Sie nicht... unser Geheimnis...»

«Ich werde es nicht vergessen», sagte Lucy, eilte in die Halle hinaus und fragte sich, ob sie eben einen unverbindlichen Heiratsantrag bekommen hatte oder nicht.

II

Dermot Craddock räkelte sich an seinem Schreibtisch beim New Scotland Yard. Er hatte sich bequem auf die Seite gelehnt, einen Ellenbogen auf den Tisch gestützt und sprach in den Telefonhörer. Er sprach Französisch, eine Sprache, die er passabel beherrschte.

«Na ja, es war nur so ein Gedanke», sagte er.

«Aber durchaus bedenkenswert», sagte die Stimme aus der Pariser Präfektur am anderen Ende. «Ich habe in diesen Kreisen bereits Untersuchungen angeordnet. Mein Agent berichtet, er wolle einigen viel versprechenden Hinweisen nachgehen. Wenn sie weder Familie noch Verehrer haben, verschwinden diese Frauen leicht in der Versenkung, und niemand macht sich deswegen Gedanken. Sie gehen auf Tournee, oder es gibt einen neuen Mann – das geht niemanden etwas an. Schade, dass auf der Fotografie, die Sie mir geschickt haben, so wenig zu erkennen ist. Erdrosseln ist für das Äußere nicht vorteilhaft. Aber das ist nun nicht zu ändern. Ich werde jetzt die neuesten Berichte meiner Agenten in dieser Sache studieren. Vielleicht hat sich etwas gefunden. *Au revoir, mon cher.*»

Während Mr. Craddock die Verabschiedung noch höflich zurückgab, wurde ihm eine Notiz auf den Schreibtisch gelegt. Sie lautete:

Miss Emma Crackenthorpe.
Möchte Detective-Inspector Craddock sprechen.
Fall Rutherford Hall.

Craddock legte auf und sagte zum Constable:
«Ich lasse bitten.»
Beim Warten lehnte er sich zurück und dachte nach.
Er hatte sich also nicht geirrt – Emma Crackenthorpe wusste doch etwas – vielleicht nicht viel, aber besser als nichts. Und sie hatte beschlossen, es ihm zu sagen.

Als sie hereingeführt wurde, erhob er sich, reichte ihr die Hand, bot ihr einen Stuhl an und eine Zigarette, die sie jedoch ablehnte. Dann entstand eine kurze Pause. Er nahm an, dass sie nach den richtigen Worten suchte, und beugte sich vor.

«Sie möchten mir etwas sagen, Miss Crackenthorpe? Kann ich Ihnen behilflich sein? Sie haben sich wegen irgendetwas Sorgen gemacht, nicht wahr? Vielleicht nur eine Kleinigkeit, die vermutlich nicht mit dem Fall zusammenhängt, eventuell aber doch. Und darüber möchten Sie mit mir reden, nicht wahr? Hat es zufällig mit der Identität der Toten zu tun? Glauben Sie zu wissen, wer sie sein könnte?»

«Nein. Nein, nicht ganz. Ich halte es für fast ausgeschlossen. Aber –»

«Aber die Möglichkeit besteht, und das macht Ihnen zu schaffen. Erzählen Sie mir ruhig davon – vielleicht können wir Sie sofort beruhigen.»

Emma zögerte, gab sich dann einen Ruck und sagte:

«Mit dreien meiner Brüder haben Sie gesprochen. Ich hatte einen vierten Bruder, Edmund, der im Krieg gefallen ist. Kurz vor seinem Tod schrieb er mir aus Frankreich einen Brief.»

Sie öffnete ihre Handtasche, holte einen zerlesenen und vergilbten Brief heraus und las einen Abschnitt daraus vor:

«Ich hoffe, es versetzt dir keinen Schock, Emmie, aber ich werde heiraten – eine Französin. Es kommt alles sehr plötzlich, aber ich weiß, dass du Martine mögen – und dich um sie kümmern wirst, falls mir etwas zustößt. Alles weitere schreibe ich dir im nächsten Brief – und dann werde ich ein verheirateter Mann sein. Bring es dem alten Herrn schonend bei, ja? Er wird wahrscheinlich in die Luft gehen.»

Inspector Craddock streckte die Hand aus. Emma zögerte, gab ihm dann aber den Brief. Hastig sprach sie weiter:

«Zwei Tage nach Empfang dieses Briefs bekamen wir ein Telegramm, in dem es hieß, Edmund sei *vermisst, vermutlich gefallen*. Später wurde sein Tod bestätigt. Das war kurz vor Dünkirchen – als in Frankreich ein einziges Chaos herrschte. Soweit ich in Erfahrung bringen konnte, gab es bei den zuständigen Heeresstellen keine Unterlagen über seine Heirat – aber wie gesagt, es war eine chaotische Zeit. Ich habe von dem Mädchen nie etwas gehört. Nach dem Krieg habe ich Nachforschungen angestellt, aber ich kannte ja nur ihren Vornamen. Der fragliche Teil Frankreichs war von den Deutschen besetzt gewesen, und es war schwierig, überhaupt etwas herauszufinden, ohne den Nachnamen des Mädchens oder sonst etwas über sie zu wissen. Schließlich ging ich davon aus, die Ehe sei wohl nie geschlossen worden und das Mädchen habe vermutlich noch vor Kriegsende einen anderen Mann geheiratet oder sei selbst ums Leben gekommen.»

Inspector Craddock nickte. Emma fuhr fort.

«Stellen Sie sich meine Überraschung vor, als ich vor etwa einem Monat einen Brief mit der Unterschrift *Martine Crackenthorpe* bekam.»

«Haben Sie ihn dabei?»

Emma nahm ihn aus der Handtasche und reichte ihn dem Inspector. Craddock las ihn gespannt. Die Handschrift war schwungvoll – die Handschrift einer gebildeten Französin.

«Liebe Mademoiselle,
dieser Brief versetzt Ihnen hoffentlich keinen Schock. Ich weiß nicht einmal, ob Ihr Bruder Edmund Ihnen von unserer Heirat erzählt hat. Er hatte es vor. Er ist nur wenige Tage nach unserer Trauung gefallen, und zur selben Zeit besetzten die Deutschen unser Dorf. Nach Kriegsende beschloss ich, Ihnen weder zu schreiben noch auf andere Weise an Sie heranzutreten, obwohl Edmund mir dies geraten hatte. Aber da hatte ich mir schon ein neues Leben aufgebaut, und es erschien mir nicht notwendig. Doch die Zeiten haben sich geändert. Ich schreibe diesen Brief um meines Sohnes willen. Er ist der Sohn Ihres Bruders, und ich – ich kann ihm nicht mehr das Leben bieten, das er verdient hat. Ich komme Anfang nächster Woche nach England. Würden Sie mich wohl wissen lassen, ob ich Sie besuchen darf? Sie erreichen mich brieflich in 126 Elvers Crescent, Nr. 10. Ich hoffe inständig, Ihnen keinen zu großen Schock zu versetzen.
Ich versichere Sie meiner vorzüglichsten Hochachtung,
Martine Crackenthorpe»

Craddock schwieg einen Augenblick und las den Brief noch einmal aufmerksam durch, bevor er ihn zurückgab.

«Was haben Sie nach Erhalt dieses Briefs getan, Miss Crackenthorpe?»

«Mein Schwager Bryan Eastley war zu der Zeit zufällig bei uns, und ich habe mich mit ihm darüber unterhalten. Dann habe ich meinen Bruder Harold in London angerufen und gefragt, was seiner Meinung nach zu tun sei. Harold stand der ganzen Sache sehr skeptisch gegenüber und riet mir zu äußerster Vorsicht. Er meinte, wir müssten uns die Personalien dieser Frau sehr genau anschauen.»

Emma schwieg kurz und sagte dann:

«Das war natürlich ein Gebot der Vernunft, und ich war ganz seiner Meinung. Aber wenn dieses Mädchen – oder diese Frau – wirklich jene Martine war, die Edmund in seinem Brief erwähnt hatte, dann mussten wir sie willkommen heißen, fand ich. Ich schrieb also an die angegebene Adresse und lud sie nach Rutherford Hall ein, damit wir uns kennen lernen könnten. Einige Tage darauf erhielt ich ein Telegramm aus London: ‹*Leider unerwartet gezwungen, nach Frankreich zurückzukehren. Martine.*› Seitdem haben wir nichts mehr von ihr gehört.»

«Und das alles geschah – wann?»

Emma runzelte die Stirn.

«Kurz vor Weihnachten. Das weiß ich noch, weil ich ihr vorschlagen wollte, Weihnachten bei uns zu verbringen. Mein Vater wollte nichts davon wissen, daher schlug ich ihr das Wochenende nach Weihnachten vor, wenn meine Geschwister noch hier wären. Ich glaube, ihr Telegramm traf ein paar Tage vor Weihnachten ein.»

«Und Sie glauben, die Frau, deren Leiche im Sarkophag gefunden wurde, könnte diese Martine sein?»

«Nein, ich *glaube* es nicht. Aber als Sie sagten, sie sei möglicherweise Ausländerin – na ja, da habe ich mich einfach gefragt ... ob sie vielleicht ...»

Ihre Stimme erstarb.

Craddock beruhigte sie schnell.

«Es war völlig richtig von Ihnen, mir das zu erzählen. Wir werden dem nachgehen. Ich glaube, bis auf weiteres dürfen wir davon ausgehen, dass die Frau, die Ihnen schrieb, tatsächlich nach Frankreich zurückgekehrt und wohlauf ist. Andererseits ist das Zusammentreffen der beiden Ereignisse in der Tat seltsam, wie Sie selbst scharfsinnig erkannt haben. Wie Sie bei der gerichtlichen Untersuchung gehört haben, ist die Frau nach dem

Befund des Pathologen vor drei bis vier Wochen gestorben. Machen Sie sich keine Sorgen, Miss Crackenthorpe, und überlassen Sie uns alles Weitere.» Dann sagte er noch: «Sie haben Mr. Harold Crackenthorpe um Rat gebeten. Was ist mit Ihrem Vater und Ihren anderen Brüdern?»

«Meinem Vater musste ich natürlich davon erzählen. Er wurde fuchsteufelswild», sie lächelte müde. «Er war überzeugt davon, das Ganze sei eine abgekartete Sache, und man hätte es nur auf unser Geld abgesehen. Mein Vater regt sich leicht auf, wenn es um Geld geht. Er glaubt oder redet sich ein, er sei ein armer Mann und müsse an allen Ecken und Enden sparen. Ich glaube, alte Menschen entwickeln manchmal solche Zwangsvorstellungen. Es stimmt natürlich nicht, er hat große Einkünfte und verbraucht kaum ein Viertel davon – oder tat das nicht vor Erhöhung der Einkommensteuer. Er hat bestimmt sehr viel Geld auf die Seite gelegt.» Sie verstummte wieder und setzte dann neu an: «Ich habe auch meinen anderen beiden Brüdern davon erzählt. Alfred hat es mit Humor aufgenommen, aber auch er ging von einer Hochstaplerin aus. Cedric ließ das alles kalt – er neigt zum Egoismus. Wir beschlossen, die Familie solle Martine empfangen, aber auch unser Anwalt Mr. Wimborne solle an dem Treffen teilnehmen.»

«Was hielt Mr. Wimborne von dem Brief?»

«Wir haben die Angelegenheit gar nicht mehr mit ihm beraten. Wir wollten ihn gerade ansprechen, als Martines Telegramm kam.»

«Danach haben Sie nichts mehr unternommen?»

«Doch. Ich habe einen Brief an die Londoner Adresse geschickt und *Bitte nachsenden* auf den Umschlag geschrieben, aber nie eine Antwort bekommen.»

«Sehr merkwürdig, das alles ... hm ...»

Craddock sah Emma durchdringend an.

«Was halten Sie selbst davon?»

«Ich weiß nicht, was ich davon halten soll.»

«Wie haben Sie reagiert, als der Brief kam? Haben Sie ihn für echt gehalten – oder waren Sie derselben Meinung wie Ihr Vater und Ihre Brüder? Und was war mit Ihrem Schwager, wie reagierte der darauf?»

«Oh, Bryan hat den Brief für echt gehalten.»

«Und Sie?»

«Ich – war mir nicht sicher.»

«Und was fühlten Sie bei dem Gedanken, dass dieses Mädchen wirklich die Witwe Ihres Bruders Edmund sein könnte?»

Emmas Miene wurde milder.

«Ich hatte Edmund sehr gern. Er war mein Lieblingsbruder. Ich fand, es war genau der Brief, den ein Mädchen wie Martine unter diesen Umständen schreiben würde. Ihre Schilderung der damaligen Ereignisse war durchaus plausibel. Ich nahm an, nach Kriegsende hätte sie entweder wieder geheiratet oder wäre mit einem Mann zusammen gewesen, der sie und das Kind versorgt hatte. Dieser Mann war dann vielleicht gestorben oder hatte sie verlassen, woraufhin es ihr nur natürlich vorgekommen war, sich an Edmunds Familie zu wenden – was ja auch sein Wunsch gewesen war. Der Brief kam mir echt und natürlich vor – aber dann meinte Harold nur, wenn er von einer Betrügerin stamme, dann hätte diese Martine natürlich gekannt, wäre über alles informiert und hätte also einen rundum plausiblen Brief schreiben können. Ich musste zugeben, dass er damit Recht hatte – aber trotzdem...»

Sie verstummte.

«Sie wollten, dass er wahr war», sagte Craddock leise.

Sie sah ihn dankbar an.

«Ja, das wollte ich. Ich wäre so froh, wenn Edmund einen Sohn hinterlassen hätte.»

Craddock nickte.

«Der Brief sieht, ganz wie Sie sagen, auf den ersten Blick echt aus. Seltsam ist nur das weitere Geschehen; Martine Crackenthorpes überstürzte Abreise nach Paris und die Tatsache, dass Sie seither nichts mehr von ihr gehört haben. Sie hatten ihr freundlich geantwortet und wollten sie willkommen heißen. Selbst wenn sie nach Frankreich zurückkehren musste, warum hat sie Ihnen nicht mehr geschrieben? Immer angenommen, sie war die echte Martine. Bei einer Betrügerin wäre alles ganz einfach zu erklären. Ich dachte, Sie hätten vielleicht Mr. Wimborne hinzugezogen, und er hätte Nachforschungen in die Wege geleitet, die die Frau gewarnt hätten. Dem ist aber nicht so, sagen Sie. Trotzdem wäre möglich, dass einer Ihrer Brüder etwas Derartiges getan hat. Möglicherweise hatte diese Martine einen Hintergrund, der Nachforschungen nicht standgehalten hätte. Sie könnte davon ausgegangen sein, sie hätte es nur mit Edmunds liebevoller Schwester zu tun, nicht mit nüchternen und vorsichtigen Geschäftsleuten. Vielleicht hat sie gehofft, sie könnte ohne viel Fragen Ihrerseits Geld für das Kind aus Ihnen herausholen (wohl kaum mehr ein Kind; das müsste heute fünfzehn bis sechzehn Jahre alt sein). Stattdessen stieß sie auf Schwierigkeiten ganz anderer Art. Ich könnte mir denken, dass sich Rechtsfragen von einiger Tragweite gestellt hätten. Wenn Edmund Crackenthorpe einen ehelichen Sohn hinterlassen hätte, dann wäre der ein Miterbe Ihres großväterlichen Vermögens, oder?»

Emma nickte.

«Und nach allem, was ich gehört habe, würde er eines Tages Rutherford Hall mitsamt dem Grundstück erben – heute wahrscheinlich wertvolles Bauland.»

Emma wurde unruhig.

«Ja, daran hatte ich gar nicht gedacht.»

«Na, machen Sie sich keine Sorgen», sagte Inspector Craddock. «Sie haben das einzig Richtige getan und es mir erzählt. Ich werde die erforderlichen Untersuchungen veranlassen, aber ich halte eine Verbindung zwischen der Briefschreiberin (die sich vermutlich auf illegale Weise bereichern wollte) und der Frauenleiche im Sarkophag für sehr unwahrscheinlich.»

Emma seufzte erleichtert und erhob sich.

«Ich bin ja so froh, dass ich es Ihnen erzählt habe. Haben Sie vielen Dank.»

Craddock brachte sie zur Tür.

Dann klingelte er nach Detective-Sergeant Wetherall.

«Bob, ich habe Arbeit für Sie. Fahren Sie zum 126 Elvers Crescent Nr. 10. Nehmen Sie Fotos von der Frau aus Rutherford Hall mit, und versuchen Sie, etwas über eine Frau namens Crackenthorpe in Erfahrung zu bringen – Mrs. Martine Crackenthorpe, die entweder dort gewohnt oder Briefe dorthin hat zustellen lassen, sagen wir, in der zweiten Dezemberhälfte.»

«Geht klar, Sir.»

Craddock widmete sich anderen Arbeiten auf dem Schreibtisch. Am Nachmittag ging er zu einem befreundeten Theateragenten, hatte mit seinen Fragen aber keinen Erfolg.

Am frühen Abend kehrte er noch einmal ins Büro zurück und fand auf dem Schreibtisch ein Telegramm aus Paris vor.

«Angaben Ihrerseits könnten auf Anna Strawinska vom Ballet Maritski zutreffen. Empfehle Ihren Besuch vor Ort. Dessin, Präfektur.»

Craddock atmete hörbar auf, und seine Stirn glättete sich.

Endlich! So viel zur Martine-Crackenthorpe-Fährte, dachte er ... Er beschloss, mit der Nachtfähre nach Frankreich überzusetzen.

Dreizehntes Kapitel

I

«Es ist sehr liebenswürdig von Ihnen, mich zum Tee einzuladen», sagte Miss Marple zu Emma Crackenthorpe.

Miss Marple sah noch verwirrter und verhuschter aus als sonst – der Inbegriff einer reizenden alten Dame. Sie sah sich strahlend um – betrachtete Harold Crackenthorpe in seinem maßgeschneiderten dunklen Anzug, Alfred, der ihr mit gewinnendem Lächeln Sandwiches reichte, und Cedric, der in einer abgerissenen Tweedjacke am Kamin lehnte und den Rest der Familie mit finsteren Blicken bedachte.

«Wir sind hocherfreut, dass Sie kommen konnten», sagte Emma höflich.

Nichts deutete mehr auf die Szene hin, die sich nach dem Mittagessen abgespielt hatte, als Emma plötzlich ausrief: «Ach du liebe Zeit, das habe ich ja ganz vergessen. Ich habe Miss Eyelesbarrow gesagt, sie könne heute ihre alte Tante zum Tee mitbringen.»

«Lad sie wieder aus», sagte Harold schroff. «Wir haben genug zu besprechen. Fremde haben uns gerade noch gefehlt.»

«Lass sie doch in der Küche oder sonstwo mit dem Mädchen Tee trinken», sagte Alfred.

«O nein, das kommt gar nicht in Frage», sagte Emma in entschiedenem Ton. «Das wäre äußerst taktlos.»

«Ach, lasst sie doch kommen», sagte Cedric. «Dann können wir sie ein bisschen nach der entzückenden Lucy ausquetschen. Ich muss gestehen, dass ich gern mehr über das Mädchen wüsste. Ich weiß nicht, ob ich ihr trauen kann. Sie ist ganz schön ausgebufft.»

«Sie hat hervorragende Referenzen und ist absolut vertrauenswürdig», sagte Harold. «Das habe ich bereits in Erfahrung gebracht. Man möchte schließlich wissen, woran man ist. Wenn jemand so herumschnüffelt wie sie und unvermittelt eine Leiche findet.»

«Wenn wir bloß wüssten, wer diese verflixte Frau war», sagte Alfred.

Harold sagte verärgert:

«Wirklich, Emma, du musst von allen guten Geistern verlassen gewesen sein, als du die Polizei auf den Gedanken gebracht hast, die Tote könne Edmunds französische Geliebte gewesen sein. Jetzt wird man dort erst recht glauben, dass sie hier war und dass einer von *uns* sie umgebracht hat.»

«Aber nein, Harold. Nun übertreib mal nicht.»

«Harold hat völlig Recht», meinte Alfred. «Mir ist schleierhaft, was bloß in dich gefahren war. Ich habe das Gefühl, ich würde auf Schritt und Tritt von Zivilbeamten verfolgt.»

«Ich habe ihr davon abgeraten», sagte Cedric. «Aber Quimper hat sie noch bestärkt.»

«Den geht das doch gar nichts an», sagte Harold verärgert. «Der soll bei seinen Pillen und Pülverchen und National Health bleiben.»

«Nun streitet euch doch nicht», sagte Emma resigniert. «Ich bin eigentlich ganz froh, dass die alte Miss Sowieso zum Tee kommt. Es wird uns allen gut tun, wenn eine Fremde hier ist und uns davon abhält, uns immerzu mit denselben Fragen zu beschäftigen. Ich muss mich noch ein bisschen zurechtmachen.»

Damit verließ sie den Raum.

«Diese Lucy Eyelesbarrow», sagte Harold und stockte. «Cedric hat recht; es ist merkwürdig, dass sie in der Scheune herumstöbert und einen Sarkophag aufstemmt – eine wahre Herkulesarbeit. Vielleicht sollten wir etwas unternehmen. Ich fand sie beim Mittagessen geradezu feindselig –»

«Überlasst sie mir», sagte Alfred. «Ich werde schon herausfinden, was sie im Schilde führt.»

«Ich meine, *warum* musste sie den Sarkophag öffnen?»

«Vielleicht ist sie gar nicht die echte Lucy Eyelesbarrow», schlug Cedric vor.

«Aber welchen Sinn soll das bloß –?» Harold wirkte fassungslos. «Ach, zum Teufel!»

Sie sahen einander sorgenvoll an.

«Und jetzt kommt auch noch diese alte Vettel zum Tee. Genau wenn wir uns *beraten* müssen.»

«Wir besprechen das alles heute Abend», sagte Alfred. «Vorher löchern wir die alte Tante wegen Lucy.»

Also war Miss Marple wie geplant von Lucy abgeholt und vor dem Kamin platziert worden, wo sie Alfred, der ihr Sandwiches reichte, mit jener Wertschätzung anlächelte, die sie allen gut aussehenden Männern entgegenbrachte.

«Vielen herzlichen Dank ... darf ich fragen ...? Oh, Eier und Sardinen, ja, davon nehme ich gerne eins. Ich fürchte, ich bin beim Tee immer ziemlich gierig. Wissen Sie, wenn man so in die Jahre kommt ... Abends dann natürlich nur ein leichtes Mahl ... ich muss aufpassen.» Dann wandte sie sich wieder an ihre Gastgeberin. «Welch ein wunderschönes Haus Sie doch haben. Und so viele Kunstwerke. Diese Bronzen etwa erinnern mich an Erwerbungen meines Vaters – von der Pariser Weltausstellung. Ach, von Ihrem Großvater, ja? Im klassischen Stil, nicht wahr? Beeindruckend. Und wie schön, dass Sie Ihre Brüder bei sich haben. Familien werden ja so oft in alle Windrichtungen zerstreut – Indien, obgleich das inzwischen wohl auch schon Vergangenheit ist – und Afrika – die Westküste mit ihrem ungesunden Klima.»

«Zwei meiner Brüder wohnen in London.»

«Wie schön für Sie.»

«Aber mein Bruder Cedric ist Maler und lebt auf Ibiza, einer der Balearen.»

«Maler schätzen Inseln, nicht wahr?», sagte Miss Marple. «Chopin – der war doch auf Mallorca, oder? Ach nein, der war ja Komponist. Eigentlich meinte ich Gauguin. Ein tragisches Leben – vergeudet, hat man den Eindruck. Ich persönlich kann mit Bildern von Eingeborenenfrauen nicht viel anfangen – ich weiß natürlich, dass er sehr verehrt wird –, aber diese fahlen

Senffarben sagen mir einfach nicht zu. Man wird vor seinen Bildern immer etwas gereizt.»

Sie beäugte Cedric ein wenig missbilligend.

«Erzählen Sie uns von Lucy, Miss Marple. Wie war sie als Kind?», fragte Cedric.

Sie lächelte strahlend zu ihm hoch.

«Lucy war ein aufgewecktes Kind», sagte sie. «Doch, das warst du, Liebes – unterbrich mich nicht. Sie verstand sich ganz außerordentlich gut auf Zahlen. Ich weiß noch, einmal hat mir der Schlachter bei der Oberschale eines Rinderbratens zu viel berechnet...»

Miss Marple sprudelte nur so vor Erinnerungen an Lucys Kindheit und kam von dort auf ihre eigenen Erfahrungen des Dorflebens.

Der Erinnerungsstrom verebbte, als Bryan und die Jungen feucht und verdreckt von ihrer begeisterten Suche nach Beweisstücken zurückkehrten. Der Tee wurde serviert, und da kam auch Dr. Quimper, wurde der alten Dame vorgestellt und sah sich mit hochgezogenen Augenbrauen suchend um.

«Ihr Vater ist hoffentlich nicht unpässlich, Emma?»

«Aber nein – er ist heute Nachmittag bloß etwas müde –»

«Geht Besuchern aus dem Wege, nehme ich an», sagte Miss Marple mit spitzbübischem Lächeln. «Wie gut ich das von meinem Vater kenne. ‹Kommen wieder jede Menge alte Schachteln?›, fragte er dann meine Mutter. ‹Lass mir den Tee ins Arbeitszimmer bringen.› In der Hinsicht war er richtig unhöflich.»

«Bitte glauben Sie nicht –», setzte Emma an, wurde aber von Cedric unterbrochen.

«Wenn seine geliebten Söhne kommen, heißt es immer Tee im Arbeitszimmer. Psychologisch zu erwarten, was, Doktor?»

Dr. Quimper verzehrte Sandwiches und Mokkakuchen mit dem Appetit eines Mannes, der selten Zeit zum Essen findet, und sagte:

«Psychologie ist schön und gut, wenn man sie den Psychologen überlässt. Aber heutzutage spielt sich jeder als Amateurpsychologe auf. Meine Patienten können *mir* haargenau sagen, an welchen Komplexen und Neurosen sie leiden, und geben mir kaum je Gelegenheit, es *ihnen* zu sagen. Danke, Emma, ich nehme gern noch eine Tasse. Hatte heute keine Zeit zum Mittagessen.»

«Ich finde, das Leben eines Arztes ist so edel und aufopfernd», sagte Miss Marple.

«Dann können Sie nicht viele Ärzte kennen», meinte Dr. Quimper. «Früher wurden sie Blutsauger genannt, und oft waren sie das auch! Aber heute werden wir wenigstens bezahlt, dafür sorgt der Staat. Man braucht keine Rechnungen mehr auszustellen, von denen man von vornherein weiß, dass sie nie bezahlt werden. Dummerweise sind alle Patienten wild entschlossen, aus Vater Staat das Letzte herauszuholen, und wenn die kleine Jenny in der Nacht zweimal hustet oder der kleine Tommy ein paar grüne Äpfel gegessen hat, schwupps, muss der Arzt in stockfinsterer Nacht herbeieilen. Na, egal. Herrlicher Kuchen, Emma. Sie sind eine sagenhafte Köchin!»

«Den haben Sie nicht mir, sondern Miss Eyelesbarrow zu verdanken.»

«Ihrer ist genauso gut», sagte Quimper galant.

«Wollen Sie dann nach Vater schauen?»

Sie erhob sich, und der Arzt folgte ihr. Miss Marple sah ihnen nach.

«Miss Crackenthorpe ist augenscheinlich eine treu ergebene Tochter», sagte sie.

«Es ist mir ein Rätsel, wie sie den alten Herrn aushält», sagte Cedric unverblümt.

«Sie hat hier ein behagliches Zuhause, und Vater hängt sehr an ihr», sagte Harold schnell.

«Em ist in Ordnung», sagte Cedric. «Die geborene alte Jungfer.»

Miss Marple lachte der Schalk aus den Augen, als sie sagte:

«Ja, finden Sie?»

Harold sagte hastig:

«Mein Bruder meinte den Begriff alte Jungfer keineswegs abwertend, Miss Marple.»

«Ich war auch nicht pikiert», sagte Miss Marple. «Ich frage mich bloß, ob er Recht hat. Ich für mein Teil halte Miss Crackenthorpe keineswegs für eine alte Jungfer. Sie gehört meines Erachtens zu den Menschen, die oft erst spät im Leben heiraten – dann aber um so erfolgreicher.»

«Kaum eine Chance, wenn sie weiterhin hier lebt», sagte Cedric. «Da trifft sie keine heiratsfähigen Männer.»

Miss Marple zwinkerte noch schalkhafter.

«Es gibt immer Geistliche – und Ärzte.»

Ihre sanften, schelmischen Augen glitten vom einen zum anderen.

Offensichtlich hatte sie sie auf eine völlig neue Idee gebracht, von der sie ganz und gar nicht angetan waren.

Miss Marple erhob sich und ließ dabei mehrere kleine Wollschals und ihre Handtasche fallen.

Die drei Brüder hoben sie ihr höchst aufmerksam auf.

«Zu freundlich von Ihnen», säuselte Miss Marple. «Ach ja, und mein kleines blaues Halstuch. Ja – wie gesagt – sehr liebenswürdig von Ihnen, mich einzuladen. Wissen Sie, ich hatte mir schon ausgemalt, wie Ihr Zuhause wohl aussieht – damit ich mir die liebe Lucy bei der Arbeit vorstellen kann.»

«Die reine Idylle – mit einem Mord als Zugabe», sagte Cedric.

«Cedric!», versetzte Harold scharf.

Miss Marple lächelte zu Cedric hoch.

«Wissen Sie, an wen Sie mich erinnern? An den jungen Thomas Eade, den Sohn vom Filialleiter unserer Bank. Der wollte die Leute auch immer schockieren. In Bankierskreisen kam er damit natürlich auf keinen grünen Zweig und ist daher auf die westindischen Inseln gezogen ... Nach dem Tod seines Vaters kam er wieder nach Hause und hat eine Menge Geld geerbt. Sehr schön für ihn. Auf das Geldausgeben hatte er sich von jeher besser verstanden als auf das Geldverdienen.»

II

Lucy brachte Miss Marple nach Hause. Als sie auf dem Rückweg gerade in die Lieferantenzufahrt einbiegen wollte, trat eine Gestalt aus der Nacht in den Lichtkegel ihrer Scheinwerfer. Der Mann winkte, und Lucy erkannte Alfred Crackenthorpe.

«Das tut gut», sagte er beim Einsteigen. «Brr, ist das kalt! Ich hatte Lust auf einen Spaziergang an der frischen Luft, aber die Lust ist mir vergangen. Und? Die alte Dame gut nach Hause gebracht?»

«Ja. Es hat ihr großen Spaß gemacht.»

«Das hat man gemerkt. Komisch, dass sich alte Damen noch für die langweiligste Gesellschaft erwärmen können. Und nichts, wirklich gar nichts könnte langweiliger sein als Rutherford Hall. Länger als zwei Tage halte ich es hier nie aus. Wie schaffen Sie das bloß, Lucy? Sie haben doch nichts dagegen, wenn ich Sie Lucy nenne, oder?»

«Nein, nein. Ich finde es nicht langweilig. Aber ich bin natürlich auch nicht auf Dauer hier.»

«Ich habe Sie beobachtet, Lucy – Sie sind ein kluges Mädchen. Viel zu klug, um Ihre Zeit mit Kochen und Putzen zu vertun.»

«Vielen Dank, aber Kochen und Putzen sind mir lieber als Büroarbeit.»

«Mir auch. Aber es gibt noch andere Dinge im Leben. Sie könnten freiberuflich tätig werden.»

«Das bin ich schon.»

«So meine ich das nicht. Ich finde, Sie sollten Ihr eigener Boss sein. Wetzen Sie Ihren Verstand an –»

«Woran?»

«Denen da oben! All den albernen kleinkarierten Regeln und Vorschriften, die einem heutzutage Steine in den Weg legen. Das Interessante ist doch, dass sich alle Regeln umgehen lassen, wenn man nur schlau genug ist, den richtigen Weg zu finden. Und Sie sind schlau. Kommen Sie, die Idee gefällt Ihnen doch, oder?»

«Möglich.»

Lucy steuerte den Wagen in den Stall.

«Wollen sich nicht festlegen?»

«Ich müsste erst mehr darüber erfahren.»

«Offen gestanden, ich hätte Verwendung für Sie, meine Liebe. Sie haben eine unschätzbare Eigenschaft – Sie treten Vertrauen erweckend auf.»

«Soll ich Ihnen helfen, Goldbarren zu verkaufen?»

«Nicht ganz so riskant. Nur eine kleine Umgehung des Gesetzes – mehr nicht.» Seine Hand schob sich unter ihren Arm. «Sie sind ein verdammt attraktives Mädchen, Lucy. Ich hätte Sie gern als Partnerin.»

«Ich bin geschmeichelt.»

«Das heißt, nichts zu machen? Denken Sie darüber nach. Denken Sie daran, wie viel Spaß es machen würde. Wie viel Spaß es machen würde, all die Trantüten auszutricksen. Das Problem ist bloß, man braucht Startkapital.»

«Ich fürchte, da sind Sie bei mir an der falschen Adresse.»

«Oh, ich wollte nicht schnorren! Ich werde in absehbarer Zeit ein hübsches Sümmchen in die Finger bekommen. Mein verehrter Papa, der schäbige alte Geizhals, kann nicht ewig leben. Wenn er über die Klinge springt, bekomme ich ein Heidengeld. Also wie wäre es, Lucy?»

«Wie lauten die Bedingungen?»

«Heirat, wenn Sie wollen. Das wollen die Frauen doch, auch wenn sie noch so fortschrittlich und finanziell unabhängig tun. Außerdem können Eheleute nicht gezwungen werden, gegeneinander auszusagen.»

«Schon weniger schmeichelhaft!»

«Nicht aufregen, Lucy. Sehen Sie nicht, dass Sie es mir angetan haben?»

Zu ihrer eigenen Überraschung spürte auch Lucy eine eigenartige Faszination. Alfred besaß Charme, auch wenn er auf rein körperlicher Anziehungskraft beruhen mochte. Sie lachte und entzog sich seinem Arm.

«Das ist jetzt kaum die rechte Zeit für Tändeleien. Ich muss mich um das Abendessen kümmern.»

«In der Tat, Lucy, und Sie sind eine fabelhafte Köchin. Womit verwöhnen Sie uns denn heute Abend?»

«Lassen Sie sich überraschen! Sie sind ja genauso schlimm wie die Jungen!»

Sie gingen ins Haus, und Lucy eilte in die Küche. Sie war verdutzt, als Harold Crackenthorpe sie beim Kochen störte.

«Miss Eyelesbarrow, kann ich Sie wohl einen Augenblick sprechen?»

«Hat das Zeit, Mr. Crackenthorpe? Ich bin spät dran.»

«Aber gewiss doch. Nach dem Abendessen?»

«Ja, das wäre mir lieber.»

Das Abendessen wurde rechtzeitig aufgetragen und fand großen Anklang. Lucy erledigte den Abwasch, und als sie in die Halle trat, wartete Harold Crackenthorpe schon auf sie.

«Ja, Mr. Crackenthorpe?»

«Setzen wir uns doch.» Er öffnete die Tür zum Salon, ging vor und schloss die Tür hinter ihr.

«Ich fahre morgen früh nach London zurück», erklärte er, «aber ich wollte Ihnen sagen, wie sehr mich Ihre Fähigkeiten beeindrucken.»

«Vielen Dank», sagte Lucy leicht erstaunt.

«Ich habe den Eindruck, Ihr eigentliches Talent wird hier völlig vergeudet.»

«Ja? Ich nicht.»

Er kann mir wenigstens keinen Heiratsantrag machen, dachte Lucy. Er hat ja schon eine Frau.

«Ich möchte Ihnen den Vorschlag unterbreiten, dass Sie mich, nachdem Sie uns so souverän durch diese beklagenswerte Krise gebracht haben, in London aufsuchen. Wenn Sie sich melden und einen Termin geben lassen, werde ich bei meiner Sekretärin entsprechende Anweisungen hinterlegen. Im Vertrauen gesagt, brauchen wir in unserem Unternehmen Menschen mit Ihren überragenden Fähigkeiten. Wir müssten natürlich noch eingehend besprechen, auf welchem Gebiet diese am besten zum Tragen kämen. Ich kann Ihnen ein ansehnliches Gehalt und glänzende Aussichten bieten, Miss

Eyelesbarrow. Ich denke, Sie werden angenehm überrascht sein.»

Er lächelte großherzig.

Lucy sagte nüchtern:

«Vielen Dank, Mr. Crackenthorpe, ich werde es mir durch den Kopf gehen lassen.»

«Lassen Sie sich nicht zu viel Zeit. Eine solche Gelegenheit sollte sich eine junge Frau, die es in der Welt zu etwas bringen möchte, nicht entgehen lassen.»

Wieder blitzten seine Zähne auf.

«Gute Nacht, Miss Eyelesbarrow, schlafen Sie gut.»

«Na», sagte sich Lucy, «also ... das ist ja alles sehr interessant ...»

Als sie sich zurückziehen wollte, begegnete sie Cedric auf der Treppe.

«Ach, Lucy, ich wollte Sie noch etwas fragen.»

«Wollen Sie mich heiraten, und soll ich mit Ihnen nach Ibiza gehen und hinter Ihnen herräumen?»

Cedric fiel aus allen Wolken, wirkte sogar etwas erschrocken.

«Das würde mir nicht im Traum einfallen.»

«Entschuldigung. Mein Fehler.»

«Ich wollte Sie bloß fragen, ob es im Haus einen Fahrplan gibt.»

«Ist das alles? Auf dem Tischchen in der Halle liegt einer.»

«Hören Sie», sagte Cedric tadelnd, «Sie sollten nicht glauben, alle Welt wolle Sie heiraten. Sie sehen gut aus, aber so gut nun auch wieder nicht. Man kennt das doch – so etwas nistet sich ein und wird irgendwann zur fixen Idee. Übrigens sind Sie die Letzte, die ich heiraten würde. Die Letzte.»

«Ach ja?», sagte Lucy. «Sie brauchen nicht darauf herumzureiten. Wäre ich Ihnen als Stiefmutter lieber?»

«Wie bitte?» Cedric starrte sie entgeistert an.

«Sie haben mich schon verstanden», sagte Lucy, ging in ihr Zimmer und schloss die Tür hinter sich.

Vierzehntes Kapitel

I

Dermot Craddock war mit Armand Dessin von der Pariser Präfektur locker befreundet. Die beiden Männer waren sich schon ein paarmal begegnet und kamen gut miteinander aus. Da Craddock fließend Französisch sprach, unterhielten sie sich meist in dieser Sprache.

«Es ist nur eine Idee», warnte Dessin ihn, «ich habe hier eine Fotografie vom Corps de Ballet – das hier ist sie, die Vierte von links – sagt Ihnen das etwas?»

Inspector Craddock bedauerte. Eine erdrosselte junge Frau war nicht leicht zu erkennen, und die jungen Frauen auf der Fotografie waren aufwendig geschminkt und trugen alle einen extravaganten Kopfputz aus Federn.

«Es könnte sein», sagte er. «Weiter würde ich nicht gehen. Wer war sie? Was wissen Sie über sie?»

«So gut wie gar nichts», sagte der andere vergnügt. «Schauen Sie, sie war ein kleines Licht. Und das Ballet Maritski ist ebenfalls ein kleines Licht. Es tritt in Vorstadttheatern auf und tingelt durch die Lande – aber es hat keine großen Namen, keine Diven, keine berühmten Primaballerinen. Aber ich werde Sie zur Leiterin Madame Joilet bringen.»

Madame Joilet war eine lebhafte, geschäftstüchtige Französin mit durchdringendem Blick, einem kleinen Damenbart und jeder Menge Fettgewebe.

«Also, ich mag die Polizei nicht!» Sie funkelte sie an, ohne ihre Verstimmung ob des Besuchs zu verhehlen. «Sie kompromittieren mich, wo Sie nur können.»

«Aber nein, Madame, das dürfen Sie nicht sagen», sagte Dessin, ein schlanker, melancholisch wirkender Mann von stattlichem Wuchs. «Wann hätte ich Sie je kompromittiert?»

«Bei der kleinen Närrin, die die Karbolsäure getrunken hatte», sagte Madame Joilet prompt. «Und alles nur, weil sie sich in den Dirigenten verliebt hatte – der sich nichts aus Frauen macht und an dem ein Priester verloren gegangen ist. Da haben Sie großen Klamauk veranstaltet! So etwas schadet meinem wunderschönen Ballett.»

«Im Gegenteil, es war ein großer Kassenerfolg», sagte Dessin. «Außerdem ist das drei Jahre her. Sie sollten nicht so nachtragend sein. Was jetzt dieses Mädchen angeht, Anna Strawinska –»

«Was soll mit ihr sein?», fragte Madame vorsichtig.

«Ist sie Russin?», fragte Inspector Craddock.

«Ganz und gar nicht. Wegen ihres Namens, meinen Sie? Aber diese Mädchen geben sich doch alle solche Namen. Sie war nicht weiter wichtig, sie tanzte nicht besonders gut, sie sah nicht besonders gut aus. *Elle était assez bien, c'est tout.* Sie tanzte gut genug für das Corps de Ballet – aber keine Solos.»

«War sie Französin?»

«Kann sein. Sie hatte einen französischen Pass. Aber sie hat mal erwähnt, sie hätte einen englischen Ehemann.»

«Einen englischen Ehemann? Am Leben – oder tot?»

Madame Joilet zuckte die Schultern.

«Tot, oder er hat sie verlassen. Woher soll ich das wissen? Diese Mädchen – ständig haben sie Männerprobleme –»

«Wann haben Sie sie das letzte Mal gesehen?»

«Ich war mit meinem Ensemble sechs Wochen in London. Dann sind wir in Torquay aufgetreten, in Bournemouth, in Eastbourne, irgendwo, wo ich den Namen vergessen habe, und in Hammersmith. Dann sind wir nach Frankreich zurückgekommen, aber Anna – ist nicht mitgekommen. Sie hat bloß eine Nachricht geschickt, sie würde aus dem Ensemble ausscheiden und zur Familie ihres Mannes ziehen – irgend so ein Unsinn. Ich persönlich habe es nicht geglaubt. Ich halte es für wahrscheinlicher, dass sie einen Mann kennen gelernt hat, wenn Sie wissen, was ich meine.»

Inspector Craddock nickte. Ihm war klar, dass das Madame Joilets erster Gedanke sein musste.

«Und ich weine ihr keine Träne nach. Es ist mir egal. Ich kann Mädchen bekommen, die genauso gut und besser tanzen, also zucke ich die Achseln und denke nicht weiter darüber nach. Warum sollte ich? Diese Mädchen sind doch alle gleich, haben nichts als Männer im Kopf.»

«Wissen Sie das Datum noch?»

«Wann wir nach Frankreich zurückgekommen sind? Das war – Moment – am Sonntag vor Weihnachten. Und Anna ist zwei – oder waren es drei? – Tage vorher durchgebrannt. Ich kann mich nicht genau erinnern ... Aber am Wochenende sind wir in Hammersmith ohne sie aufgetreten – und das heißt, wir mussten neu choreographieren ... Es war ziemlich ungezogen von ihr – aber diese Mädchen – sobald sie einen Mann kennen lernen, sind sie alle gleich. Ich habe ihnen allen gesagt: ‹*Zut*, ich nehme sie nicht wieder auf, dieses Flittchen!›»

«Sehr ärgerlich für Sie.»

«Pah! Mir macht das nichts aus. Bestimmt hat sie sich irgendwo einen Mann angelacht und die Weihnachtsferien mit ihm verbracht. Das geht mich nichts an. Ich kann genug andere Mädchen finden – Mädchen, die vor Freude jauchzen, wenn sie im Ballet Maritski mittanzen dürfen, und die genauso gut, wenn nicht besser tanzen als Anna.»

Madame Joilet verstummte und fragte dann mit plötzlich aufflackernder Neugier:

«Warum suchen Sie sie eigentlich? Ist sie zu Geld gekommen?»

«Im Gegenteil», sagte Inspector Craddock höflich. «Wir glauben, dass sie ermordet worden ist.»

Madame Joilet verfiel wieder in Gleichgültigkeit.

«*Ça se peut!* Das kommt vor. Je nun! Sie war eine gute Katholikin. Jeden Sonntag ist sie zur Messe und sicher auch zur Beichte gegangen.»

«Madame, hat sie Ihnen gegenüber je einen Sohn erwähnt?»

«Einen Sohn? Soll das heißen, sie hatte ein Kind? Also das halte ich für äußerst unwahrscheinlich. Diese Mädchen haben – ich meine, die kennen doch *alle* eine nützliche Adresse für solche Fälle. Monsieur Dessin weiß das ebenso gut wie ich.»

«Sie könnte ein Kind bekommen haben, bevor sie zum Theater gegangen ist», sagte Craddock. «Womöglich noch im Krieg.»

«*Ah! dans le guerre.* Das ist natürlich möglich. Aber wenn, dann weiß ich nichts davon.»

«Mit welchen Mädchen war sie am besten befreundet?»

«Ich kann Ihnen zwei oder drei Namen nennen – aber echte Freundinnen hatte sie nicht.»

Mehr war aus Madame Joilet nicht herauszubekommen.

Als sie ihr die Puderdose zeigten, meinte sie, Anna habe so eine gehabt, die meisten anderen Mädchen jedoch auch. Anna konnte in London einen Pelzmantel gekauft haben – sie wusste nichts davon. «Ich habe mit den Proben zu tun, mit der Bühnenbeleuchtung, mit all den Problemen meines Berufs. Ich habe keine Zeit, auf die Garderobe meiner Künstlerinnen zu achten.»

Nach Madame Joilet befragten sie die Mädchen, deren Namen sie von ihr bekommen hatten. Einige hatten Anna recht gut gekannt, aber sie alle sagten aus, sie habe wenig von sich preisgegeben, und dieses Wenige, sagte ein Mädchen, seien meist Lügen gewesen.

«Sie erzählte gern Geschichten – mal war sie die Maitresse eines Großherzogs gewesen – mal die eines einflussreichen englischen Finanziers – oder sie hatte im Krieg für die Résistance gearbeitet. In einer Geschichte war sie sogar ein Filmstar in Hollywood.»

Ein anderes Mädchen sagte aus:

«Ich glaube, in Wirklichkeit stammte sie aus ganz einfachen bürgerlichen Verhältnissen. Sie war gern beim Ballett, weil sie das romantisch fand, aber sie war keine gute Tänzerin. Sehen Sie, hätte sie zugeben müssen, ‹mein Vater war Textilkaufmann in Amiens›, dann hätte das nichts Romantisches gehabt! Also hat sie Dinge erfunden.»

«Selbst in London», sagte das erste Mädchen, «machte sie Anspielungen auf einen schwerreichen Mann, der sie auf eine Kreuzfahrt um die ganze Welt mitnehmen wollte, weil sie ihn an seine Tochter erinnerte, die bei einem Autounfall ums Leben gekommen war. *Quelle blague!*»

«*Mir* hat sie erzählt, sie wollte zu einem reichen Lord nach Schottland gehen», sagte das zweite Mädchen. «Sie hat gesagt, sie würde dort Hirsche schießen.»

All das half nicht weiter. Daraus ging lediglich hervor, dass Anna Strawinska eine begnadete Lügnerin war. Sie schoss bestimmt keine Hirsche mit einem schottischen Peer, und es war ähnlich unwahrscheinlich, dass sie auf dem Sonnendeck eines Kreuzfahrtschiffes lag und um die Welt segelte. Andererseits gab es auch keinen stichhaltigen Grund, warum ihre Leiche in einem Sarkophag in Rutherford Hall gefunden worden sein sollte. Ihre Identifizierung durch die Tänzerinnen und Madame Joilet war äußerst fragwürdig und zweifelhaft. Die Leiche hatte Ähnlichkeiten mit Anna, da waren sich alle einig. Aber alles was recht war! So aufgedunsen – das hätte jede sein können!

Fest stand nur, dass Anna Strawinska am 19. Dezember beschlossen hatte, nicht nach Frankreich zurückzukehren, und dass eine Frau, die ihr oberflächlich ähnlich sah, am 20. Dezember mit dem Zug um 16.33 nach Brackhampton gefahren und unterwegs erdrosselt worden war.

Wenn die Frau im Sarkophag *nicht* Anna Strawinska war, wo war diese dann?

Madame Joilets Antwort auf diese Frage war einfach und unvermeidlich.

«Bei einem Mann!»

Und wahrscheinlich war diese Antwort auch richtig, dachte Craddock und seufzte.

Einer anderen Möglichkeit musste er noch nachgehen – diese ergab sich aus der Bemerkung, Anna habe beiläufig einen englischen Ehemann erwähnt.

War dieser Ehemann Edmund Crackenthorpe gewesen?

Nach den Beschreibungen Annas durch ihre Bekannten

schien das unwahrscheinlich. Weit eher war davon auszugehen, dass Anna das Mädchen Martine einst gut genug gekannt hatte, um alle erforderlichen Einzelheiten zu wissen. Es *konnte* Anna gewesen sein, die Emma Crackenthorpe den Brief geschrieben hatte, und wenn dem so war, dann konnte ihr bei dem Gedanken an mögliche Nachforschungen mulmig geworden sein. Vielleicht hatte sie es daher auch für klüger gehalten, ihre Verbindungen zum Ballet Maritski zu lösen. Wieder stellte sich dann die Frage, wo sie jetzt war.

Und wieder schien Madame Joilets Antwort unanfechtbar.

Bei einem Mann ...

II

Bevor Craddock aus Paris abreiste, erörterte er mit Dessin die Frage der Frau namens Martine. Dessin war wie sein englischer Kollege der Auffassung, die Angelegenheit weise vermutlich keine Berührungspunkte mit der Toten im Sarkophag auf. Auch er war jedoch der Ansicht, man müsse dieser Frage nachgehen.

Er versicherte Craddock, die Sûreté werde alles tun, um etwa vorhandene Unterlagen einer Eheschließung zwischen Lieutenant Edmund Crackenthorpe vom 4. Southshire Regiment und einer Französin mit dem Vornamen Martine beizubringen. Zeitpunkt – unmittelbar vor dem Fall Dünkirchens.

Er machte Craddock jedoch darauf aufmerksam, dass eine eindeutige Antwort kaum zu erwarten sei. Nicht nur war die betreffende Gegend Frankreichs damals unter deutsche Besatzung geraten, sondern hatte auch während der nachfolgenden Invasion schwerwiegende Kriegsschäden davongetragen. Zahllose Bauten und Archive waren zerstört worden.

«Aber seien Sie versichert, lieber Kollege, dass wir alles tun werden, was in unserer Macht steht.»

Damit verabschiedeten sich die beiden voneinander.

III

Craddock wurde bei seiner Rückkehr von Sergeant Wetherall erwartet, der mit einer Art finsteren Behagens berichtete:

«Gästezimmer, Sir – das steckt hinter der Adresse 126 Elvers Crescent. Die Pension hat einen ganz guten Ruf.»

«Ergebnisse bei der Identifizierung?»

«Nein, niemand hat auf der Fotografie eine Frau erkannt, die dort ihre Post hätte lagern lassen, aber das ist auch kein Wunder – es ist knapp einen Monat her, und dort gehen viele Menschen ein und aus. Die Pension wird hauptsächlich von Studenten bewohnt.»

«Sie könnte unter anderem Namen abgestiegen sein.»

«Aber niemand hat die Frau auf der Fotografie erkannt.»

Er fügte hinzu:

«Wir haben den Hotels ein Rundschreiben geschickt – nirgends hat sich eine Martine Crackenthorpe eingeschrieben. Nach Ihrem Anruf aus Paris sind wir dem Namen Anna Strawinska nachgegangen. Sie hat wie auch andere Ensemblemitglieder ein Zimmer in einem billigen Hotel in der Nähe von Brook Green gebucht. Da steigen viele Theaterleute ab. Dort ist sie nach der Vorstellung am Donnerstag, dem 19. Dezember, verschwunden. Keine weiteren Anhaltspunkte.»

Craddock nickte. Er schlug eine neue Ermittlungsrichtung vor – versprach sich aber nicht viel davon.

Nach einigem Nachdenken rief er die Kanzlei Wimborne, Henderson & Carstairs an und bat um einen Termin mit Mr. Wimborne.

Zur vereinbarten Zeit wurde er in ein ungewöhnlich stickiges Zimmer geführt, wo Mr. Wimborne hinter einem großen, altmodischen Schreibtisch saß, der mit staubigen Papierstößen bedeckt war. Verschiedene Dokumentenkästen mit Aufschriften wie *Sir John ffouldes, Nachlass, Lady Derrin, George Rowbottom, Esq.,* zierten die Wände; ob als Relikte einer versunkenen Epoche oder als Teil noch laufender Verfahren, konnte der Inspector nicht erkennen.

Mr. Wimborne musterte seinen Besucher mit der höflichen Zurückhaltung, die jedem Familienanwalt der Polizei gegenüber eigen ist.

«Was kann ich für Sie tun, Inspector?»

«Dieser Brief...» Craddock schob Martines Brief über die Tischplatte. Mr. Wimborne berührte ihn angewidert, nahm ihn jedoch nicht in die Hand. Er verfärbte sich eine Spur und presste die Lippen aufeinander.

«Ganz recht», sagte er, «ganz recht! Ich habe gestern Morgen einen Brief von Miss Emma Crackenthorpe erhalten, der mich über ihren Besuch bei Scotland Yard und all die – ähm – anderen Umstände in Kenntnis gesetzt hat. Es ist mir schleierhaft, absolut schleierhaft, warum man mich bei Eintreffen dieses Briefes nicht unverzüglich konsultiert hat! *Äußerst ungewöhnlich!* Man hätte mich sofort informieren müssen...»

Inspector Craddock erging sich in all den begütigenden Plattitüden, die ihm Mr. Wimborne gewogen machen mussten.

«Ich hatte nicht die geringste Ahnung, dass eine Heirat Edmunds je zur Debatte stand», sagte Mr. Wimborne gekränkt.

Inspector Craddock sagte, er nehme an ... in Kriegszeiten ... dann verlor sich seine Stimme ins Ungefähre.

«Kriegszeiten!», giftete Mr. Wimborne. «Wahrhaftig, wir befanden uns bei Kriegsausbruch in Lincoln's Inn Fields, das Nachbarhaus bekam einen direkten Treffer ab, und Unmengen unserer Schriftstücke wurden zerstört. Die wichtigsten Urkunden natürlich nicht; die waren aus Sicherheitsgründen rechtzeitig aufs Land gebracht worden. Aber es stiftete doch große Verwirrung. Gewiss, die Angelegenheiten der Familie Crackenthorpe lagen damals noch in den Händen meines Vaters. Er ist vor sechs Jahren verstorben. Ich könnte mir denken, dass *er* über Edmunds angebliche Heirat unterrichtet war, aber allem Anschein nach ist diese Heirat geplant, aber nie vollzogen worden, und deswegen maß mein Vater der Geschichte wohl auch keine weitere Bedeutung bei. Ich kann mich des Eindrucks nicht erwehren, dass an der Geschichte etwas faul ist. Da meldet sich jemand nach all den Jahren und beruft sich auf eine Heirat und einen ehelichen Sohn. Wirklich sehr faul. Ich wüsste gern, ob sie das beweisen kann.»

«Nur nebenbei gefragt», sagte Craddock, «in welcher Lage befände sie – beziehungsweise ihr Sohn – sich denn?»

«Ich nehme an, sie wollte erreichen, dass die Crackenthorpes für ihren Unterhalt und den ihres Sohnes aufkommen.»

«Gewiss, aber ich meinte, worauf hätten sie und ihr Sohn juristisch denn Anspruch – falls sie ihre Behauptung untermauern könnte?»

«Ah, verstehe.» Mr. Wimborne setzte die zuvor irritiert abgenommene Brille wieder auf und starrte Inspector Craddock mit listiger Konzentration an. «Also, im Moment auf gar nichts. Aber wenn sie beweisen könnte, dass der Junge der ehelich empfangene Sohn von Edmund Crackenthorpe ist, dann hätte der Junge nach dem Tod von Luther Crackenthorpe Anspruch auf seinen Anteil am Treuhandvermögen von Josiah Crackenthorpe. Darüber hinaus würde er als erster Sohn des ältesten Sohns Rutherford Hall erben.»

«Ist das Haus ein wünschenswertes Erbe?»

«Um dort zu wohnen? Nein, wenn Sie mich fragen. Aber das Grundstück ist von beträchtlichem Wert, mein lieber Inspector. Ganz beträchtlich. Man könnte es industriell nutzen, aber auch Wohnungen draufstellen. Das Land liegt heute im Herzen von Brackhampton. O ja, das wäre ein äußerst wünschenswertes Erbe.»

«Ich glaube, Sie hatten gesagt, Cedric werde es erben, wenn Luther Crackenthorpe stirbt.»

«Richtig, als ältester lebender Sohn erbt er den Grundbesitz.»

«Man hat mir den Eindruck vermittelt, dass sich Cedric Crackenthorpe nicht besonders für Geld interessiert.»

Mr. Wimborne warf Craddock einen kalten Blick zu.

«So? Ich neige dazu, solche Aussagen *cum grano salis* zu verstehen. Es gibt sicher weltfremde Menschen, denen Geld gleichgültig ist. Ich bin aber noch nie einem von ihnen begegnet.»

Mr. Wimborne zog offenbar eine gewisse Genugtuung aus dieser Bemerkung.

Inspector Craddock machte sich diesen Lichtblick eilends zunutze.

«Harold und Alfred Crackenthorpe scheinen seit diesem Brief in hellem Aufruhr zu sein», warf er ein.

«Und?», fragte Mr. Wimborne. «Wundert Sie das?»

«Es würde ihren Anteil am Erbe schmälern, nicht wahr?»

«Aber natürlich. Edmund Crackenthorpes Sohn – immer vorausgesetzt, es gibt diesen Sohn – hätte Anspruch auf ein Fünftel des treuhänderisch verwalteten Vermögens.»

«Das hört sich noch nicht nach einem schwerwiegenden Verlust an.»

Mr. Wimborne warf ihm einen pfiffigen Blick zu.

«Es ist ein völlig unzureichendes Mordmotiv, falls Sie darauf hinauswollen.»

«Aber soweit ich verstanden habe, sind beide knapp bei Kasse», murmelte Craddock.

Er hielt Mr. Wimbornes prüfendem Blick gelassen stand.

«Ah! Die Polizei hat bereits Untersuchungen angestellt? Stimmt, Alfred sitzt praktisch ununterbrochen auf dem Trockenen. Ab und an schwimmt er kurze Zeit im Geld – aber das hält nie lange vor. Harold befindet sich momentan in einer etwas prekären Situation, wie Sie richtig erkannt haben.»

«Trotz seiner scheinbaren Prosperität?»

«Fassade! Alles Fassade! Die Hälfte dieser Finanzmagnaten weiß gar nicht, ob sie zahlungsfähig sind oder nicht. Bilanzen lassen sich für das Laienauge retuschieren. Aber wenn die aufgeführten Aktiva keine echten Aktiva sind, sondern immer kurz vor dem Bankrott stehen – was hat man dann noch?»

«Akuten Geldmangel wie Harold Crackenthorpe, nehme ich an.»

«Den er durch Erdrosseln der Witwe seines verstorbenen Bruders auch nicht behoben hätte», sagte Mr. Wimborne. «Und niemand hat Luther Crackenthorpe ermordet, dabei hätte nur dieser Mord der Familie genützt. Ich verstehe daher nicht, wo all Ihre Ideen Sie hinführen, Inspector.»

Das Schlimmste war, dass er selber es auch nicht wusste, dachte Inspector Craddock.

FÜNFZEHNTES KAPITEL

I

Inspector Craddock hatte einen Termin mit Harold Crackenthorpe in dessen Büro abgemacht und war mit Sergeant Wetherall pünktlich zur Stelle. Das Büro lag im vierten Stock eines großen Büroblocks in der City. Seine Inneneinrichtung zeugte von Prosperität und modernem Geschäftsgeschmack reinsten Wassers.

Eine hübsche junge Frau notierte sich Craddocks Namen, murmelte diskret einige Worte in eine Gegensprechanlage, erhob sich dann und führte die beiden in Harold Crackenthorpes Privatbüro.

Harold thronte hinter einem großen lederbespannten Schreibtisch und wirkte so korrekt und selbstbewusst wie immer. Wenn er, wie Inspector Craddocks Vorwissen ihn vermuten ließ, in finanzieller Bedrängnis war, so ließ er sich das nicht anmerken.

Er sah hoch und hieß sie mit unverhohlener Neugier willkommen.

«Guten Morgen, Inspector Craddock. Ich hoffe, Ihr Besuch bedeutet, dass Sie endlich definitive Nachrichten für uns haben.»

«Es tut mir Leid, Mr. Crackenthorpe, aber das leider nicht. Ich würde Ihnen nur gern noch ein paar Fragen stellen.»

«Noch mehr Fragen? Inzwischen müssen wir doch alle denkbaren Fragen beantwortet haben.»

«Ich kann verstehen, dass es Ihnen so vorkommt, Mr. Crackenthorpe, aber es gehört nun einmal zu unserem regulären Ermittlungsverfahren.»

«Und worum geht es diesmal?», fragte Harold Crackenthorpe ungeduldig.

«Ich wäre Ihnen sehr verbunden, wenn Sie mir genau sagen könnten, was Sie am Nachmittag und Abend des 20. Dezember getan haben – sagen wir zwischen 15 Uhr und Mitternacht.»

Harold Crackenthorpe lief vor Ärger dunkelrot an.

«Das scheint mir ein ziemlich taktloses Ansinnen zu sein. Darf ich fragen, was Sie damit bezwecken?»

Craddock lächelte höflich.

«Ich bezwecke damit nicht mehr und nicht weniger, als zu erfahren, wo Sie am Freitag, dem 20. Dezember, zwischen 15 Uhr und Mitternacht waren.»

«Warum?»

«Wir könnten dann einiges ausklammern.»

«Ausklammern? Sie *haben* also neue Informationen.»

«Wir hoffen, der Sache näher zu kommen, Sir.»

«Ich bin mir keineswegs sicher, ob ich Ihre Frage beantworten sollte. Zumindest nicht ohne Hinzuziehung meines Anwalts.»

«Das liegt natürlich ganz bei Ihnen», sagte Craddock. «Sie sind nicht verpflichtet, uns Rede und Antwort zu stehen, und es ist Ihr gutes Recht, zunächst einen Anwalt zu konsultieren.»

«Sie wollen mich doch nicht etwa warnen, wenn ich das so offen fragen darf?»

«Aber nein, Sir.» Inspector Craddock sah ehrlich schockiert drein. «Ganz und gar nicht. Die Fragen, die ich Ihnen stelle, stelle ich auch noch etlichen anderen. Es ist mitnichten persönlich gemeint. Wir versuchen lediglich, bestimmte Faktoren auszuschließen.»

«Ich bin natürlich bestrebt, Ihnen zu helfen, wo ich nur kann. Dann wollen wir mal sehen. Aus dem Stegreif könnte ich Ihnen das nicht sagen, aber wir arbeiten hier sehr systematisch. Miss Ellis müsste helfen können.»

Er sprach einige Worte in die Gegensprechanlage auf dem Schreibtisch, und wenige Augenblicke später trat eine Konfektionsschönheit in einem gut sitzenden schwarzen Kostüm mit einem Notizbuch in der Hand herein.

«Meine Sekretärin Miss Ellis, Inspector Craddock. Miss Ellis, der Inspector wüsste gern, was ich am Nachmittag und Abend des – wie war das Datum noch gleich?»

«Freitag, der 20. Dezember.»

«Was ich am Freitag, dem 20. Dezember, getan habe. Ich nehme an, Sie können das eruieren.»

«Aber ja.» Miss Ellis verließ das Zimmer, kehrte mit einem Terminkalender zurück und blätterte darin.

«Am Vormittag des 20. Dezember waren Sie im Büro. Sie hatten eine Besprechung mit Mr. Goldie wegen der Cromartie-Fusion, trafen sich mittags zu einem Geschäftsessen mit Lord Forthville im Berkeley –»

«Ach, der Tag war das, ja.»

«Gegen 15 Uhr sind Sie ins Büro zurückgekommen und haben ein halbes Dutzend Briefe diktiert. Dann haben Sie die Auktionsräume von Sotheby's aufgesucht, weil Sie sich für einige seltene Handschriften interessierten, die an jenem Tag zur Versteigerung kamen. Danach sind Sie nicht mehr ins Büro zurückgekehrt, aber ich habe hier eine Notiz, dass ich Sie an Ihr Souper im Catering Club erinnern sollte.» Sie sah fragend auf.

«Das ist alles, Miss Ellis.»

Miss Ellis glitt aus dem Zimmer.

«Jetzt weiß ich wieder», sagte Harold. «Ich bin nachmittags zu Sotheby's gegangen, aber die Gebote für die mich interessierenden Lose waren mir zu hoch. Ich habe in einem kleinen Lokal in der Jermyn Street Tee getrunken – das hieß Russells, glaube ich. Dann war ich etwa eine halbe Stunde in einer Wochenschau und bin anschließend nach Hause gegangen – ich wohne in Cardigan Gardens 43. Das Souper des Catering Club fand um 19 Uhr 30 in der Caterer's Hall statt, und danach bin ich nach Hause und ins Bett gegangen. Ich glaube, das sollte Ihre Fragen beantworten.»

«Das tut es ganz gewiss, Mr. Crackenthorpe. Um welche Zeit sind Sie zum Umkleiden nach Hause gekommen?»

«Daran kann ich mich nicht genau erinnern, es müsste aber kurz nach sechs gewesen sein.»

«Und nach dem Souper?»

«Wenn ich mich erinnere, bin ich gegen halb zwölf zu Hause gewesen.»

«Hat Ihr Diener Sie hereingelassen? Oder vielleicht Lady Alice Crackenthorpe –»

«Meine Gattin, Lady Alice, hält sich seit Anfang Dezember in Südfrankreich auf. Ich habe mir mit meinem Hausschlüssel aufgeschlossen.»

«Es gibt also niemanden, der sich für Ihre Rückkehr um diese Zeit verbürgen könnte?»

Harold bedachte ihn mit einem eisigen Blick.

«Das Personal hat mich vermutlich kommen hören. Ich beschäftige ein Ehepaar. Aber, um alles in der Welt, Inspector –»

«Bitte, Mr. Crackenthorpe, ich weiß, wie lästig diese Fragen sind, aber ich bin gleich fertig. Besitzen Sie ein Auto?»

«Ja, einen Humber Hawk.»

«Fahren Sie selbst?»

«Ja, aber fast nur am Wochenende. Das Autofahren in London ist inzwischen so gut wie unmöglich geworden.»

«Ich nehme an, Sie fahren damit nach Brackhampton, wenn Sie Ihren Vater und Ihre Schwester besuchen.»

«Nur wenn ich länger dort bleibe. Wenn ich nur über Nacht bleibe – wie beispielsweise neulich zur gerichtlichen Untersuchung –, fahre ich mit dem Zug. Die Verbindung ist ausgezeichnet, und ich bin weit schneller dort als mit dem Auto. Ein von meiner Schwester gemieteter Wagen holt mich am Bahnhof ab.»

«Wo stellen Sie Ihren Wagen ab?»

«Ich habe eine Garage bei den Kutscherhäuschen hinter Cardigan Gardens gemietet. Sonst noch Fragen?»

«Ich glaube, das wäre vorläufig alles», sagte Inspector Craddock und erhob sich lächelnd. «Bitte entschuldigen Sie, dass wir Sie bemühen mussten.»

Draußen sagte Sergeant Wetherall, ein Mann, der grundsätzlich jedermann das Schlimmste zutraute, bedeutsam:

«Die Fragen haben ihm nicht geschmeckt – überhaupt nicht geschmeckt. Der war richtig ungehalten.»

«Wenn man keinen Mord begangen hat», sagte Inspector Craddock milde, «dann ärgert es einen natürlich, wenn jemand anders einem genau das zu unterstellen scheint. Und besonders ärgert es einen angesehenen Menschen wie Harold Crackenthorpe. Das ist nicht weiter ungewöhnlich. Nur müssen wir jetzt herausfinden, ob irgendjemand an jenem Nachmittag Harold Crackenthorpe bei der Auktion oder in der Teestube gesehen hat. Er könnte ohne weiteres mit dem 16.33 gefahren sein, die Frau aus dem Zug gestoßen haben, mit dem nächsten Zug nach London zurückgefahren und rechtzeitig beim Souper gewesen sein. Genauso könnte er abends mit dem Auto hinausgefahren sein, die Leiche in den Sarkophag verfrachtet haben und zurückgefahren sein. Ziehen Sie bei diesen Kutscherhäuschen Erkundigungen ein.»

«Ja, Sir. Glauben Sie, er war es?»

«Woher soll ich das wissen?», fragte Inspector Craddock. «Er ist ein groß gewachsener dunkler Mann. Er *könnte* im Zug gesessen haben, und er hat eine Verbindung nach Rutherford Hall. Ergo gehört er zu den Tatverdächtigen. Und nun zu Bruder Alfred.»

II

Alfred Crackenthorpe wohnte in West Hampstead in einem großen Neubau, der schlampig gebaut schien und in dessen großem Hof die Anlieger ihre Autos abstellten, ohne besondere Rücksicht auf andere zu nehmen.

Die Wohnung war eine moderne Einliegerwohnung und offenbar möbliert gemietet worden. Sie enthielt einen langen Sperrholztisch, der sich an die Wand klappen ließ, eine Liege und mehrere Stühle von unmöglichen Proportionen.

Alfred Crackenthorpe öffnete ihnen beflissen, aber der Inspector spürte seine Nervosität.

«Na, da bin ich aber gespannt», sagte Alfred. «Kann ich Ihnen etwas zu trinken anbieten, Inspector Craddock?» Einladend hielt er verschiedene Flaschen hoch.

«Nein danke, Mr. Crackenthorpe.»

«O je, so schlimm?» Er lachte über seinen kleinen Scherz und erkundigte sich, worum es gehe.

Inspector Craddock sagte sein Sprüchlein auf.

«Was ich am Nachmittag und Abend des 20. Dezember gemacht habe? Woher soll ich das wissen? Aber das – das ist ja über drei Wochen her.»

«Ihr Bruder Harold konnte es uns sehr genau sagen.»

«Bruder Harold vielleicht. Bruder Alfred nicht.» Mit einem Unterton, der Neid sein mochte, fügte er hinzu: «Harold ist der Erfolgreiche in der Familie – rührig, nützlich, voll ausgelastet – alles zu seiner Zeit, aber dann muss auch alles stattfinden. Selbst wenn er – nur mal angenommen – einen Mord begehen wollte, würde er ihn zeitlich ganz genau planen.»

«Wie kommen Sie auf dieses Beispiel?»

«Keine Ahnung. Es fiel mir grade ein – als besonders entlegenes Beispiel.»

«Nun zu Ihnen.»

Alfred breitete die Hände aus.

«Wie gesagt – ich kann mich an Zeiten oder Orte nicht erinnern. Hätten Sie Weihnachten gesagt, dann könnte ich Ihre Frage beantworten, denn dann hätte ich einen Anhaltspunkt. Ich weiß, wo ich Weihnachten verbracht habe, nämlich bei meinem Vater in Brackhampton. Warum, weiß ich ehrlich gesagt nicht. Er schimpft über die Kosten, die wir ihm machen – und würde schimpfen, dass wir ihn nie besuchen, wenn wir nicht kämen. Eigentlich machen wir es nur meiner Schwester zuliebe.»

«Wie auch dieses Mal.»

«Ja.»

«Aber Ihr Vater wurde dummerweise krank, nicht wahr?»

Craddock verfolgte bewusst eine Nebensache, von einer Intuition geleitet, die ihm beruflich schon oft geholfen hatte.

«Ja, er wurde krank. Da er sich aus seiner glorreichen Sparsamkeit heraus wie ein Sperling ernährt, forderten das plötzliche Sattessen und Trinken ihren Tribut.»

«Und das war alles, ja?»

«Natürlich. Was sollte sonst gewesen sein?»

«Ich habe gehört, der Arzt habe sich – Sorgen gemacht.»

«Ach, Quimper, dieser alte Narr.» Alfred sprach schnell und verächtlich. «Hören Sie bloß nicht auf den, Inspector. Das ist eine Kassandra übelster Sorte.»

«Ja? Mir kam er ganz vernünftig vor.»

«Er ist ein absoluter Narr. Vater ist eigentlich gar kein Invalide, seinem Herz geht es bestens, aber er folgt Quimper aufs Wort. Als es ihm schlecht ging, hat er natürlich Zeter und Mordio geschrien, hat Quimper hin und her gescheucht, und der hat ihn ausgefragt, was er alles gegessen und getrunken hätte. Die ganze Sache war lächerlich!» Alfred sprach ungewöhnlich aufbrausend.

Craddock legte eine beredte Pause ein. Alfred zappelte herum, warf ihm einen kurzen Blick zu und sagte schließlich gereizt:

«Also, was soll das alles? Warum wollen Sie überhaupt wissen, was ich an einem speziellen Freitag vor drei oder vier Wochen gemacht habe?»

«Ach, Sie erinnern sich also, dass es ein Freitag war?»

«Haben Sie das nicht gerade gesagt?»

«Vielleicht», sagte Inspector Craddock. «Jedenfalls interessiert mich tatsächlich Freitag, der 20. Dezember.»

«Warum?»

«Reine Routinesache.»

«Blödsinn. Haben Sie etwas Neues über die Frau herausbekommen? Wo sie hergekommen ist?»

«Unsere Informationen sind noch nicht vollständig.»

Alfred sah ihn prüfend an.

«Ich hoffe bloß, Sie lassen sich nicht von Emmas wilden Spekulationen in die Irre führen, die Tote könnte die Witwe meines Bruders Edmund gewesen sein. Das ist Quatsch mit Soße.»

«Diese – Martine hat sich also nicht an Sie gewendet?»
«An mich? Herrje, nein! Das wäre ja die Krönung gewesen!»
«Glauben Sie, sie wäre eher zu Ihrem Bruder Harold gegangen?»
«Viel eher. Sein Name steht oft in der Zeitung. Er ist gut betucht. Sollte mich nicht wundern, wenn sie bei ihm ihr Glück versucht hätte. Nur bekommen hätte sie nichts. Harold ist genauso knauserig wie der alte Herr. Emma ist das Sensibelchen der Familie, und sie war Edmunds Lieblingsschwester. Leichtgläubig ist allerdings auch sie nicht. Sie war sich durchaus bewusst, dass die Frau eine Hochstaplerin sein konnte. Deswegen wollte sie ja die ganze Familie dabeihaben – und einen hartgesottenen Anwalt.»
«Sehr weise», sagte Craddock. «War für dieses Treffen ein bestimmter Tag angesetzt worden?»
«Es sollte kurz nach Weihnachten stattfinden – am Wochenende des 27. ...» Er verstummte.
«Aha», sagte Craddock vergnügt. «Einige Daten haben also doch eine Bedeutung für Sie.»
«Ich sage doch – das Datum war noch nicht festgelegt.»
«Aber Sie haben darüber gesprochen – wann?»
«Das kann ich Ihnen beim besten Willen nicht sagen.»
«Und Sie können mir auch nicht sagen, was Sie selbst am Freitag, dem 20. Dezember, getan haben?»
«Tut mir Leid, da bin ich aufgeschmissen.»
«Haben Sie keinen Terminkalender?»
«Kann die Dinger nicht ausstehen.»
«Der Freitag vor Weihnachten – das kann doch nicht so schwer sein.»
«Irgendwann habe ich mit einem potentiellen Geschäftspartner Golf gespielt.» Alfred schüttelte den Kopf. «Nein, das war in der Woche davor. Wahrscheinlich habe ich einfach herumgebummelt. Damit verbringe ich ziemlich viel Zeit. Ich finde, die meisten Geschäfte lassen sich am besten in Bars abwickeln.»
«Können Nachbarn oder Freunde Ihnen unter Umständen helfen?»

«Kann sein. Ich kann sie ja mal fragen. Werde tun, was ich kann.»

Alfred hatte an Sicherheit gewonnen.

«Ich kann Ihnen zwar nicht sagen, was ich an diesem einen Tag getan habe», sagte er, «aber ich kann Ihnen sagen, was ich *nicht* getan habe. Ich habe niemanden in der Großen Scheune umgebracht.»

«Warum sagen Sie das, Mr. Crackenthorpe?»

«Ach kommen Sie, verehrter Inspector. Sie ermitteln doch in dieser Mordsache, nicht wahr? Und wenn Sie fragen ‹Wo waren Sie an dem und dem Tag zu der und der Zeit?›, dann versuchen Sie, die Dinge einzukreisen. Ich wüsste ja zu gern, warum Ihnen dieser Freitag, der 20., zwischen – was? Mittagessen und Mitternacht? – so wichtig ist. Am Obduktionsbefund kann es nach so langer Zeit ja wohl nicht liegen. Haben Sie Zeugen gefunden, die gesehen haben, wie die Verstorbene am Nachmittag dieses Tages in die Scheune geschlichen ist? Ist sie hineingegangen, aber nicht wieder herausgekommen und so weiter? Ja?»

Die scharfen schwarzen Augen sahen ihn prüfend an, aber Inspector Craddock war ein alter Hase und ließ sich nicht aus der Reserve locken.

«Ich fürchte, da müssen wir Sie im Dunkeln tappen lassen», sagte er freundlich.

«Polizisten sind solche Geheimniskrämer.»

«Nicht nur Polizisten. Mr. Crackenthorpe, ich glaube, wenn Sie wollten, könnten Sie sich sehr gut erinnern, was Sie an diesem Freitag getan haben. Sie mögen natürlich Ihre Gründe für diese Zurückhaltung haben –»

«Auf den Trick falle ich nicht rein, Inspector. Es macht mich natürlich verdächtig, sehr verdächtig, dass ich mich nicht erinnern kann, aber das lässt sich nicht ändern! Moment mal! – Ich war in der Woche in Leeds – bin in einem Hotel in der Nähe vom Rathaus abgestiegen – weiß nicht mehr, wie das hieß – aber das lässt sich ja herausfinden. Das *könnte* an dem Freitag gewesen sein.»

«Wir werden es nachprüfen», sagte der Inspector ungerührt.

Er erhob sich. «Schade, dass Sie nicht kooperativer sein konnten, Mr. Crackenthorpe.»

«Sehr bedauerlich für *mich!* Cedric hat sein bombensicheres Alibi auf Ibiza, und Harold konnte garantiert für jede einzelne Stunde Sitzungen und Geschäftsessen vorweisen – und ich stehe mit leeren Händen da. Sehr traurig. Und dabei so albern. Ich habe Ihnen doch schon gesagt, dass ich kein Mörder bin. Warum sollte ich denn auch eine wildfremde Frau ermorden? Wozu? Selbst wenn die Leiche *wirklich* die Leiche von Edmunds Witwe sein sollte, warum sollte irgendjemand von uns sie um die Ecke bringen wollen? Wenn sie im Krieg mit *Harold* verheiratet gewesen und aus heiterem Himmel wieder aufgetaucht wäre – dann hätte der ehrpusselige Harold ziemlich dumm aus der Wäsche geguckt – Bigamie und so. Aber Edmund! Wir hätten uns doch alle ins Fäustchen gelacht, wenn Vater Geld für ihren Unterhalt hätte locker machen und den Sohn auf eine anständige Schule hätte schicken müssen. Vater wäre stocksauer gewesen, aber er hätte sich schon anstandshalber nicht weigern können. Wollen Sie nicht doch einen Drink, bevor Sie gehen, Inspector? Sicher? Zu schade, dass ich Ihnen nicht weiterhelfen konnte.»

III

«Sir, hören Sie, wissen Sie was?»

Inspector Craddock sah seinen aufgeregten Sergeant an.

«Ja, Wetherall, was ist denn?»

«Ich kann ihn einordnen, Sir. Den Burschen von eben. Die ganze Zeit habe ich mir den Kopf zerbrochen, und plötzlich ist es mir eingefallen. Er hatte seine Finger in der Konservengeschichte um Dicky Rogers. Konnten ihn nie festnageln – dafür war er zu gerissen. Und er steckt mit der Soho-Bagage unter einer Decke. Die Uhren und die Sache mit den italienischen Sovereigns.»

Natürlich! Craddock wurde endlich klar, warum ihm Alfreds Gesicht von Anfang an bekannt vorgekommen war. Es waren immer Bagatelldelikte gewesen – nichts hatte sich je beweisen lassen. Alfred hatte sich immer am Rande der dunklen Geschäfte gehalten und stets plausibel begründen können, warum er überhaupt in diese Gaunereien hineingezogen worden war. Bei der Polizei war man jedoch ziemlich sicher gewesen, dass er immer einen kleinen, aber stetigen Gewinn daraus gezogen hatte.

«Das rückt die Sache allerdings in ein anderes Licht», sagte Craddock.

«Glauben Sie, er war's?»

«Ich würde nicht sagen, dass er der Typ ist, der zum Mörder wird. Aber es erklärt andere Dinge – den Grund, warum er kein Alibi beibringen konnte.»

«Ja, das war verdächtig.»

«Nicht unbedingt», sagte Craddock. «Es kann auch ein kluger Schachzug sein – man behauptet einfach steif und fest, dass man sich nicht erinnern kann. Viele Menschen können sich nicht mal daran erinnern, wo sie vor einer Woche waren und was sie da getan haben. Besonders zupass kommt es einem natürlich, wenn man keine Aufmerksamkeit darauf lenken möchte, womit man seine Zeit zubringt – wenn man beispielsweise interessante Rendezvous mit Dicky Rogers' Mob auf Lasterparkplätzen abhält.»

«Dann glauben Sie also, dass er sauber ist?»

«Im Augenblick glaube ich überhaupt noch nichts», sagte Inspector Craddock. «Sie müssen sich erst mal dahinter klemmen, Wetherall.»

Als Craddock wieder an seinem Schreibtisch saß, legte er die Stirn in Falten und machte sich auf einem kleinen Block Notizen.

Mörder (schrieb er) ... ein großer dunkler Mann!!!
Opfer? ... möglicherweise Martine, Edmund Crackenthorpes Freundin oder Witwe
oder

Anna Strawinska. Ist zur selben Zeit sang- und klanglos verschwunden, entspricht der Toten in Alter, Aussehen, Garderobe usw. Keine bisher bekannte Verbindung zu Rutherford Hall.
Könnte Harolds erste Frau sein! Bigamie!
 "   "   Geliebte sein. Erpressung!
Wenn Verbindung zu Alfred, möglicherweise ebenfalls Erpressung im Spiel. Wusste sie etwas, das ihn ins Gefängnis geschickt hätte?
Wenn Cedric – könnten die Verbindungen ins Ausland weisen – Paris? Balearen?
oder
Opfer könnte Anna S. sein, die sich als Martine ausgegeben hat
oder
das Opfer ist eine Unbekannte, die von einem Unbekannten ermordet worden ist!

«Und wahrscheinlich stimmt das Letzte», sagte Craddock laut.

Er kam ins Brüten. Solange das Motiv unbekannt war, tappte man bei so einem Fall im Dunkeln. Alle bisher formulierten Motive waren entweder unzureichend oder weit hergeholt.

Wenn es doch bloß um den Mord am alten Mr. Crackenthorpe gegangen wäre ... da hätte es jede Menge Motive gegeben ...

Etwas regte sich in seinem Gedächtnis ...

Er machte sich weitere Notizen auf dem Block.

Dr. Q. nach der Krankheit zu Weihnachten fragen.
Cedric – Alibi.
Miss Marple nach dem neuesten Klatsch fragen.

Sechzehntes Kapitel

Als Craddock in die Madison Road kam, traf er Lucy Eyelesbarrow bei Miss Marple an.

Zunächst wollte er seine Taktik ändern, sagte sich aber, dass sich Lucy als wertvolle Verbündete erweisen könne.

Nach der Begrüßung zog er mit gemessenen Bewegungen seine Brieftasche heraus, entnahm ihr drei Pfundnoten, legte drei Shillings dazu und schob sie Miss Marple über den Tisch.

«Was ist das, Inspector?»

«Beratungshonorar. Sie sind meine Beraterin – in einem Mordfall! Puls, Temperatur, unmittelbare Auswirkungen, mögliche tief sitzende Ursache besagten Mordes. Ich bin nur der überarbeitete Allgemeinpraktiker vor Ort.»

Miss Marple sah ihn an und zwinkerte. Er grinste sie an. Lucy Eyelesbarrow stieß einen erstickten Schrei aus und lachte dann.

«Aber Inspector Craddock – Sie bekommen ja menschliche Züge.»

«Nun ja, ich bin heute Nachmittag nur halb im Dienst.»

«Ich sagte Ihnen doch, dass wir uns bereits kennen», meinte Miss Marple zu Lucy. «Sein Patenonkel Sir Henry Clithering ist ein guter alter Freund von mir.»

«Miss Eyelesbarrow, möchten Sie wissen, was mein Patenonkel über Miss Marple sagte, als wir uns das erste Mal gesehen haben? Er beschrieb sie als den schlechthin besten Detektiv, den Gott je erschaffen hätte – eine angeborene Genialität, die den idealen Nährboden gefunden hätte. Er sagte, man dürfe –» Dermot Craddock stockte und suchte ein Synonym für «alte Schachteln» – «auf reifere Damen niemals herabschauen. Er meinte, in der Regel könnten sie einem sagen, was passiert sein *könnte,* was hätte passieren *sollen* und schlussendlich sogar, was tatsächlich passiert *sei!* Außerdem», fuhr er fort, «könnten sie einem verraten, *warum* es passierte. Er fügte hinzu, gerade diese – ähm – reifere Dame gehöre zu den Besten ihrer Art.»

«Alle Achtung!», sagte Lucy. «Das sind ja vorzügliche Referenzen.»

Miss Marple war rosig angelaufen und wirkte ungewöhnlich verwirrt.

«Der liebe Sir Henry», murmelte sie. «Immer so gütig. So klug bin ich nämlich gar nicht – ich habe bloß mein Scherflein Menschenkenntnis – wissen Sie, wenn man auf dem *Dorf* wohnt –»

Sie fand ihre Beherrschung wieder und fügte hinzu:

«Ich habe natürlich ein gewisses Handicap, weil ich nicht vor Ort sein kann. Ich finde es immer ungemein hilfreich, wenn die Menschen einen an andere Menschen erinnern – Menschentypen sind nun einmal überall gleich, und das ist eine unschätzbare Hilfe.»

Lucy schaute etwas perplex drein, aber Craddock nickte verständnisvoll.

«Aber Sie waren doch zum Tee dort, oder?», sagte er.

«Aber ja. Äußerst angenehm. Ich war enttäuscht, dass ich den alten Mr. Crackenthorpe nicht zu Gesicht bekommen habe – aber man kann nicht alles haben.»

«Wenn Sie den Menschen sähen, der den Mord begangen hat, glauben Sie, Sie würden ihn dann erkennen?», fragte Lucy.

«So weit möchte ich nicht gehen, Liebes. Man neigt immer zu Vermutungen, und Vermutungen können schrecklich in die Irre führen, wenn es um eine so ernsthafte Angelegenheit wie Mord geht. Man kann die Menschen, die betroffen sind – oder betroffen sein könnten – eigentlich nur beobachten und überlegen, an wen sie einen erinnern.»

«Wie bei Cedric und dem Filialleiter?»

Miss Marple berichtigte sie.

«Dem *Sohn* des Filialleiters, Liebes. Mr. Eade selbst glich vielmehr Mr. Harold – ein sehr konservativer Mann –, sah aber vielleicht zu sehr aufs Geld. Überdies ein Mann, der große Umwege machen konnte, um Skandalen aus dem Weg zu gehen.»

Craddock lächelte und sagte:

«Und Alfred?»

«Jenkins in der Autowerkstatt», antwortete Miss Marple wie aus der Pistole geschossen. «Er hat Werkzeuge vielleicht nicht mitgehen lassen, aber doch einen kaputten oder schadhaften Wagenheber gegen einen guten ausgetauscht. Und ich habe den Eindruck, bei Batterien war er auch nicht ganz ehrlich – obwohl ich mich bei solchen Dingen nicht auskenne. Ich weiß, dass Raymond eines Tages nicht mehr zu ihm gegangen ist, sondern zur Werkstatt in der Milchester Road. Und was Emma angeht», setzte sie gedankenverloren fort, «so erinnert sie mich ganz außerordentlich an Geraldine Webb – immer so still und ein wenig nachlässig gekleidet – und immer unter der Fuchtel ihrer alten Mutter. Welch eine Überraschung, als die Mutter unerwartet verstarb und Geraldine plötzlich ein kleines Vermögen ihr Eigen nennen konnte. Sie ließ sich die Haare schneiden und ondulieren, ging auf eine Kreuzfahrt, und als sie zurückkam, war sie mit einem sehr netten Rechtsanwalt verheiratet. Sie hatten zwei Kinder.»

Die Parallele war mit Händen zu greifen. Lucy sagte etwas unbehaglich: «Glauben Sie, es war gut, was Sie über Emmas Heiratschancen gesagt haben? Die Brüder kamen mir ziemlich bestürzt vor.»

Miss Marple nickte.

«Ja», sagte sie, «so sind die Männer – sehen den Wald vor lauter Bäumen nicht. Allerdings ist es Ihnen vermutlich auch nicht aufgefallen.»

«Nein», räumte Lucy ein. «Ich hätte nie an so etwas gedacht. Beide kamen mir –»

«So alt vor?», sagte Miss Marple lächelnd. «Aber Dr. Quimper dürfte die vierzig noch nicht weit überschritten haben, auch wenn er an den Schläfen schon grau wird, und ganz offenkundig sehnt er sich nach Häuslichkeit; und Emma Crackenthorpe ist noch keine vierzig – nicht zu alt, um zu heiraten und eine Familie zu gründen. Die Frau des Arztes ist ganz jung im Kindbett verstorben, wenn ich recht verstanden habe.»

«Ich glaube, das stimmt. Emma hat neulich so etwas erwähnt.»

«Er muss einsam sein», sagte Miss Marple. «Ein fleißiger, viel beschäftigter Arzt braucht eine Frau an seiner Seite – eine verständnisvolle und nicht zu junge Frau.»

«Hören Sie, meine Beste», sagte Lucy, «ermitteln wir hier bei einem Verbrechen, oder betreiben wir Kuppelei?»

Miss Marple zwinkerte.

«Ich fürchte, ich bin unheilbar romantisch. Vielleicht weil ich eine alte Jungfer bin. Wissen Sie, liebe Lucy, soweit es mich betrifft, haben Sie Ihren Vertrag erfüllt. Wenn Sie vor Antritt Ihrer nächsten Stelle noch ins Ausland reisen wollen, hätten Sie jetzt noch Zeit.»

«Ich und Rutherford Hall verlassen? Niemals! Ich habe Blut geleckt. Bin fast so schlimm wie die Buben. Die verbringen ihre gesamte Zeit mit der Suche nach Beweisen. Gestern haben sie die Mülleimer durchwühlt. Richtig eklig – dabei haben sie gar keine Ahnung, wonach sie suchen sollen. Inspector Craddock, wenn sie plötzlich triumphierend mit einem Papierfetzen zu Ihnen kommen, auf dem steht ‹Martine – bleib der Großen Scheune fern, wenn dir dein Leben lieb ist!›, dann wissen Sie, dass ich mich ihrer erbarmt und den Zettel im Schweinestall versteckt habe!»

«Warum im Schweinestall, Liebes?», fragte Miss Marple neugierig. «Hält man dort Schweine?»

«O nein, längst nicht mehr. Aber – ich gehe da manchmal hin.»

Aus unerfindlichen Gründen wurde Lucy rot. Miss Marple betrachtete sie plötzlich mit anderen Augen.

«Wer ist momentan alles im Haus?», fragte Craddock.

«Cedric ist da, und Bryan bleibt übers Wochenende. Harold und Alfred kommen morgen. Sie haben heute vormittag angerufen. Sie müssen Öl ins Feuer gegossen haben, Inspector Craddock.»

Craddock lächelte.

«Ich habe sie ein bisschen aufgerüttelt. Habe sie gefragt, was sie am Freitag, den 20. Dezember, gemacht haben.»

«Und hatten sie Alibis?»

«Harold ja. Alfred nicht – vielleicht wollte er nicht.»

«Alibis müssen schrecklich schwierig sein», sagte Lucy. «Zeiten und Orte und Daten. Es muss doch auch schwer sein, so etwas nachzuprüfen.»

«Man braucht Zeit und Geduld – aber wir haben unsere Methoden.» Er sah auf die Uhr. «Ich fahre gleich nach Rutherford Hall, um mich mit Cedric zu unterhalten, aber vorher möchte ich noch Dr. Quimper auftreiben.»

«Das sollte möglich sein. Seine Sprechstunde beginnt um sechs, und um halb sieben ist er meistens fertig. Ich muss zurück und mich ans Abendessen machen.»

«Ich wollte Sie noch nach Ihrer Meinung fragen, Miss Eyelesbarrow. Wie hat man eigentlich im engsten Familienkreis auf die Angelegenheit mit Martine reagiert?»

Lucy antwortete ohne zu zögern.

«Alle sind wütend auf Emma, weil sie damit zu Ihnen gegangen ist – und auf Dr. Quimper, der sie angestiftet haben soll. Harold und Alfred glauben, es sei ein Versuchsballon gewesen, und halten alles für einen Schwindel. Emma ist sich nicht sicher. Cedric hält es zwar ebenfalls für Lug und Trug, nimmt es aber nicht so ernst wie die beiden anderen. Bryan scheint dagegen überzeugt zu sein, dass es sich um die echte Martine handelt.»

«Warum wohl?»

«Ach, Bryan ist einfach so. Er nimmt alles für bare Münze. Er glaubt, es sei Edmunds Frau – beziehungsweise Witwe – gewesen, die plötzlich nach Frankreich zurück musste, aber wieder von sich hören lassen wird. Dass sie weder geschrieben noch sich auf andere Weise gemeldet hat, findet er ganz normal, weil er auch nie Briefe schreibt. Bryan ist ein zutraulicher Kerl. Wie ein Hund, der ausgeführt werden will.»

«Und führen Sie ihn aus, Liebes?», fragte Miss Marple. «Vielleicht zu den Schweineställen?»

Lucy warf ihr einen durchdringenden Blick zu.

«Wo doch so viele Gentlemen im Haus ein und aus gehen», sinnierte Miss Marple.

Wenn Miss Marple das Wort «Gentlemen» aussprach, hatte es immer seinen ganzen viktorianischen Beigeschmack – den Nachhall längst vergangener Zeiten. Man sah sofort schneidige, kräftige (und vermutlich schnurrbärtige) Männer vor sich, manchmal lasterhaft, aber immer Kavalier.

«Sie sind so ein hübsches Mädchen», setzte Miss Marple hinzu und musterte Lucy. «Ich könnte mir denken, dass Sie in Rutherford Hall im Mittelpunkt der Aufmerksamkeit stehen, oder?»

Lucy wurde wieder rot. Erinnerungsfetzen gingen ihr durch den Kopf. Cedric, der an der Mauer des Schweinestalls lehnte. Bryan, der melancholisch auf dem Küchentisch saß. Alfred, dessen Finger die ihren berührten, als er ihr beim Einsammeln der Kaffeetassen half.

«Gentlemen», sagte Miss Marple und klang, als spräche sie von einer fremdartigen und gefährlichen Tierart, «sind in gewissen Eigenarten alle gleich – sogar wenn sie schon *alt* sind …»

«Aber meine Beste», rief Lucy. «Noch vor hundert Jahren hätte man Sie als Hexe verbrannt!»

Und sie erzählte die Geschichte vom unverbindlichen Heiratsantrag des alten Mr. Crackenthorpe.

«Um ehrlich zu sein», sagte Lucy, «alle haben mir auf die eine oder andere Art Avancen gemacht. Harold war sehr korrekt – eine finanziell vorteilhafte Stellung in der City. Ich glaube nicht, dass es an meinem attraktiven Äußeren liegt – sie müssen glauben, ich wüsste etwas.»

Sie lachte.

Inspector Craddock lachte jedoch nicht.

«Seien Sie bloß vorsichtig», sagte er. «Man könnte Sie umbringen, statt Ihnen Avancen zu machen.»

«Das wäre wahrscheinlich einfacher», bestätigte Lucy.

Dann erschauerte sie.

«Man vergisst das so leicht», sagte sie. «Die Buben haben so viel Spaß gehabt, dass man alles für ein Spiel halten möchte. Aber es ist kein Spiel.»

«Nein», sagte Miss Marple. «Mord ist kein Spiel.»
Sie schwieg einige Augenblicke, dann sagte sie:
«Müssen die Jungen nicht bald wieder in die Schule?»
«Doch, nächste Woche. Sie fahren morgen zu James Stoddart-West nach Hause und verbringen dort die letzten Ferientage.»
«Das ist gut», sagte Miss Marple ernst. «Es wäre schlimm, wenn etwas passierte, solange sie hier sind.»
«Dem alten Mr. Crackenthorpe, meinen Sie? Halten Sie ihn für das nächste Mordopfer?»
«O nein», sagte Miss Marple. «*Ihm* wird nichts passieren. Ich dachte eher an die Jungen.»
«Sie meinen Alexander.»
«Aber wie –»
«Wegen ihrer Jagd, wissen Sie – der Suche nach Beweisen. Jungen lieben so etwas – aber es könnte sehr gefährlich werden.»
Craddock sah sie nachdenklich an.
«Miss Marple, Sie glauben also nicht, dass es sich bei diesem Fall um eine Unbekannte handelt, die von einem Unbekannten ermordet worden ist, stimmt's? Für Sie ist es ausgemachte Sache, dass der Mord mit Rutherford Hall zu tun hat.»
«Ja, ich sehe da eindeutige Zusammenhänge.»
«Wir wissen vom Mörder nur, dass er ein groß gewachsener dunkler Mann ist. Das hat Ihre Freundin ausgesagt, und mehr konnte sie nicht sagen. Es gibt in Rutherford Hall drei groß gewachsene dunkle Männer. Am Tag der gerichtlichen Untersuchung war ich hier und habe die drei Brüder gesehen, die am Bordstein standen und auf den Wagen warteten. Sie kehrten mir die Rücken zu, und es war verblüffend, wie sie in ihren dicken Mänteln alle gleich aussahen. *Drei groß gewachsene dunkle Männer.* Und dabei sind sie in Wirklichkeit ganz verschiedene Typen.» Er seufzte. «Das macht es ganz schön kompliziert.»
«Ich frage mich», murmelte Miss Marple, «ich frage mich schon die ganze Zeit, ob die Lösung nicht weit *einfacher* ist, als wir annehmen. Mordfälle haben oft eine ganz einfache Lösung, mit einem offen zutage liegenden niederträchtigen Motiv...»
«Glauben Sie an die geheimnisvolle Martine, Miss Marple?»

«Ich halte es nicht für ausgeschlossen, dass Edmund Crackenthorpe ein Mädchen namens Martine geheiratet hat oder heiraten wollte. Emma Crackenthorpe hat Ihnen meines Wissens seinen Brief gezeigt, und nach meinem eigenen Eindruck und Lucys Beschreibung halte ich Emma Crackenthorpe für außerstande, so etwas zu fälschen – warum sollte sie auch?»

«Wenn wir also von der Existenz einer Martine ausgehen», sagte Craddock nachdenklich, «dann *haben* wir ein Motiv. Martines Wiederauftauchen mit einem Sohn würde die Anteile am Crackenthorpeschen Erbe verkleinern – wenn auch meiner Meinung nach nicht so weit, dass es einen Mord rechtfertigen könnte. Alle Beteiligten sind ziemlich finanzschwach –»

«Auch Harold?», fragte Lucy ungläubig.

«Auch der allem Anschein nach so wohlhabende Harold Crackenthorpe ist nicht der nüchterne und konservative Finanzier, für den man ihn auf den ersten Blick hält. Er hat sich schwer verspekuliert und in einige unerfreulich verlaufene Transaktionen gestürzt. Eine große Geldsumme in naher Zukunft würde seinen Bankrott abwenden.»

«Aber wenn das –», setzte Lucy an und stockte.

«Ja, Miss Eyelesbarrow –»

«Ich verstehe, Liebes», sagte Miss Marple. «Sie meinen, dann wurde die Falsche ermordet.»

«Genau. Martines Tod nützt Harold nichts – er nützt niemandem etwas. Nur –»

«Nur wenn Luther Crackenthorpe stirbt. Genau. Das fiel mir auch auf. Und Mr. Crackenthorpe senior ist laut Auskunft des Hausarztes ein weit zäherer Bursche, als es für Außenseiter den Anschein hat.»

«Der macht es noch jahrelang», sagte Lucy. Dann runzelte sie die Stirn.

«Ja?», ermunterte Craddock sie.

«Er war Weihnachten ziemlich krank», sagte Lucy. «Er hat gesagt, der Arzt hätte ein Affentheater gemacht – ‹Man hätte glauben können, ich wäre vergiftet worden, so ein Affentheater hat er gemacht.› Das waren seine Worte.»

Sie sah Craddock fragend an.

«Genau», sagte Craddock. «Danach wollte ich mich bei Dr. Quimper auch erkundigen.»

«Also, ich muss los», sagte Lucy. «Himmel, ist das spät.»

Miss Marple legte ihr Strickzeug weg und griff nach einem halb ausgefüllten Kreuzworträtsel der *Times*.

«Wenn ich bloß ein Wörterbuch hätte», murmelte sie. «Tontine und Tonika – die beiden verwechsle ich immer. Ich glaube, das eine hat mit Tonleitern zu tun.»

«Das ist die Tonika», sagte Lucy und drehte sich an der Tür noch einmal um. «Aber das eine Wort hat sechs Buchstaben und das andere sieben. Wie lautet denn die Frage?»

«Ach, mit dem Kreuzworträtsel hat das nichts zu tun», sagte Miss Marple vage. «Es ging mir nur so durch den Kopf.»

Inspector Craddock musterte sie prüfend. Dann verabschiedete er sich und ging.

Siebzehntes Kapitel

I

Craddock musste einige Minuten warten, bis Quimper seine Abendsprechstunde beendet hatte und zu ihm kam. Der Arzt sah müde und deprimiert aus.

Er bot Craddock einen Drink an, und als der Inspector annahm, schenkte er sich ebenfalls einen ein.

«Die armen Teufel», sagte er und ließ sich in einen abgenutzten Sessel sinken. «So verängstigt und so dumm – einfach unvernünftig. Hatte gerade so einen traurigen Fall. Eine Frau, die vor einem Jahr zu mir hätte kommen müssen. Damals hätte man sie erfolgreich operieren können. Jetzt ist es zu spät. So was macht mich wahnsinnig. Die meisten Menschen sind eine merkwürdige Mischung aus Heldentum und Feigheit. Diese Frau hat entsetzliche Qualen gelitten und ohne ein Wort der Klage ertragen, weil sie zu viel Angst davor hatte, ihre Befürchtungen könnten sich als wahr erweisen. Am anderen Ende der Skala stehen die wehleidigen Leute, die herkommen und mir die Zeit stehlen, weil sie eine gefährliche Schwellung am kleinen Finger haben. Sie halten sie mindestens für Krebs, und meistens stellt sie sich als normale Blase oder allenfalls Frostbeule heraus. Ach, beachten Sie mich gar nicht. Ich muss einfach ab und zu Dampf ablassen. Weswegen wollten Sie mich denn sprechen?»

«Als Erstes möchte ich Ihnen dafür danken, dass Sie Miss Crackenthorpe geraten haben, sich mit dem Brief der vorgeblichen Witwe ihres Bruders an mich zu wenden.»

«Ach das. Konnten Sie was damit anfangen? Ich habe ihr nicht direkt geraten, sich an Sie zu wenden. Sie wollte. Sie machte sich Sorgen. Ihre lieben Brüderlein wollten sie natürlich davon abhalten.»

«Warum?»

Der Arzt zuckte die Achseln.

«Hatten Angst, die Dame könnte sich als echt erweisen, schätze ich.»

«Halten Sie den Brief für echt?»

«Da bin ich überfragt. Habe ihn nie zu sehen bekommen. Ich würde vermuten, da kannte eine Frau die Tatsachen und wollte einfach absahnen. Hoffte, bei Emma auf die Tränendrüsen drücken zu können. Womit sie schief gewickelt war. Emma ist nicht dumm. Sie hätte eine unbekannte Schwägerin nicht ans Herz gezogen, ohne ihr erst auf den Zahn zu fühlen.»

Neugierig fügte er hinzu:

«Warum wollen Sie denn wissen, was *ich* davon halte? Ich habe mit der Familie doch gar nichts zu tun.»

«Ich wollte Sie eigentlich auch etwas ganz anderes fragen – aber ich weiß nicht, wie ich es sagen soll.»

Dr. Quimper sah ihn erwartungsvoll an.

«Dem Vernehmen nach ist Mr. Crackenthorpe unlängst – zu Weihnachten, wenn ich recht informiert bin – ziemlich schwer erkrankt.»

Er sah, wie sich die Miene des Arztes verzog und verhärtete.

«Ja.»

«Eine Art Magenverstimmung, richtig?»

«Ja.»

«Das ist einigermaßen knifflig ... Mr. Crackenthorpe pflegt mit seiner Gesundheit zu prahlen und beabsichtigt, einen Großteil seiner Familie zu überleben. Er meinte, Sie – bitte entschuldigen Sie, Doktor...»

«Oh, keine Angst. Ich bin nicht zimperlich bei dem, was meine Patienten über mich sagen!»

«Er meinte, Sie hätten ein Affentheater veranstaltet.» Quimper lächelte. «Er sagt, Sie hätten ihm alle möglichen Fragen gestellt, nicht nur, was er gegessen hätte, sondern auch, wer das Essen gekocht und serviert hätte.»

Dem Arzt war das Lächeln vergangen. Seine Züge hatten sich wieder verhärtet.

«Fahren Sie fort.»

«Er sagte unter anderem: ‹Er redete, als glaubte er, ich wäre vergiftet worden.›»

Schweigen.

«Hatten Sie – hegten Sie einen solchen Verdacht?»

Quimper antwortete nicht sofort. Er stand auf und ging auf und ab. Schließlich fuhr er zu Craddock herum.

«Was zum Teufel wollen Sie jetzt von mir hören? Glauben Sie, ein Arzt kann nach allen Seiten Anschuldigungen verteilen, ohne das Geringste beweisen zu müssen?»

«Ich wüsste bloß gern, ganz im Vertrauen, ob Sie – an diese Möglichkeit gedacht haben.»

Dr. Quimper sagte ausweichend:

«Der alte Crackenthorpe führt ein ziemlich genügsames Leben. Wenn die Familie zu Besuch kommt, tischt Emma besseres Essen auf. Ergebnis – eine ziemlich böse Magen-Darm-Grippe. Die Symptome entsprachen der Diagnose.»

Craddock hakte nach.

«Verstehe. Und damit begnügten Sie sich? Sie waren nicht – sagen wir – verblüfft?»

«Schon gut. Schon gut. Ja, ich war verblüfft! Sind Sie jetzt zufrieden?»

«Mich interessiert bloß noch: Was genau argwöhnten – oder befürchteten Sie?», fragte Craddock.

«Es gibt natürlich verschiedene Magenverstimmungen, aber in diesem Fall wiesen einige Anzeichen, sagen wir, eher auf eine Arsenvergiftung hin als auf eine alltägliche Magenverstimmung. Beide haben übrigens sehr ähnliche Symptome. Auch Kollegen, die ich sehr verehre, haben sich bei der Diagnose von Arsenvergiftungen vertan – und guten Glaubens entsprechende Totenscheine ausgefüllt.»

«Und was ergaben Ihre Untersuchungen?»

«Meine Vermutungen erwiesen sich als praktisch unhaltbar. Mr. Crackenthorpe versicherte mir, solche Anfälle hätte er schon gehabt, bevor ich seine Behandlung übernommen hätte – und aus denselben Gründen, sagte er. Sie waren immer dann aufgetreten, wenn es zu viele zu gute Speisen gegeben hatte.»

«Nämlich wenn das Haus voll war. Die Angehörigen zu Besuch kamen. Oder Gäste?»

«Ja. Das ist ja auch nachvollziehbar. Aber offen gesagt, Craddock, die Sache hat mich nicht losgelassen. Ich habe sogar dem alten Dr. Morris geschrieben. Er war mein Seniorpartner und hat sich zur Ruhe gesetzt, kurz nachdem ich in seine Praxis eingestiegen war. Crackenthorpe war ursprünglich sein Patient. Ich erkundigte mich nach den früheren Anfällen, die der alte Mann gehabt haben wollte.»

«Und was bekamen Sie zu hören?»

Quimper grinste.

«Eine geharnischte Abfuhr. Ich bekam mehr oder weniger zu hören, ich sei ein verdammter Narr. Tja» – er zuckte die Schultern – «wahrscheinlich *war* ich ein verdammter Narr.»

«Das ist noch die Frage.» Craddock gab sich seinen Gedanken hin.

Dann beschloss er, die Dinge beim Namen zu nennen.

«Reden wir doch nicht um den heißen Brei herum, Doktor, es gibt Menschen, die vom Tode Luther Crackenthorpes ganz schön profitieren werden.» Der Arzt nickte. «Er ist ein alter Mann – und gesund und munter. Er könnte gut und gerne seine neunzig Jahre alt werden, oder?»

«Ohne weiteres. Er schont sich ja immerzu und hat die Konstitution eines Bären.»

«Und seine Söhne – und die Tochter – altern allesamt, und sie alle müssen sich nach der Decke strecken.»

«Emma lassen Sie mal aus dem Spiel. Die ist keine Giftmischerin. Diese Anfälle treten nur auf, wenn die anderen da sind – nie, wenn die beiden allein sind.»

«Eine elementare Vorsichtsmaßnahme – falls sie es sein sollte», dachte der Inspector, hütete sich aber, das laut zu sagen.

Sorgfältig suchte er nach den richtigen Worten.

«Ich kenne mich in diesen Dingen zwar nicht aus, aber wenn

wir einmal annehmen, dass Crackenthorpe Arsen verabreicht *wurde* – dann hat er doch großes Glück gehabt, dem Gift nicht zu erliegen.»

«Genau da liegt der Hund begraben», sagte der Arzt. «Deswegen glaube ich inzwischen, dass ich, wie der alte Morris sagte, ein verdammter Narr war. Schauen Sie, ganz offensichtlich werden hier nicht in regelmäßigen Abständen kleine Dosen von Arsen verabreicht – was man die klassische Methode der Arsenvergiftung nennen könnte. Crackenthorpe hatte nie chronische Magenprobleme. Gerade das macht diese plötzlichen heftigen Anfälle so unwahrscheinlich. Wenn diese also nicht auf natürliche Ursachen zurückzuführen sind, müsste man zu der Ansicht gelangen, dass der Giftmischer es jedes Mal verpatzt hat – und das wäre doch absurd.»

«Sie meinen, er verabreicht eine unzureichende Dosis?»

«Ja. Andererseits hat Crackenthorpe, wie gesagt, eine kräftige Konstitution, und was einen anderen um die Ecke bringen könnte, reicht bei ihm vielleicht nicht aus. Solche individuellen Reaktionen muss man immer berücksichtigen. Aber dann hätte ein Giftmischer – wenn er nicht ungewöhnlich zaghaft wäre – die Dosis längst erhöht. Warum hat er das nicht getan? Das heißt», fügte er hinzu, *«wenn* es einen Giftmischer gibt, was wahrscheinlich gar nicht der Fall ist! Wahrscheinlich ist einfach meine Phantasie mit mir durchgegangen.»

«Ein merkwürdiges Problem», stimmte der Inspector zu. «Es klingt völlig ungereimt.»

II

«Inspector Craddock!»

Das eifrige Flüstern ließ den Inspector zusammenfahren.

Er hatte gerade die Hand nach der Glocke am Hauptportal ausgestreckt, als Alexander und sein Freund Stoddart-West aus den Schatten auftauchten und sich nach allen Seiten umsahen.

«Wir haben Ihren Wagen gehört und wollten Sie abfangen.»

«Na, dann kommt mit rein.» Craddocks Hand bewegte sich wieder zur Glocke, aber Alexander zerrte mit der Erregtheit eines ungeduldigen Hundes an seinem Mantel.

«Wir haben einen Beweis gefunden», hauchte er.

«Genau, wir haben einen Beweis gefunden», echote Stoddart-West.

«Zur Hölle mit dem Mädchen», dachte Craddock wenig liebenswürdig.

«Na wunderbar», sagte er der Form halber. «Gehen wir ins Haus und schauen ihn uns mal an.»

«Nein», beharrte Alexander. «Da können wir gestört werden. Kommen Sie mit in die Sattelkammer. Wir zeigen Ihnen den Weg.»

Widerstrebend ließ sich Craddock um die Hausecke und zu den Stallungen führen. Stoddart-West drückte eine schwere Tür auf, stellte sich auf die Zehenspitzen und schaltete eine ziemlich trübe Glühbirne ein. Die Sattelkammer, einst Inbegriff viktorianischer Reinheitsvorstellungen, diente heute nur noch als Rumpelkammer. Zerbrochene Gartenstühle, verrostete alte Gartenwerkzeuge, ein großer altersschwacher Rasenmäher, verrottete Sprungfedermatratzen, Hängematten und zerfallende Tennisnetze.

«Wir sind oft hier», sagte Alexander. «Hier ist man ungestört.»

Es gab einige Anzeichen der Benutzung. Die verrotteten Matratzen waren zu einer Art Diwan aufeinander gestapelt worden, es gab einen alten verrosteten Tisch, auf dem eine große Dose Schokoladenkekse lag, einen Vorrat an Äpfeln, eine Dose Toffees und ein Puzzle.

«Es ist *wirklich* ein Beweis», sagte Stoddart-West eifrig, und seine Augen leuchteten hinter der Brille. «Wir haben ihn heute Nachmittag gefunden.»

«Wir haben tagelang gesucht. Im Gebüsch –»

«Und in hohlen Bäumen –»

«Und wir haben die Ascheimer durchwühlt –»

«Wo wir übrigens ein paar mächtig interessante Sachen gefunden haben –»

«Und dann waren wir im Kesselhaus –»

«Wo der alte Hillman eine große Zinkwanne mit Altpapier hat –»

«Für wenn der Kessel mal ausgeht und er ihn neu anfachen muss –»

«Alle Papierreste, die so durch die Gegend fliegen. Die sammelt er auf und stopft sie da rein –»

«Und da haben wir ihn gefunden –»

«WEN gefunden?», unterbrach Craddock das Duett.

«*Den Beweis.* Denk dran, Stodders, erst Handschuhe anziehen.»

Wichtigtuerisch zog Stoddart-West in bester Krimimanier ein Paar ziemlich dreckiger Handschuhe an und holte eine Fototasche hervor. Mit den Handschuhen zog er äußerst vorsichtig einen schmutzigen und zerknitterten Briefumschlag heraus, den er mit einer übertriebenen Geste dem Inspector reichte.

Beide Jungen hielten vor Aufregung den Atem an.

Craddock nahm den Umschlag mit gebührendem Ernst entgegen. Er mochte die Jungen und war bereit, sich auf ihr Spiel einzulassen.

Der Brief war in der Post gewesen, es gab keinen Inhalt mehr, nur den aufgerissenen Umschlag – adressiert an Mrs. Martine Crackenthorpe, 126 Elvers Crescent Nr. 10.

«Sehen Sie?», flüsterte Alexander schwer atmend. «Das heißt, sie muss hier gewesen sein – Onkel Edmunds französische Frau, meine ich – die, um die das ganze Trara gemacht wird. Sie muss Tatsache hier gewesen sein und ihn irgendwo verloren haben. So sieht es doch aus, oder?»

Stoddart-West schaltete sich ein:

«Das sieht doch aus, als wäre sie die Ermordete – ich meine, finden Sie nicht auch, Sir, dass die Tote im Sarkophag einfach diese Martine gewesen sein *muss?*»

Sie warteten gespannt.

Craddock spielte die von ihm erwartete Rolle.

«Möglich, gut möglich», sagte er.

«Das *ist* doch wichtig, oder nicht?»

«Sie werden ihn doch nach Fingerabdrücken absuchen, oder, Inspector?»

«Selbstverständlich», sagte Craddock.

Stoddart-West seufzte tief.

«Kolossales Glück, was?», sagte er. «Und dann auch noch an unserem letzten Tag.»

«Letzter Tag?»

«Ja», sagte Alexander. «Morgen fahren wir zu Stodders nach Hause und bleiben da bis zum Ferienende. Stodders' Leute haben ein tolles Haus – aus der Zeit von Queen Anne, nicht?»

«William und Mary», sagte Stoddart-West.

«Ich dachte, deine Mutter hätte gesagt –»

«Mom kommt aus Frankreich. Die hat doch gar keine Ahnung von englischer Architektur.»

«Aber dein Vater hat gesagt, erbaut worden wäre es –»

Craddock untersuchte den Umschlag.

Das hatte Lucy Eyelesbarrow schlau eingefädelt. Wie hatte sie bloß den Poststempel gefälscht? Er hielt ihn dicht vor die Augen, konnte im Halbdunkel jedoch nichts erkennen. Für die Jungen natürlich ein Riesenspaß, aber für ihn etwas peinlich. Daran hatte Lucy nicht gedacht, verflixt noch mal. Wenn der Umschlag echt war, machte das bestimmte Maßnahmen erforderlich. Dann...

Neben ihm wurde ein hochgelehrter Architekturdisput ausgefochten. Er stellte sich taub.

«Kommt, Jungs», sagte er, «gehen wir ins Haus. Ihr seid mir eine große Hilfe gewesen.»

Achtzehntes Kapitel

I

Die Jungen eskortierten Craddock durch die Hintertür ins Haus. Anscheinend nahmen sie immer diesen Weg. In der Küche war es hell und heiter. Lucy hatte sich eine große weiße Schürze umgebunden und rollte Teig aus. Bryan Eastley lehnte am Küchenschrank und betrachtete sie mit hündischer Ergebenheit. Mit einer Hand zwirbelte er sich den großen blonden Schnurrbart.

«Hallo, Dad», sagte Alexander freundlich. «Treibst du dich wieder hier herum?»

«Mir gefällt es hier», sagte Bryan und fügte hinzu: «Miss Eyelesbarrow hat nichts dagegen.»

«Nein, allerdings nicht», sagte Lucy. «Guten Abend, Inspector Craddock.»

«Ermitteln Sie jetzt in der Küche?», wollte Bryan wissen.

«Nicht ganz. Mr. Cedric Crackenthorpe ist noch da, oder?»

«Ja, Cedric ist noch da. Brauchen Sie ihn?»

«Ich würde ihn gern sprechen – ja, bitte.»

«Ich schaue mal nach, ob er im Haus ist», sagte Bryan. «Manchmal sitzt er um die Zeit im Dorfpub.»

Er stieß sich vom Küchenschrank ab.

«Vielen Dank», sagte Lucy. «Meine Hände sind voller Mehl, sonst würde ich ja gehen.»

«Was wird das denn?», fragte Stoddart-West neugierig.

«Pfirsichtorte.»

«Pfundig», sagte Stoddart-West.

«Gibt es bald Essen?», fragte Alexander.

«Nein.»

«Mannomann, hab ich einen Kohldampf.»

«In der Speisekammer steht noch der Rest Ingwerkuchen.»

Die Jungen liefen gleichzeitig los und prallten an der Tür zusammen.

«Sie essen wie die Heuschrecken», sagte Lucy.

«Herzlichen Glückwunsch», sagte Craddock.

«Wozu genau?»

«Ihrem Einfallsreichtum.»

«Wobei?»

Craddock wedelte mit der Fototasche, in der der Umschlag steckte.

«Hervorragende Arbeit», sagte er.

«Wovon reden Sie überhaupt?»

«Dem hier, meine Liebe – dem hier.» Er zog den Umschlag halb heraus.

Sie starrte ihn verständnislos an.

Craddock wurde plötzlich schwindelig.

«Haben Sie dieses Beweisstück nicht gefälscht und im Kesselraum versteckt, damit die Jungen es finden? Schnell, sagen Sie schon.»

«Ich verstehe nicht einmal, wovon Sie überhaupt reden», sagte Lucy. «Soll das heißen, Sie –»

Als Bryan zurückkam, schob Craddock die Fototasche hastig wieder in die Tasche.

«Cedric ist in der Bibliothek», sagte Bryan. «Gehen Sie ruhig.»

Er nahm seinen Platz am Küchenschrank wieder ein. Inspector Craddock ging in die Bibliothek.

II

Cedric Crackenthorpe schien erfreut, den Inspector zu sehen.

«Na, wieder am Ermitteln?», fragte er. «Sind Sie schon weitergekommen?»

«Ich darf wohl sagen, dass wir ein Stück weitergekommen sind, Mr. Crackenthorpe.»

«Haben Sie herausbekommen, wer die Leiche war?»

«Sie ist noch nicht eindeutig identifiziert worden, aber wir haben eine ziemlich genaue Vorstellung.»

«Schön für Sie.»

«Infolge unserer neusten Informationen brauchen wir noch ein paar Aussagen. Ich fange bei Ihnen an, Mr. Crackenthorpe, weil Sie gerade da sind.»

«Aber nicht mehr lange. Morgen oder übermorgen fliege ich nach Ibiza zurück.»

«Dann komme ich ja gerade noch rechtzeitig.»

«Schießen Sie los.»

«Ich hätte gern eine lückenlose Aufstellung, wo Sie am Freitag, den 20. Dezember, waren und was genau Sie getan haben.»

Cedric warf ihm einen kurzen Blick zu. Dann lehnte er sich zurück, gähnte, mimte große Nonchalance und verlor sich in den Mühen des Erinnerns.

«Wie ich Ihnen bereits gesagt habe, war ich auf Ibiza. Dummerweise gleicht dort ein Tag dem anderen. Morgens wird gemalt, von drei bis fünf Siesta gehalten, dann ein bisschen skizziert, wenn das Licht mitspielt. Anschließend ein Aperitif im Café an der Piazza, mal mit dem Bürgermeister, mal mit dem Arzt. Danach ein kleiner Imbiss. Die Abende verbringe ich meistens in Scotty's Bar mit Freunden aus der Unterschicht. Genügt Ihnen das?»

«Die Wahrheit wäre mir lieber, Mr. Crackenthorpe.»

Cedric setzte sich auf.

«Ich verbitte mir solche Beleidigungen, Inspector.»

«Beleidigungen? Mr. Crackenthorpe, neulich sagten Sie, Sie hätten Ibiza am 21. Dezember verlassen und seien am selben Tag in England eingetroffen.»

«Ganz recht. Em? Hi, Em!»

Emma Crackenthorpe kam durch die Tür, die die Bibliothek mit dem Frühstückszimmer verband. Sie sah fragend zwischen Cedric und dem Inspector hin und her.

«Hör zu, Em. Ich bin doch am Samstag vor Weihnachten hier angekommen, oder? Und direkt vom Flughafen, stimmt's?»

«Ja», sagte Emma verwundert. «Du warst ungefähr zum Mittagessen da.»

«Sehen Sie», sagte Cedric zum Inspector.

«Sie müssen uns für sehr dumm halten, Mr. Crackenthorpe», sagte Craddock freundlich. «Solche Dinge lassen sich nachprüfen. Ich glaube, wenn Sie mir Ihren Pass zeigen –»

Er hielt erwartungsvoll inne.

«Kann das blöde Ding nicht finden», sagte Cedric. «Habe heute Morgen schon überall gesucht. Wollte es Cook's schicken.»

«Ich glaube, Sie könnten ihn finden, Mr. Crackenthorpe. Aber so wichtig ist er auch gar nicht. Unsere Recherchen haben ergeben, dass Sie bereits am Abend des 19. Dezember in England angekommen sind. Wären Sie jetzt wohl so gütig, mir zu erklären, was Sie von da an bis zum Eintreffen in Rutherford Hall am Mittag des 21. Dezember getan haben?»

Cedric sah äußerst aufgebracht drein.

«Das ist das Schlimme am modernen Leben», sagte er verärgert. «Von der Wiege bis zur Bahre – Formulare, Formulare. Das hat man nun von einem Verwaltungsstaat. Man kann nicht einmal mehr tun und lassen, was einem passt. Irgendwer stellt einem immer Fragen. Warum machen Sie überhaupt so ein Aufhebens um den 20.? Was ist das Besondere am 20.?»

«Es ist zufällig der Tag, an dem unserer Ansicht nach der Mord begangen wurde. Sie können die Aussage natürlich verweigern, aber –»

«Wer sagt denn, dass ich die Aussage verweigern will? Ich brauche nur etwas Zeit. Und bei der gerichtlichen Untersuchung haben Sie den Zeitpunkt der Ermordung noch im Dunklen gelassen. Was haben Sie seitdem denn Neues herausbekommen?»

Craddock antwortete nicht.

Mit einem Seitenblick auf Emma sagte Cedric: «Wollen wir nicht nach nebenan gehen?»

Emma sagte hastig: «Ich lasse Euch allein.» An der Tür blieb sie stehen und drehte sich um.

«Sei dir darüber im Klaren, dass die Sache ernst ist, Cedric. Wenn der Mord wirklich am 20. stattgefunden hat, dann musst du Inspector Craddock ganz genau sagen, was du alles getan hast.»

Sie ging ins Nebenzimmer und schloss die Tür hinter sich.

«Die gute alte Em», sagte Cedric. «Na, dann mal los. Ja, ich habe Ibiza tatsächlich am 19. verlassen. Wollte die Reise in Paris unterbrechen und ein paar Tage mit alten Freunden von der Rive Gauche um die Häuser ziehen. Aber dann saß da eine sehr attraktive Frau im Flugzeug ... echt flotter Käfer. Na ja, wir sind dann zusammen ausgestiegen. Sie war auf dem Weg in die Staaten und musste sich in London ein paar Tage um irgendwelche geschäftlichen Angelegenheiten kümmern. Wir sind am 19. in London angekommen. Sind im Kingsway Palace abgestiegen, falls Ihre Spione das noch nicht herausgefunden haben. Habe mich John Brown genannt – bei solchen Anlässen schadet es bloß, wenn man seinen richtigen Namen angibt.»

«Und am 20.?»

Cedric verzog das Gesicht.

«Der Vormittag war voll und ganz ausgefüllt mit einem fürchterlichen Kater.»

«Und der Nachmittag? Ab drei Uhr?»

«Mal überlegen. Tja, man könnte sagen, da habe ich einfach eine ruhige Kugel geschoben. War in der National Gallery – dagegen ist wohl nichts zu sagen. Danach im Kino. *Die Todesschlucht von Laramie*. Ich hatte schon immer ein Faible für Western. Der hier war wirklich astrein ... Dann ein paar Drinks in der Bar, auf dem Zimmer ein bisschen geschlafen, und gegen zehn mit dem Mädchen wieder haufenweise Lokale abgeklappert, die angeblich der letzte Schrei waren – die meisten habe ich vergessen – eins hieß ‹Jumping Frog›, glaube ich. Sie kannte die alle. Hatte am Ende ziemlich Schlagseite und konnte mich, ehrlich gesagt, nicht mehr an viel erinnern, als ich am nächsten Morgen aufgewacht bin – mit einem noch schlimmeren Kater.

Das Mädchen hat sich verdrückt, um ihr Flugzeug nicht zu verpassen, und ich habe mir kaltes Wasser über den Kopf gekippt, in der Apotheke einen Höllentrank besorgt, mich hierher aufgemacht und so getan, als käme ich direkt aus Heathrow. Warum soll sich Emma aufregen, habe ich mir gesagt. Sie kennen doch die Frauen – immer gleich sauer, wenn man nicht direkt nach Hause kommt. Ich musste mir von ihr Geld leihen, um das Taxi zu bezahlen. War völlig pleite. Den alten Herrn braucht man da gar nicht erst zu fragen. Der rückt nie etwas heraus. Mieser alter Geizhals. So, Inspector, nun zufrieden?»

«Können Sie diese Ereignisse belegen, Mr. Crackenthorpe? Sagen wir, die zwischen 15 und 19 Uhr?»

«Das glaube ich kaum», sagte Cedric fröhlich. «National Gallery – da verfolgen einen die Wächter mit stumpfen Augen; dann ein ausverkauftes Kino. Nein, wohl kaum.»

Emma kam zurück. Sie hatte einen kleinen Terminkalender in der Hand.

«Sie möchten wissen, was wir alle am 20. Dezember getan haben, stimmt das, Inspector Craddock?»

«Nun – ähm – ja, Miss Crackenthorpe.»

«Ich habe eben in meinem Terminkalender nachgesehen. Am 20. bin ich nach Brackhampton gefahren und habe an einem Treffen des Kirchenrestaurierungskomitees teilgenommen. Das war gegen Viertel vor eins zu Ende, und danach habe ich mit Lady Adington und Miss Bartlett, die ebenfalls im Komitee sitzen, im Cadena Café zu Mittag gegessen. Nach dem Essen bin ich einkaufen gegangen, Vorräte für die Feiertage und Weihnachtsgeschenke. Ich war bei Greenford's und Lyall and Swift's, Boots und wahrscheinlich noch in anderen Geschäften. Gegen Viertel vor fünf habe ich in den Shamrock Tea Rooms Tee getrunken, danach bin ich zum Bahnhof gegangen, um Bryan vom Zug abzuholen. Gegen sechs Uhr war ich wieder hier. Mein Vater hatte ziemlich schlechte Laune. Ich hatte Essen für ihn vorbereitet, aber Mrs. Hart, die am Nachmittag eigentlich hier sein und ihm Tee bringen sollte, war nicht gekommen. Er war so wütend, dass er sich in seinem Zimmer eingeschlossen hatte und mich weder hineinlassen noch mit mir sprechen wollte. Er mag es nicht, wenn ich nachmittags weggehe, aber manchmal mache ich es aus Prinzip.»

«Das ist wahrscheinlich sehr klug von Ihnen. Danke, Miss Crackenthorpe.»

Er konnte ihr schlecht sagen, dass ihre Unternehmungen an jenem Nachmittag keine Rolle spielten, da sie eine 1,70 große Frau war. Stattdessen sagte er:

«Soweit ich weiß, sind Ihre beiden anderen Brüder später gekommen.»

«Alfred kam am späten Samstagabend. Er meinte, er hätte am Freitagnachmittag versucht, mich anzurufen, aber da war ich eben unterwegs – und wenn mein Vater wütend ist, geht er nie ans Telefon. Mein Bruder Harold ist erst am Heiligabend gekommen.»

«Vielen Dank, Miss Crackenthorpe.»

«Es gehört sich wahrscheinlich nicht, aber...», sie zögerte, «welche neuen Ergebnisse veranlassen Sie zu diesen Fragen?»

Craddock zog die Fototasche aus der Tasche. Mit den Fingerspitzen entnahm er ihr den Briefumschlag.

«Bitte nicht berühren, aber kommt Ihnen das bekannt vor?»

«Aber...» Emma starrte ihn entgeistert an. «Das ist ja meine Handschrift. Das ist mein Brief an Martine.»

«Das hatte ich mir gedacht.»

«Aber woher haben Sie den? Hat sie –? Haben Sie sie gefunden?»

«Es ist möglich, dass wir sie – gefunden haben. Dieser leere Briefumschlag wurde *hier* gefunden.»

«Im Haus?»

«Auf Ihrem Grund und Boden.»

«Dann *war* sie also hier! Sie ... heißt das – es war Martine – im Sarkophag?»

«Es sieht ganz danach aus, Miss Crackenthorpe», sagte Craddock behutsam.

Als er in die Stadt zurückkam, sah es noch mehr danach aus. Eine Nachricht von Armand Dessin erwartete ihn.

> *«Eine Freundin von Anna Strawinska hat eine Postkarte von ihr bekommen. Die Kreuzfahrtgeschichte stimmt anscheinend! Sie ist auf Jamaika angekommen und amüsiert sich – in ihren Worten – königlich!»*

Craddock zerknüllte die Nachricht und warf sie in den Papierkorb.

III

«Menschenskind», sagte Alexander, der im Bett saß und andächtig an einem Schokoriegel knabberte, «das war heute echt ein Klassetag. Wir haben wirklich und wahrhaftig ein *Beweisstück* gefunden!»

Er sprach mit ehrfürchtiger Stimme.

«Die ganzen Ferien waren eigentlich klasse», fügte er glücklich hinzu. «Ich glaube nicht, dass ich so etwas noch einmal erlebe.»

«Ich *hoffe*, dass ich es nicht noch einmal erlebe», sagte Lucy, die vor Alexanders Koffer kniete und seine Sachen packte. «Willst du *alle* diese Zukunftsromane mitnehmen?»

«Nein, die beiden ganz oben nicht. Die kenne ich schon. Den Fußball, meine Fußballschuhe und die Gummistiefel kann ich extra nehmen.»

«Ihr Jungen nehmt ganz schön sperrige Sachen mit, wenn ihr auf Reisen geht.»

«Das macht nichts. Wir werden mit dem Rolls abgeholt. Sie haben einen klasse Rolls. Und so einen neuen Mercedes-Benz haben sie auch.»

«Da müssen sie ja reich sein.»

«Stinkreich! Aber auch mächtig nett. Trotzdem würde ich viel lieber hier bleiben. Wenn nun noch eine Leiche auftaucht.»

«Danke, kein Bedarf.»

«In Büchern ist das aber oft so. Wenn da jemand etwas gesehen oder gehört hat, wird der auch kaltgemacht. Vielleicht sind Sie das sogar», sagte er und wickelte einen zweiten Schokoriegel aus.

«Na, herzlichen Dank!»

«Ich wünsche es Ihnen ja nicht», versicherte Alexander ihr. «Ich mag Sie sehr und Stodders auch. Wir finden, als Köchin sind Sie einfach phantastisch. Ihre Fressalien sind einsame Spitze. Außerdem sind Sie echt vernünftig.»

Das Letzte war eindeutig ein Ausdruck höchsten Lobes. Lucy verstand es auch so und sagte: «Danke. Aber ich habe trotzdem keine Lust, mich umbringen zu lassen, bloß um dir einen Gefallen zu tun.»

«Na, dann sehen Sie sich lieber vor», schärfte Alexander ihr ein.

Nachdem er sich gestärkt hatte, sagte er mit einer gewissen Lässigkeit:

«Wenn Dad ab und zu vorbeikommt, dann kümmern Sie sich doch um ihn, oder?»

«Ja, natürlich», sagte Lucy leicht überrascht.

«Das Problem mit Dad ist nämlich, London bekommt ihm nicht», erklärte Alexander. «Er gerät immer an die falschen Frauen, wissen Sie.» Er schüttelte besorgt den Kopf.

«Ich mag ihn sehr», sagte er dann, «aber er braucht einen Menschen, der sich um ihn kümmert. Er lässt sich treiben und gerät an die falschen Leute. Es ist jammerschade, dass Mom so früh gestorben ist. Bryan braucht ein richtiges Zuhause.»

Er sah Lucy bedeutungsvoll an und griff nach dem nächsten Schokoriegel.

«Nein, drei sind genug, Alexander», bat Lucy. «Am Ende musst du noch spucken.»

«Das glaube ich nicht. Einmal habe ich sechs gegessen, und da ist mir auch nicht schlecht geworden. So leicht muss ich nicht spucken.» Nach einer Pause fuhr er fort:

«Bryan mag Sie, wissen Sie.»

«Das ist sehr nett von ihm.»

«Er ist in mancher Hinsicht ein Esel», sagte Bryans Sohn, «aber er war ein mächtig guter Kampfflieger. Er ist fürchterlich tapfer. Und er ist fürchterlich gutmütig.»

Er verstummte. Dann richtete er die Augen zur Decke und druckste herum:

«Wissen Sie, ich glaube ... also eigentlich ... jedenfalls wäre es gut, wenn er wieder heiraten würde ... eine anständige Frau ... ich persönlich hätte auch nichts gegen eine Stiefmutter ... jedenfalls nicht, wenn sie eine anständige Frau wäre ...»

Lucy begriff schockiert, worauf Alexander hinauswollte.

«Dieser ganze Stiefmutterquark», fuhr Alexander, immer noch zur Decke gewandt, fort, «ist in Wahrheit doch ein alter Hut. Stodders und ich kennen phänomenal viele Jungen mit Stiefmüttern – durch Scheidung und so –, und die kommen prima miteinander klar. Kommt natürlich auf die Stiefmutter an. Und natürlich ist es immer etwas verwirrend, wenn sie mit einem ausgeht oder beim Sportfest oder so. Ich meine, wenn man zwei Paar Eltern hat. Andererseits hilft es, wenn man Geld braucht!» Er stockte und dachte über die Probleme des modernen Lebens nach. «Am besten ist es, wenn man sein eigenes Zuhause und seine eigenen Eltern hat – aber wenn die Mutter nun mal tot ist – verstehen Sie, was ich meine? Hauptsache, sie ist eine anständige Frau», sagte Alexander zum dritten Mal.

Lucy war gerührt.

«Ich glaube, *du* bist sehr vernünftig, Alexander», sagte sie. «Wir müssen versuchen, eine gute Frau für deinen Vater zu finden.»

«Genau», sagte Alexander unverbindlich.

Dann fügte er noch lässig hinzu:

«Ich dachte, ich bringe es mal zur Sprache. Bryan mag Sie sehr. Hat er selbst gesagt ...»

«Also wirklich», dachte Lucy. «Hier laufen zu viele Kuppler herum. Erst Miss Marple und jetzt Alexander!»

Aus irgendwelchen Gründen musste sie an Schweineställe denken.

Sie stand auf.

«Gute Nacht, Alexander. Du brauchst morgen früh nur noch den Kulturbeutel und den Schlafanzug einzupacken. Gute Nacht.»

«Gute Nacht», sagte Alexander. Er glitt unter die Decke, legte den Kopf aufs Kissen, schloss die Augen, gab das vollkommene Ebenbild eines schlafenden Engels ab und war im Nu eingeschlafen.

Neunzehntes Kapitel

I

«Lückenlos kann man das nicht gerade nennen», sagte Sergeant Wetherall gewohnt düster.

Craddock las den Bericht über Harold Crackenthorpes Alibi für den 20. Dezember.

Er war gegen halb vier bei Sotheby's gesehen worden, sollte aber kurz darauf gegangen sein. In Russells Teestube war seine Fotografie nicht erkannt worden, aber da dort zur Teezeit viel Betrieb herrschte und er kein Stammgast war, war das nicht weiter verwunderlich. Sein Diener bestätigte, er sei nach Cardigan Gardens zurückgekehrt, um sich um Viertel vor sieben für das Souper umzukleiden – verhältnismäßig spät, denn das Essen war für halb acht angesetzt, und Mr. Crackenthorpe war daher recht gereizt gewesen. Der Diener hatte ihn nachts wohl nicht heimkommen gehört, aber da der Tag geraume Zeit zurücklag, konnte er sich nicht genau erinnern, und er hörte Mr. Crackenthorpe ohnehin nicht immer heimkommen. Seine Frau und er zogen sich nach Möglichkeit früh zurück. Harolds Garage bei den Kutscherhäuschen war ein gemieteter Privatstellplatz, und es gab niemanden, der das Kommen und Gehen verfolgte oder Grund hatte, sich an einen bestimmten Abend zu erinnern.

«Alles negativ», seufzte Craddock.

«Beim Souper in der Caterer's Hall war er allerdings, ist aber noch vor Ende der Ansprachen gegangen.»

«Haben Sie an den Bahnhöfen etwas herausgefunden?»

Dort hatte sich nichts ergeben, weder in Brackhampton noch in Paddington. All das war vier Wochen her, und es war von vornherein unwahrscheinlich gewesen, dass sich jemand erinnern würde.

Craddock seufzte wieder und griff nach dem Rapport über Cedric. Auch hier kein Ergebnis, bis auf einen Taxifahrer, der sich undeutlich erinnerte, irgendwann am Nachmittag jenes Tages einen Fahrgast nach Paddington gebracht zu haben, «der dem Burschen da ähnlich sah. Dreckige Hosen und strubbelige Haare. Schimpfte und fluchte, weil die Fahrpreise gestiegen wären, seit er das letzte Mal in England war.» An den Tag konnte er sich genau erinnern, weil da ein Pferd namens Crawler das Rennen um halb drei gewonnen hatte, auf das er ein bisschen was gesetzt hatte. Nach Absetzen des Gentleman hatte er es im Taxi im Radio gehört und war spornstreichs nach Hause gefahren, um zu feiern.

«Gott sei Dank gibt es Pferderennen!», sagte Craddock und legte den Rapport beiseite.

«Hier ist der über Alfred», sagte Sergeant Wetherall.

Etwas in seiner Stimme ließ Craddock aufblicken. Wetherall bot den zufriedenen Anblick eines Menschen, der sich den Leckerbissen bis zuletzt aufgespart hat.

Im Großen und Ganzen war die Überprüfung unbefriedigend. Alfred wohnte allein in seiner Wohnung und kam und ging zu unregelmäßigen Zeiten. Seine Nachbarn waren nicht sonderlich neugierig, außerdem arbeiteten sie als Büroangestellte und waren den ganzen Tag außer Haus. Dann aber deutete Wetheralls Finger bedeutsam auf den letzten Absatz des Berichts.

Sergeant Leakie war auf einen Fall von Diebstählen aus Lastern angesetzt worden und am Load of Bricks in Stellung gegangen, einem LKW-Rastplatz an der Waddington-Brackhampton Road, wo er gewisse LKW-Fahrer observiert hatte. Am Nachbartisch war ihm Chick Evans aufgefallen, der zu Dicky Rogers' Mob gehörte. Bei dem hatte Alfred Crackenthorpe gesessen, den Leakie flüchtig kannte, seit er im Prozess gegen Dicky Rogers ausgesagt hatte. Er hatte sich gefragt, was die beiden wohl aushecken. Das war am Freitag, den 20. Dezember, um 21.30 gewesen. Ein paar Minuten später war Alfred Crackenthorpe in einen

Bus Richtung Brackhampton gestiegen. William Baker, der Bahnsteigschaffner in Brackhampton, hatte kurz vor Abfahrt des 23.55 nach Paddington die Fahrkarte eines Gentleman geknipst, den er als einen von Miss Crackenthorpes Brüdern erkannt hatte. Erinnerte sich an den Tag, weil da die Geschichte einer übergeschnappten alten Dame kursiert war, die Stein und Bein geschworen hatte, sie hätte gesehen, wie am Nachmittag im Zug jemand ermordet worden wäre.

«Alfred?», sagte Craddock und legte den Bericht hin. «Alfred? Komisch.»

«Damit steckt er in Teufels Küche», meinte Wetherall.

Craddock nickte. Ja, Alfred konnte mit dem Zug um 16.33 nach Brackhampton gefahren sein und unterwegs einen Mord begangen haben. Danach konnte er mit dem Bus zum Load of Bricks gefahren sein. Dort konnte er um halb zehn aufgebrochen sein und hätte genügend Zeit gehabt, nach Rutherford Hall zu fahren, die Leiche vom Bahndamm in den Sarkophag zu verfrachten und rechtzeitig wieder in Brackhampton zu sein, um mit dem 23.55 nach London zurückzufahren. Ein Mitglied von Dicky Rogers' Mob konnte ihm bei der Beseitigung der Leiche sogar geholfen haben, obwohl Craddock es bezweifelte. Das waren lichtscheue Elemente, aber keine Mörder.

«Alfred?», wiederholte er grübelnd.

II

In Rutherford Hall hatte eine Versammlung der Familie Crackenthorpe stattgefunden. Harold und Alfred waren aus London gekommen, ein Wort gab das andere, und schon bald kochten die Emotionen hoch.

Lucy mischte aus eigenem Antrieb Cocktails in einem Krug mit Eiswürfeln und brachte ihn zur Bibliothek. Die Stimmen waren in der Halle deutlich zu hören. Allerlei Gehässigkeiten entluden sich über Emma.

«Alles nur deine Schuld, Emma.» Harolds wütende Bassstimme war deutlich herauszuhören. «Es will mir nicht in den Kopf, wie du so kurzsichtig und dumm sein konntest. Hättest du doch bloß diesen Brief nicht zu Scotland Yard gebracht, dann wäre das alles nicht ins Rollen gekommen –»

Alfreds hohe Stimme sagte: «Du musst von Sinnen gewesen sein.»

«Nun lasst Emma doch mal in Ruhe», sagte Cedric. «Was passiert ist, ist passiert. Es wäre viel verdächtiger, wenn sie die Leiche als die verschwundene Martine identifiziert hätten, und wir hätten mit keinem Sterbenswörtchen zu erkennen gegeben, dass wir von ihr gehört hatten.»

«Du magst ja fein raus sein, Cedric», sagte Harold zornig. «Du warst am 20. außer Landes, und das ist anscheinend der Tag, auf den sich die Ermittlungen konzentrieren. Aber für Alfred und mich ist das äußerst peinlich. Zum Glück kann *ich* mich erinnern, wo ich an jenem Nachmittag war und was ich gemacht habe.»

«Das kann ich mir denken», sagte Alfred. «Wenn du einen Mord planen würdest, würdest du garantiert auch dein Alibi sehr sorgfältig planen, Harold.»

«Ich schätze, du hast da weniger Glück», sagte Harold kalt.

«Wie man's nimmt», sagte Alfred. «Nichts ist schlimmer, als wenn man der Polizei ein hieb- und stichfestes Alibi unterjubeln will, das sich als nicht hieb- und stichfest erweist. Das zerpflücken sie einem in null Komma nichts.»

«Wenn du damit andeuten willst, ich hätte die Frau umgebracht –»

«Ach, nun hört doch endlich mal auf», rief Emma. «Natürlich hat keiner von euch die Frau umgebracht.»

«Und nur zu eurer Information, ich war am 20. *nicht* im Ausland», sagte Cedric. «Und die Polizei ist dahinter gekommen. Wir stehen also alle unter Verdacht.»

«Wenn Emma nicht gewesen wäre –»

«Nun fang doch nicht wieder von vorn an, Harold», rief Emma.

Dr. Quimper kam aus dem Arbeitszimmer, wohin er sich mit

dem alten Mr. Crackenthorpe zurückgezogen hatte. Sein Blick fiel auf den Krug in Lucys Hand.

«Was ist denn das? Gibt es etwas zu feiern?»

«Das ist eher Öl auf die Wogen. Da drinnen fliegen die Fetzen.»

«Beschuldigungen?»

«Hauptsächlich hacken sie auf Emma rum.»

Dr. Quimper zog die Augenbrauen hoch.

«Ach ja?» Er nahm Lucy den Krug ab, öffnete die Tür zur Bibliothek und ging hinein.

«Guten Abend.»

«Ah, Dr. Quimper, ich hätte noch ein Wörtchen mit Ihnen zu reden.» Das war Harolds Stimme, laut und gereizt. «Ich wüsste gern, wie Sie dazu kommen, sich in private Familienangelegenheiten einzumischen und meiner Schwester nahe zu legen, sich an Scotland Yard zu wenden.»

Dr. Quimper sagte ruhig und bestimmt:

«Miss Crackenthorpe hat mich um Rat gebeten. Ich habe ihn ihr gegeben. Meiner Meinung nach hat sie das einzig Richtige getan.»

«Wollen Sie damit sagen –»

«Mädchen!»

Die inzwischen vertraute Anrede des alten Mr. Crackenthorpe. Er spähte direkt hinter Lucy aus der Tür des Arbeitszimmers.

Lucy drehte sich widerwillig um.

«Ja, Mr. Crackenthorpe?»

«Was gibt es heute zum Abendessen? Ich möchte Curry. Ihr Curry ist sehr gut. Es ist eine Ewigkeit her, seit wir das letzte Mal Curry gegessen haben.»

«Die Jungen mögen Curry nicht besonders, darum.»

«Die Jungen – die Jungen. Seit wann zählen hier die Jungen? Ich bin es, der zählt. Außerdem sind die Jungen verschwunden – und ich weine ihnen keine Träne nach. Ich will einen schönen scharfen Curry, haben Sie verstanden?»

«Ja, Mr. Crackenthorpe, Sie sollen ihn haben.»

«So ist's recht. Sie sind ein gutes Mädchen, Lucy. Sie kümmern sich um mich, und ich kümmere mich um Sie.»

Lucy kehrte in die Küche zurück. Sie räumte die Zutaten für das geplante Hühnerfrikassee weg und begann mit den Vorbereitungen für einen Curry. Die Haustür schlug zu, und durch das Küchenfenster sah sie Dr. Quimper, der verärgert vom Haus zum Wagen ging und fortfuhr.

Lucy seufzte. Ihr fehlten die Jungen. Und irgendwie fehlte ihr auch Bryan.

Sei's drum. Sie setzte sich und fing an, Pilze zu putzen.

Wenigstens würde sie der Familie ein gutes Essen kochen.

Fütterung der Raubtiere!

III

Gegen drei Uhr früh fuhr Dr. Quimper seinen Wagen in die Garage, schloss ab, ging todmüde ins Haus und zog die Eingangstür hinter sich ins Schloss. So, Mrs. Josh Simpkins konnte ihrer bisher achtköpfigen Familie ein gesundes Paar Zwillinge hinzufügen. Mr. Simpkins war über deren Ankunft nicht gerade in Begeisterungsstürme ausgebrochen.

«Zwillinge», hatte er bedrückt gesagt. «Was sind die denn gut für? Vierlinge, da lässt sich was mit anfangen. Kriegt man alle möglichen Sachen geschickt, die Presse rennt einem das Haus ein, man kommt mit Bild in die Zeitung, und es heißt, die Queen schickt einem sogar ein Telegramm. Aber Zwillinge? Muss man bloß zwei Mäuler mehr stopfen. In meiner Familie hat's noch nie Zwillinge gegeben, und in der von meiner Alten auch nicht. Das ist doch einfach ungerecht.»

Dr. Quimper stieg die Treppe zu seinem Schlafzimmer hoch und begann sich auszuziehen. Er sah auf die Uhr. Fünf Minuten nach drei. Bei der Entbindung der Zwillinge hatte es unerwartete Komplikationen gegeben, aber insgesamt war alles gut verlaufen. Er gähnte. Er war müde – hundemüde und freute sich auf sein Bett.

Da klingelte das Telefon.

Dr. Quimper fluchte und nahm den Hörer ab.

«Dr. Quimper?»

«Am Apparat.»

«Hier ist Lucy Eyelesbarrow aus Rutherford Hall. Ich glaube, Sie sollten herkommen. Plötzlich sind alle krank geworden.»

«Krank? Wieso? Was für Symptome?»

Lucy beschrieb sie ihm.

«Ich komme sofort. Inzwischen...» Er gab ihr knappe, präzise Anweisungen.

Dann zog er sich schnell wieder an, warf einige zusätzliche Dinge in seine Notarzttasche und eilte zum Wagen.

IV

Gut drei Stunden später saßen Lucy und der Arzt völlig erschöpft am Küchentisch und tranken große Tassen schwarzen Kaffee.

«Puh.» Dr. Quimper trank aus und stellte die Tasse klirrend auf die Untertasse. «Das war nötig. So, Miss Eyelesbarrow, kommen wir zur Sache.»

Lucy sah ihn an. Die Müdigkeit hatte sich tief in sein Gesicht eingegraben und machte ihn älter als seine vierundvierzig Jahre, die schwarzen Schläfenhaare hatten graue Strähnen, und unter den Augen lagen tiefe Ringe.

«Soweit ich es beurteilen kann, sind sie vorläufig außer Gefahr», sagte der Arzt. «Aber wie kommt das bloß? Das würde ich gern wissen. Wer hat das Abendessen gekocht?»

«Ich», sagte Lucy.

«Und was gab es? *En détail,* bitte.»

«Pilzsuppe. Hühnercurry mit Reis. Sillabubs. Häppchen mit Hühnerleber und Speck.»

«*Canapés Diane*», sagte Dr. Quimper unerwartet.

Lucy lächelte müde.

«Ja. *Canapés Diane.*»

«Gut – gehen wir das im Einzelnen durch. Pilzsuppe – aus der Dose, nehme ich an.»

«Wie kommen Sie denn darauf? Ich habe sie gekocht.»

«Sie haben sie gekocht. Können Sie mir die Zutaten nennen?»

«Ein halbes Pfund Pilze, Hühnerbrühe, Milch, Mehlschwitze und Zitronensaft.»

«Aha. Dann wird jeder sagen, ‹Das müssen die Pilze gewesen sein›.»

«Es können nicht die Pilze gewesen sein. Ich habe selber Suppe gegessen, und mir ist nichts passiert.»

«Stimmt. *Ihnen* ist nichts passiert. Das war mir bewusst.»

Lucy verfärbte sich.

«Wollen Sie damit sagen –»

«Ich will gar nichts sagen. Sie sind ein hochintelligentes Mädchen. Wenn ich sagen wollte, was Sie eben glaubten, dann lägen Sie jetzt ebenfalls stöhnend im Bett. Außerdem sind Sie über jeden Zweifel erhaben. Ich habe mich nach Ihnen erkundigt.»

«Ach du Schande, warum denn das?»

Dr. Quimper presste grimmig die Lippen aufeinander.

«Weil ich über die Menschen, die in diesem Hause ein und aus gehen, Bescheid wissen möchte. Sie sind eine ehrliche junge Frau, die sich mit dieser Arbeit ihren Lebensunterhalt verdient. Außerdem haben Sie, bevor Sie hergekommen sind, mit keinem Mitglied der Familie Crackenthorpe je Kontakt gehabt. Sie können also nicht die Geliebte von Cedric, Harold oder Alfred sein, die einem von ihnen die Kastanien aus dem Feuer holt.»

«Halten Sie es denn wirklich für möglich –»

«Ich halte vieles für möglich», sagte Quimper. «Aber ich muss aufpassen. Das ist das Schlimmste am Arztsein. Machen wir weiter. Hühnercurry. Haben Sie davon gegessen?»

«Nein. Wenn man einen Curry zubereitet, ist man schon vom Geruch satt, finde ich. Ich habe ihn natürlich abgeschmeckt. Ich hatte Suppe und später Sillabub.»

«Wie haben Sie den Sillabub serviert?»

«In Portionsgläsern.»

«Und wie viele davon haben Sie aufgeräumt?»

«Meinen Sie gespült? Alle sind gespült und stehen wieder im Schrank.»

Dr. Quimper stöhnte auf.

«Man kann die Ordnungsliebe auch übertreiben», sagte er.

«Im Nachhinein sehe ich das genauso, aber das lässt sich nicht mehr ändern, fürchte ich.»

«Was *haben* Sie denn noch?»

«Vom Curry ist etwas übrig geblieben – in einer Schüssel in der Speisekammer. Daraus wollte ich heute Abend eine Mulligatawny-Suppe kochen. Pilzsuppe ist auch noch da. Der Sillabub und die Häppchen sind alle.»

«Den Curry und die Suppe nehme ich mit. Was ist mit Chutney? Gab es Chutney als Beilage?»

«Ja. Aus einem der Steingutgefäße dort.»

«Davon nehme ich auch etwas mit.»

Er stand auf. «Ich gehe hoch und schaue sie mir noch einmal an. Können Sie danach noch ein paar Stunden die Stellung halten? Und auf alle aufpassen? Gegen acht kann ich Ihnen eine Schwester mit den nötigen Anweisungen herschicken.»

«Nun mal ehrlich, Herr Doktor: Halten Sie es für eine Lebensmittelvergiftung oder – oder sind sie vergiftet worden?»

«Wie gesagt, ich halte vieles für möglich. Aber Möglichkeiten sind für Ärzte zu wenig. Wir müssen sichergehen. Wenn diese Speisenproben ein positives Ergebnis haben, kann ich entsprechende Maßnahmen einleiten. Anderenfalls –»

«Anderenfalls?», wiederholte Lucy.

Dr. Quimper legte ihr eine Hand auf die Schulter.

«Passen Sie ganz besonders auf zwei von ihnen auf», sagte er. «Passen Sie auf Emma auf. Emma darf auf gar keinen Fall etwas zustoßen...»

Er konnte seine Gefühle nicht unterdrücken. «Sie hat doch noch gar nicht richtig gelebt», sagte er. «Und wissen Sie, Menschen wie Emma Crackenthorpe sind das Salz der Erde... Emma – also, Emma bedeutet mir viel. Ich habe es ihr nie gesagt, aber ich werde es tun. Passen Sie auf Emma auf.»

«Sie können sich auf mich verlassen», sagte Lucy.

«Und passen Sie auf den alten Mann auf. Ich kann nicht behaupten, dass er mein Lieblingspatient wäre, aber er *ist* mein Patient, und ich denke nicht im Traum daran, ihn von einem seiner missratenen Söhne – oder auch allen dreien zusammen – aus dieser Welt hinausbefördern zu lassen, bloß damit sie an sein Geld herankommen.»

Er warf ihr einen kurzen, spöttischen Blick zu.

«Jetzt ist es mir doch herausgerutscht», sagte er. «Also passen Sie auf wie ein Luchs, und seien Sie ein gutes Mädchen und behalten Sie das für sich.»

V

Inspector Bacon sah bestürzt aus.

«Arsen?», fragte er. «Arsen?»

«Ja. Es war im Curry. Hier haben Sie den Rest – dann kann Ihr Mann sich darüber hermachen. Ich habe nur bei einer kleinen Menge einen vorläufigen Test gemacht, aber das Resultat war eindeutig.»

«Wir haben es also mit einem Giftmischer zu tun.»

«Sieht so aus», sagte Dr. Quimper trocken.

«Und alle sind betroffen, sagen Sie – bis auf diese Miss Eyelesbarrow.»

«Bis auf Miss Eyelesbarrow.»

«Macht sie ein bisschen verdächtig...»

«Was sollte sie für ein Motiv haben?»

«Könnte plemplem sein», meinte Bacon. «Manche Leute treten völlig normal auf, dabei haben sie die ganze Zeit eine Schraube locker.»

«Miss Eyelesbarrow hat keine Schraube locker. Das sage ich als Arzt. Miss Eyelesbarrow ist genauso klar bei Verstand wie Sie und ich. Wenn Miss Eyelesbarrow der Familie Arsen im Curry verabreicht hätte, dann hätte sie einen Grund dafür. Außerdem ist sie eine hochintelligente junge Frau, die dafür gesorgt hätte, *nicht* als Einzige verschont zu bleiben. Sie hätte wie jeder intelligente Giftmischer eine kleine Menge von dem vergifteten Curry gegessen und die Symptome dann übertrieben.»

«Und dann würde Ihnen nichts auffallen.»

«Dass sie weniger als die anderen gegessen hätte? Wahrscheinlich nicht. Die Menschen reagieren auf Gift sowieso verschieden – dieselbe Dosis nimmt den einen weit mehr mit als den anderen.» Sarkastisch fügte der Arzt hinzu: «Wenn der Patient erst tot ist, lässt sich natürlich recht genau sagen, wie hoch die Dosis war.»

«Dann wäre es also möglich...» Inspector Bacon stockte, um seinen Einfall zu durchdenken. «Es wäre also möglich, dass sich ein Mitglied der Familie mehr anstellt als nötig – jemand quält sich ebenso ab wie die anderen, könnte man sagen, um sich nicht verdächtig zu machen. Das wäre möglich, ja?»

«Genau das habe ich mich auch gefragt. Deswegen bin ich ja zu Ihnen gekommen. Die Sache liegt jetzt bei Ihnen. Ich habe eine vertrauenswürdige Schwester nach Rutherford Hall abgestellt, aber sie kann nicht überall zugleich sein. Ich habe nicht den Eindruck, dass irgendjemand eine lebensgefährliche Dosis abbekommen hat.»

«Heißt das, der Giftmischer hat einen Fehler gemacht?»

«Nein. Ich könnte mir eher denken, er hat nur so viel in den Curry getan, um den Eindruck einer Lebensmittelvergiftung zu erwecken – dafür würde man die Pilze verantwortlich machen. Die Leute glauben in solchen Fällen ja immer gleich an eine Pilzvergiftung. Und auf einmal verschlechtert sich der Zustand eines Patienten, und er stirbt.»

«Weil er eine zweite Dosis bekommen hat.»

Der Arzt nickte.

«Deswegen bin ich sofort zu Ihnen gekommen, und deswegen habe ich eine Schwester nach Rutherford Hall abgestellt.»

«Weiß sie von dem Arsen?»

«Natürlich. Sie weiß davon, und Miss Eyelesbarrow auch. Ich möchte Ihnen keinesfalls vorschreiben, was Sie zu tun haben, aber an Ihrer Stelle würde ich hinausfahren und allen klipp und klar sagen, dass sie eine Arsenvergiftung haben. Das sollte unseren potentiellen Giftmörder dermaßen in Angst und Schrecken versetzen, dass er von der Durchführung seines Plans absieht. Er baut wahrscheinlich voll und ganz auf die Theorie der Lebensmittelvergiftung.»

Auf dem Schreibtisch des Inspectors klingelte das Telefon. Bacon hob ab, lauschte kurz und sagte:

«Okay. Stellen Sie sie durch.» Er sagte zu Quimper. «Ihre Schwester. Ja, hallo – am Apparat ... Wie bitte? Schwerer Rückfall ... ja ... Dr. Quimper steht neben mir ... wenn Sie ihn sprechen möchten ...»

Er reichte dem Arzt den Hörer.

«Quimper am Apparat ... verstehe ... aha ... genau ... ja, machen Sie damit weiter. Wir kommen sofort.»

Er legte auf und wandte sich an Bacon.

«Um wen geht's?»

«Alfred», sagte Dr. Quimper. «Er ist tot.»

Zwanzigstes Kapitel

I

Craddocks Stimme drang ungläubig und scharf durchs Telefon.

«Alfred?», fragte er. *«Alfred?»*

Inspector Bacon wechselte den Telefonhörer ans andere Ohr und sagte: «Kommt das unerwartet für Sie?»

«Und wie. Er war gerade mein Hauptverdächtiger geworden!»

«Ich habe gehört, dass der Bahnsteigschaffner ihn wieder erkannt hat. Sah schlecht für ihn aus. Sah sogar so aus, als hätten wir unseren Mann.»

«Tja», sagte Craddock tonlos, «so kann man sich irren.»

Nach einer Pause fragte er:

«Da war doch eine Schwester abgestellt. Wie konnte ihr denn so ein Schnitzer unterlaufen?»

«Man kann ihr wohl kaum Vorwürfe machen. Miss Eyelesbarrow war vollkommen erledigt und hatte sich hingelegt. Die Schwester hatte fünf Patienten zu versorgen, den alten Mann, Emma, Cedric, Harold und Alfred. Sie konnte nicht überall zugleich sein. Erst hat anscheinend der alte Mr. Crackenthorpe einen Zwergenaufstand gemacht. Groß lamentiert, er müsse sterben. Sie ist zu ihm gegangen, konnte ihn beruhigen, ist zurückgekommen und hat Alfred Tee mit Traubenzucker gebracht. Er hat ihn getrunken, und schon war's passiert.»

«Wieder Arsen?»

«Sieht ganz so aus. Es kann natürlich ein Rückfall gewesen sein, aber Quimper glaubt das nicht, und Johnstone ist seiner Meinung.»

«War Alfred wirklich das beabsichtigte Opfer?», überlegte Craddock.

Bacon klang interessiert. «Sie meinen, während Alfreds Tod niemandem nützt, hätte sich der Tod des alten Mannes für alle gelohnt? Es *könnte* ein Fehler gewesen sein – jemand *könnte* geglaubt haben, der Tee sei für den alten Mann bestimmt.»

«Steht überhaupt fest, dass das Zeug auf diese Weise verabreicht wurde?»

«Nein, ganz und gar nicht. Die Schwester hat, wie sich das für eine gute Schwester gehört, Geschirr und Besteck gespült. Tassen, Löffel, Kanne – alles. Aber es gibt kaum eine andere Möglichkeit.»

«Das heißt also, ein Patient war nicht so krank wie die anderen», grübelte Craddock. «Hat die Gelegenheit beim Schopf ergriffen und die Tasse präpariert.»

«Jedenfalls ist jetzt Schluss mit diesen halben Sachen», sagte Inspector Bacon aufgebracht. «Wir haben jetzt zwei Schwestern auf die vier angesetzt, von Miss Eyelesbarrow ganz zu schweigen, und ich habe ein paar von meinen Männern in Rutherford Hall stationiert. Kommen Sie her?»

«So schnell ich kann!»

II

Lucy Eyelesbarrow kam durch die Halle geeilt und begrüßte Inspector Craddock. Sie sah blass und abgespannt aus.

«Sie haben aber auch einiges durchgemacht», sagte Craddock.

«Das Ganze war ein einziger scheußlicher Alptraum», sagte Lucy. «Letzte Nacht habe ich wirklich gedacht, sie würden *alle* sterben.»

«Was den Curry angeht –»

«Ach, der Curry war es also?»

«Ja, lecker mit Arsen gewürzt – die Borgias lassen grüßen.»

«Wenn das stimmt», sagte Lucy, «gibt es nur eine Möglichkeit: Es muss jemand aus der Familie sein.»

«Alles andere ausgeschlossen?»

«Ja. Schauen Sie, ich habe mit dem verdammten Curry erst spät angefangen – nach sechs Uhr – weil Mr. Crackenthorpe da erst Curry verlangt hat. Und ich musste eine neue Dose Currypulver aufmachen – *die* kann also niemand vergiftet haben. Ich nehme an, Curry überdeckt den Geschmack?»

«Arsen hat keinen Eigengeschmack», sagte Craddock geistesabwesend. «Jetzt zur Gelegenheit. Wer hatte überhaupt die Chance, während des Kochens an den Curry heranzukommen?»

Lucy überlegte.

«Als ich im Speisesaal den Tisch gedeckt habe, konnte im Grunde jeder in die Küche schleichen», sagte sie.

«Verstehe. Wer war denn alles im Haus? Der alte Mr. Crackenthorpe, Emma, Cedric –»

«Harold und Alfred. Sie waren am Nachmittag aus London gekommen. Ach ja, und Bryan – Bryan Eastley. Aber der ist kurz vor dem Essen gefahren. Er hatte eine Verabredung in Brackhampton.»

Craddock sagte nachdenklich: «Das passt alles zur Krankheit des Alten letzte Weihnachten. Quimper witterte damals schon Arsen. Hatten Sie letzte Nacht den Eindruck, alle wären gleich krank?»

Lucy überlegte. «Ich glaube, der alte Mr. Crackenthorpe war am schlimmsten dran. Dr. Quimper hatte wahnsinnig viel Arbeit mit ihm. Er ist ein ganz schön guter Arzt, möchte ich behaupten. Cedric hat sich bei weitem am meisten angestellt. Das ist allerdings typisch für starke und gesunde Menschen.»

«Und Emma?»

«Ihr ging es ziemlich schlecht.»

«Warum bloß Alfred, frage ich mich», sagte Craddock.

«Ich mich auch», sagte Lucy. «Sind Sie sicher, dass es Alfred erwischen *sollte*?»

«Komisch – das habe ich mich auch gefragt!»

«Es kommt mir so sinnlos vor.»

«Wenn ich bloß hinter das Motiv der ganzen Geschichte käme», sagte Craddock. «Es passt hinten und vorn nicht zusammen.

Die Erdrosselte im Sarkophag war Edmund Crackenthorpes Witwe Martine. Davon können wir fürs Erste ausgehen, das ist so gut wie bewiesen. Es *muss* eine Verbindung zwischen ihr und der bewussten Vergiftung von Alfred geben. Der Grund liegt irgendwo hier in der Familie. Selbst die Annahme, einer von ihnen sei wahnsinnig, hilft nicht weiter.»

«Nein, eigentlich nicht», stimmte Lucy zu.

«Na, passen Sie jedenfalls gut auf sich auf», warnte Craddock sie. «Denken Sie immer daran, hier geht ein Giftmörder um, und einer Ihrer Patienten da oben ist nicht so krank, wie er tut.»

Nach Craddocks Aufbruch ging Lucy langsam wieder in den ersten Stock. Eine gebieterische, wenn auch von Krankheit geschwächte Stimme rief sie an, als sie am Zimmer des alten Mr. Crackenthorpe vorbeikam.

«Mädchen – Mädchen – sind Sie das? Kommen Sie mal her.»

Lucy trat ein. Gestützt von Kissen, lag Mr. Crackenthorpe im Bett. Für einen Kranken war er ganz schön munter, fand Lucy.

«Das ganze Haus wimmelt von diesen verdammten Krankenschwestern», beschwerte sich Mr. Crackenthorpe. «Belästigen einen, machen sich wichtig, messen Fieber, geben mir nicht das zu essen, was ich will – was das alles wieder kostet! Sagen Sie Emma, sie soll sie fortschicken. Sie reichen völlig aus, um mich zu versorgen.»

«Das ganze Haus ist krank, Mr. Crackenthorpe», sagte Lucy. «Ich kann Sie doch nicht alle versorgen.»

«Pilze», sagte Mr. Crackenthorpe. «Das sind verdammt gefährliche Dinger. Das lag an der Suppe von gestern Abend. Und Sie haben die gekocht», sagte er noch vorwurfsvoll.

«Die Pilze waren unschädlich, Mr. Crackenthorpe.»

«Ich geben Ihnen ja auch keine Schuld, Mädchen, überhaupt nicht. Das ist schließlich nicht das erste Mal. Ein einziger Mistpilz dazwischen, und schon ist es passiert. Das lässt sich nicht voraussagen. Ich weiß, dass Sie ein gutes Mädchen sind. Sie würden so etwas nie mit Absicht tun. Wie geht es Emma?»

«Heute Nachmittag geht es ihr etwas besser.»

«Aha, und Harold?»

«Ebenfalls.»

«Und stimmt es, dass Alfred ins Gras gebissen hat?»

«Woher wissen Sie das, Mr. Crackenthorpe?»

Mr. Crackenthorpe lachte wiehernd und frohlockend. «Ich bekomme alles mit», sagte er. «Vor dem alten Herrn lässt sich nichts verbergen. Sosehr sie es auch versuchen. Alfred ist also tot, ja? Dann liegt *er* mir wenigstens nicht mehr auf der Tasche, und vom Erbe bekommt er auch nichts ab. Die warten alle nur darauf, dass *ich* abkratze, wissen Sie – Alfred am allermeisten. Und jetzt ist *er* tot. Das ist ein echt guter Witz.»

«Das ist nicht besonders nett von Ihnen», sagte Lucy streng.

Mr. Crackenthorpe lachte wieder. «Die werde ich alle überleben», krähte er. «Warten Sie ruhig ab, Mädchen, warten Sie es ruhig ab.»

Lucy ging in ihr Zimmer, nahm ihr Wörterbuch aus dem Regal und schlug das Wort «Tontine» nach. Dann schlug sie das Buch zu und starrte sinnend ins Leere.

III

«Verstehe nicht, warum Sie damit zu mir kommen», sagte Dr. Morris gereizt.

«Sie kennen die Familie Crackenthorpe am längsten», sagte Inspector Craddock.

«Gewiss, ich kenne alle Crackenthorpes. Ich erinnere mich an den alten Josiah Crackenthorpe. Das war ein harter Brocken – und ein gerissener Bursche. Hat jede Menge Geld verdient.» Seine gebrechliche Gestalt rutschte im Sessel hin und her, und er spähte Inspector Craddock unter buschigen Augenbrauen hervor an. «Sie glauben also diesem jungen Narren Quimper», sagte er. «Diese übereifrigen jungen Ärzte! Auf was die nicht alles kommen. *Er* hat sich in den Kopf gesetzt, dass jemand Luther Crackenthorpe vergiften wollte. Blödsinn! Melodrama! Er hatte einfach eine Magenverstimmung. Deswegen habe ich ihn schon behandelt. Kam nicht oft vor – überhaupt nichts Besonderes.»

«Dr. Quimper ist da anderer Meinung», sagte Craddock.

«Ein Arzt hat nicht zu meinen. Ich glaube immerhin, ich erkenne eine Arsenvergiftung, wenn ich eine vor mir habe.»

«Vielen bekannten Ärzten ist das nicht gelungen», meinte Craddock. «Da war» – er wühlte in seinem Gedächtnis – «der Fall Greenbarrow, Mrs. Teney, Charles Leeds, drei Mitglieder der Familie Westbury, alle auf dem Friedhof gelandet, ohne dass die behandelnden Ärzte den leisesten Verdacht geschöpft hätten. Und das waren gute, renommierte Ärzte.»

«Schon gut, schon gut», sagte Dr. Morris, «Sie wollen darauf hinaus, dass ich einen Fehler gemacht haben könnte. *Ich* glaube das aber nicht.» Er dachte eine Weile nach und sagte dann: «Wer war es denn Quimpers Ansicht nach – wenn es jemand war?»

«Dazu wollte er sich nicht äußern», sagte Craddock. «Er macht sich einfach Sorgen. Schließlich geht es dort um eine ganze Menge Geld», fügte er noch hinzu.

«Ja, ja, ich weiß, und sie bekommen es erst, wenn Luther Crackenthorpe stirbt. Und alle haben es bitter nötig. Schön und gut, aber daraus folgt noch nicht, dass sie den alten Mann umbringen würden, um an das Geld zu kommen.»

«Nicht unbedingt», pflichtete Inspector Craddock ihm bei.

«Ich verdächtige jedenfalls prinzipiell nichts und niemanden, solange ich es nicht begründen kann. Und zwar gut begründen», sagte er. «Ich muss sagen, was Sie da erzählen, erschüttert mich ein wenig. Offenbar geht es um Arsen im Großmaßstab – aber ich verstehe trotzdem nicht, warum Sie damit zu *mir* kommen. Ich kann Ihnen bloß sagen, *ich* habe das nie vermutet. Vielleicht hätte ich es tun sollen. Vielleicht hätte ich Luther Crackenthorpes Magenverstimmungen viel ernster nehmen müssen. Aber diese Frage ist für Sie ja nun unwichtig geworden.»

Craddock stimmte zu. «Am dringendsten brauche ich mehr Hintergrund über die Familie Crackenthorpe», sagte er. «Gibt es dort abnorme geistige Veranlagungen – irgendwelche Schrullen?»

Die Augen unter den buschigen Brauen musterten ihn scharf. «Ja, ich verstehe, dass Sie Vermutungen in diese Richtung anstellen. Also, der alte Josiah war absolut zurechnungsfähig. Zäh wie Leder, stand mit beiden Beinen auf dem Boden. Seine Frau war eine Neurotikerin und neigte zur Melancholie. Ihre Familie war durch Inzucht degeneriert. Sie starb kurz nach der Geburt des zweiten Sohnes. Ich würde sagen, Luther hat – wie soll ich sagen – eine gewisse Instabilität von ihr geerbt. Als junger Mann war er ganz normal, lag sich nur ständig mit seinem Vater in den Haaren. Der Vater war von ihm enttäuscht, das hat Luther ihm wohl übel genommen und ist ins Brüten gekommen. Am Ende hat sich das zu einem richtigen Spleen ausgewachsen, und den hat er auf sein Familienleben übertragen. Wenn Sie sich mit ihm unterhalten, werden sie merken, dass er all seine Söhne von Herzen verabscheut. Seinen Töchtern war er immer sehr zugetan. Sowohl Emma als auch Edie – das ist die, die gestorben ist.»

«Warum verabscheut er seine Söhne so?», fragte Craddock.

«Die Frage kann Ihnen wohl nur einer von diesen neumodischen Psychiatern beantworten. Ich vermute, Luther kam sich als Mann immer minderwertig vor und ist wegen seiner finanziellen Lage völlig verbittert. Er hat Zinseinkünfte, aber keine Verfügungsgewalt über das Kapital. Wenn er seine Söhne enterben könnte, wären sie ihm wahrscheinlich nicht so zuwider. Weil er in dieser Hinsicht machtlos ist, fühlt er sich gedemütigt.»

«Und deswegen ist er so erpicht darauf, sie alle zu überleben?», fragte Inspector Craddock.

«Gut möglich. Ich glaube, das ist auch der Grund seiner Knausrigkeit. Ich könnte mir denken, dass er von seinen großen Zinseinkünften ein gut Teil auf die Seite gelegt hat – das meiste natürlich, bevor die Besteuerung ihre heutige Schwindel erregende Höhe erreicht hatte.»

Inspector Craddock kam eine neue Idee. «Er wird seine Ersparnisse doch testamentarisch jemandem vermacht haben, oder? *Das* kann er doch machen.»

«Aber ja – nur wem, das wissen die Götter. Emma vielleicht, aber das kann ich mir eigentlich nicht denken. Sie bekommt ja ihren Anteil aus dem Besitz des alten Josiah. Alexander vielleicht, seinem Enkel.»

«Den mag er, nicht wahr?», fragte Craddock.

«Früher auf jeden Fall. Er ist ja auch der Sohn einer Tochter, nicht eines Sohnes. Das könnte für ihn entscheidend sein. Und Bryan Eastley, Edies Mann, den mochte er auch. Ich kenne Bryan nicht besonders gut, und es ist einige Jahre her, seit ich überhaupt Mitglieder der Familie gesehen habe, aber nach dem Krieg hatte ich den Eindruck, dass Bryan nichts mit sich anzufangen wusste. Er hat alle Eigenschaften, die man in Kriegszeiten braucht; Mut, Elan und diese Einstellung ‹Nach mir die Sintflut›. Nur die *Beständigkeit* geht ihm ab. Ihn hält es nirgends lange.»

«Würden Sie sagen, dass in der jüngeren Generation Schrullen aufgetaucht sind?»

«Cedric ist ein Exzentriker, der geborene Rebell. Er ist vielleicht nicht ganz normal, aber wer ist das schon? Harold ist ziemlich engstirnig, kein besonders angenehmer Zeitgenosse, herzlos und immer auf den eigenen Vorteil bedacht. Alfred hat immer Dreck am Stecken, der war schon als Kind ein Spitzbube. Habe mal gesehen, wie er Geld aus dem Spendenkästchen unten in der Halle stibitzte. Solche Sachen. Je nun, der arme Kerl ist tot, da sollte ich ihm nichts Schlechtes nachsagen.»

«Was ist…» Craddock zögerte. «Was ist mit Emma Crackenthorpe?»

«Nettes Mädchen, ruhig und in sich gekehrt. Hat ihre eigenen Pläne und Ideen, behält sie aber für sich. Hat mehr Charakter, als man auf den ersten Blick meinen sollte.»

«Ich nehme an, Sie kannten auch Edmund, den in Frankreich gefallenen Sohn.»

«Ja. Das war der Beste von der ganzen Bagage, würde ich sagen. Gutmütig, fröhlich, ein netter Kerl.»

«Ist Ihnen mal zu Ohren gekommen, dass er, kurz bevor er gefallen ist, eine Französin heiraten wollte oder geheiratet hat?»

Dr. Morris zog die Stirn kraus. «Das könnte ich mal gehört haben», sagte er, «aber wenn, ist es lange her.»

«Noch ganz am Anfang des Krieges, oder?»

«Ja. Ach, früher oder später hätte er es sowieso bereut, eine Ausländerin geheiratet zu haben.»

«Wir haben Grund zur Annahme, dass er genau das getan hat», sagte Craddock.

Er fasste in wenigen Sätzen die Ereignisse der letzten Wochen zusammen.

«Ich erinnere mich, dass in der Zeitung etwas von einer Frauenleiche stand, die in einem Sarkophag gefunden worden war. In Rutherford Hall war das also.»

«Außerdem haben wir Grund zu der Annahme, dass die Frau Edmund Crackenthorpes Witwe war.»

«Na, das klingt allerdings außergewöhnlich. Mehr nach einem Roman als nach dem richtigen Leben. Aber wem sollte denn daran liegen, das arme Ding umzubringen – ich meine, wie passt das mit der Arsenvergiftung in der Familie Crackenthorpe zusammen?»

«Es gibt zwei Möglichkeiten», sagte Craddock, «aber beide sind an den Haaren herbeigezogen. Die erste wäre, dass sich jemand aus Gier das gesamte Vermögen von Josiah Crackenthorpe unter den Nagel reißen will.»

«Schön blöd», sagte Dr. Morris. «An der Erbschaftssteuer zahlt er sich dumm und dämlich.»

Einundzwanzigstes Kapitel

«Böse Dinger, Pilze», sagte Mrs. Kidder.

Sie hatte diese Bemerkung in den letzten paar Tagen schon häufiger fallen gelassen. Lucy antwortete nicht.

«Ich mach da ja einen großen Bogen rum», sagte Mrs. Kidder, «viel zu gefährlich. Ein gütiges Schicksal, dass es nur einen Toten gegeben hat. Die ganze Sippschaft hätte draufgehen können und Sie auch, Miss. Ein Wunder, dass Sie verschont geblieben sind.»

«Es lag nicht an den Pilzen», sagte Lucy. «Die waren in Ordnung.»

«Sagen Sie das nicht», sagte Mrs. Kidder. «Pilze sind gefährliche Dinger. Ein einziger Giftpilz in der ganzen Mahlzeit, und man ist geliefert.»

«Es ist komisch», fuhr sie fort und übertönte das Klappern von Tellern und Schüsseln in der Spüle, «aber ein Unglück kommt selten allein. Die Älteste meiner Schwester hatte die Masern, und unser Ernie ist hingefallen und hat sich den Arm gebrochen, und mein Mann hatte plötzlich überall Furunkel. Alles in derselben Woche! Kaum zu glauben, was? Und jetzt dasselbe hier. Erst der schreckliche Mord, und jetzt stirbt Mr. Alfred an Pilzvergiftung. Wer ist wohl als Nächstes an der Reihe, frage ich mich.»

Lucy merkte voller Unbehagen, dass sie das auch gern gewusst hätte.

«Mein Mann ist ja dagegen, dass ich weiter herkomme», sagte Mrs. Kidder, «er sagt, das bringt Unglück, aber ich sag, ich kenn Miss Crackenthorpe schon ewig und drei Tage, und das ist eine nette Lady, sag ich, und sie verlässt sich auf mich. Außerdem kann ich die arme Miss Eyelesbarrow nicht im Stich lassen, sag ich, die sich im ganzen Haus abrackert. Das ist ganz schön hart für Sie, Miss, so viele Tabletts.»

Lucy musste zugeben, dass das Leben im Moment hauptsächlich aus Tabletts bestand. Sie stellte gerade die Mahlzeiten für die verschiedenen Bettlägerigen darauf.

«Und diese Schwestern, die machen keinen Finger krumm», sagte Mrs. Kidder. «Die wollen bloß eine Kanne starken Tee nach der anderen. Und was zu essen. Ich bin völlig geschlaucht, kann ich Ihnen sagen.» Sie sprach mit großer Genugtuung, obwohl sie kaum mehr getan hatte als an anderen Vormittagen auch.

«Sie gönnen sich aber auch keine ruhige Minute, Mrs. Kidder», sagte Lucy ernst.

Mrs. Kidder sah erfreut aus. Lucy nahm das erste Tablett und ging die Treppe rauf.

«Was ist denn *das*?» fragte Mr. Crackenthorpe angewidert.

«Fleischbrühe und Crème brûlée», sagte Lucy.

«Das können Sie gleich wieder mitnehmen», sagte Mr. Crackenthorpe. «Das Zeug rühre ich nicht an. Ich habe der Schwester gesagt, dass ich Beefsteak will.»

«Dr. Quimper sagt, Sie sollen noch kein Beefsteak essen», sagte Lucy.

Mr. Crackenthorpe schnaubte. «Ich bin praktisch wieder auf dem Posten. Morgen stehe ich auf. Wie geht es den anderen?»

«Mr. Harold geht es viel besser», sagte Lucy. «Er fährt morgen nach London zurück.»

«Den wären wir los», sagte Mr. Crackenthorpe. «Was ist mit Cedric – gibt es Hoffnung, dass der sich morgen zu seiner Insel aufmacht?»

«Er reist noch nicht so bald ab.»

«Schade. Und wie geht es Emma? Warum sieht sie nie nach mir?»

«Sie muss noch das Bett hüten, Mr. Crackenthorpe.»

«Frauen sind verwöhnte Wesen», sagte Mr. Crackenthorpe. «Aber Sie sind ein gutes kräftiges Mädchen», fügte er wohlwollend hinzu. «Sind den ganzen Tag am Rennen, was?»

«Über Mangel an Bewegung kann ich mich nicht beklagen», sagte Lucy.

Der alte Mr. Crackenthorpe nickte wohlwollend. «Sie sind ein gutes, kräftiges Mädchen», sagte er, «und glauben Sie nicht, ich hätte vergessen, worüber wir uns neulich unterhalten haben. Eines schönen Tages werden Sie schon sehen. Emma wird sich nicht ewig so durchsetzen können. Und hören Sie nicht auf die anderen, wenn die Ihnen sagen, ich sei ein geiziger alter Mann. Ich bin bloß sparsam. Ich habe eine schöne Stange Geld beiseite gelegt, und ich weiß, für wen ich sie ausgeben werde, wenn der Tag kommt.» Er grinste sie anzüglich an.

Lucy wich seiner Hand aus, die sich um ihre Taille legen wollte, und verließ schleunigst das Zimmer.

Als Nächstes brachte sie Emma ihr Tablett.

«Oh, vielen Dank, Lucy. Ich fühle mich schon wieder fast gesund. Ich habe Hunger, und das ist doch immer ein gutes Zeichen, oder? Liebes», sagte Emma, während Lucy ihr das Tablett zurechtstellte, «ich habe Gewissensbisse wegen Ihrer Tante. Sie hatten wahrscheinlich überhaupt keine Zeit, sie zu besuchen, oder?»

«Nein, die hatte ich allerdings nicht.»

«Sie muss Sie doch sehr vermissen.»

«Machen Sie sich keine Sorgen, Miss Crackenthorpe. Sie weiß, dass wir eine schreckliche Zeit durchgemacht haben.»

«Haben Sie sie angerufen?»

«Nein, in den letzten Tagen nicht.»

«Tun Sie das. Rufen Sie sie jeden Tag an. Alten Menschen bedeuten Nachrichten so viel.»

«Sie sind sehr mitfühlend», sagte Lucy. Zerknirscht ging sie in die Küche und holte das nächste Tablett. Die zunehmenden Krankheitsfälle im Haus hatten sie so sehr in Beschlag genommen, dass sie für nichts anderes mehr Zeit gehabt hatte. Sie beschloss, Miss Marple anzurufen, sobald sie Cedric sein Essen gebracht hatte.

Es war gerade nur eine Schwester im Haus. Sie begegnete Lucy auf dem Treppenabsatz, und die beiden nickten sich zu.

Cedric sah ungewohnt ordentlich und sauber aus. Er saß im Bett, und Unmengen voll gekritzelter Blätter lagen um ihn verstreut.

«Hallo, Lucy», sagte er, «was für einen Höllentrank haben Sie mir denn heute gebraut? Wenn man bloß diese beschissene Schwester loswerden könnte; deren Herumscharwenzeln ist ja nicht auszuhalten. Nennt mich zum Beispiel ‹wir›. ‹Und wie geht es uns heute Morgen? Haben wir gut geschlafen? Ach du meine Güte, wir sind aber unartig gewesen und haben die ganze Decke weggestrampelt.›» Er ahmte die distinguierte Stimme der Schwester im Falsett nach.

«Na, Sie sind ja quietschfidel», sagte Lucy. «Was machen Sie denn da?»

«Pläne», sagte Cedric. «Pläne, was ich mit dem ganzen Laden anfange, wenn der alte Herr in die Kiste springt. Das ist hier nämlich ein anständiges Stück Land. Ich kann mich nicht entscheiden, ob ich es teilweise selbst erschließen oder das gesamte Areal in Parzellen aufteilen und auf einmal verkaufen soll. Für Unternehmen von unschätzbarem Wert. Das Haus lässt sich vielleicht in eine Privatklinik oder ein Pflegeheim verwandeln. Eine andere Möglichkeit wäre, die Hälfte des Grundstücks zu verkaufen und mit dem Geld irgendetwas Ausgefallenes auf der anderen Hälfte anzustellen. Was meinen Sie?»

«Noch haben Sie es nicht», sagte Lucy trocken.

«Werde ich aber bald», sagte Cedric. «Es wird ja nicht aufgeteilt wie das andere Zeug, sondern geht samt und sonders an mich. Und wenn ich es zu einem gesalzenen Preis verkaufe, gilt das Geld als Kapital, nicht als Einkommen, und ich muss darauf keine Steuern zahlen. Geld wie Heu. Überlegen Sie mal.»

«Ich hatte bisher den Eindruck, Sie verachten das Geld», sagte Lucy.

«Natürlich verachte ich es, wenn ich keines habe», sagte Cedric. «Das gehört sich einfach so. Sie sehen zum Anbeißen aus, Lucy, oder glaube ich das bloß, weil ich lange keine attraktive Frau mehr gesehen habe?»

«Daran wird es wohl liegen», sagte Lucy.

«Sie verhätscheln immer noch alle nach Strich und Faden?»

«Irgendjemand muss Sie verhätschelt haben», sagte Lucy und sah ihn an.

«Das war die verdammte Schwester», sagte Cedric voller Nachdruck. «Ist die gerichtliche Untersuchung wegen Alfred schon gewesen? Was hat sie ergeben?»

«Sie ist vertagt worden», sagte Lucy.

«Die Polizei ist vorsichtig geworden. Dieses Vergiften kann einem langsam auf den Wecker gehen, was? Passen Sie bloß auf sich auf, Mädchen.»

«Mache ich schon», sagte Lucy.

«Ist der kleine Alexander schon wieder in der Schule?»

«Ich glaube, im Moment ist er noch bei den Stoddart-Wests. Soweit ich weiß, fängt die Schule erst übermorgen wieder an.»

Bevor Lucy sich selbst etwas zu essen machte, ging sie zum Telefon und rief Miss Marple an.

«Es tut mir furchtbar Leid, dass ich keine Zeit hatte, Sie zu besuchen, aber hier war schrecklich viel zu tun.»

«Aber natürlich, Liebes, natürlich. Im Übrigen können wir momentan auch nichts tun. Wir müssen einfach warten.»

«Gut, aber worauf warten wir?»

«Elspeth McGillicuddy müsste demnächst zurückkehren», sagte Miss Marple. «Ich habe ihr geschrieben, sie solle so schnell wie möglich nach Hause fliegen. Ich habe gesagt, es sei ihre Pflicht. Also machen Sie sich nicht zu viele Sorgen, Liebes.» Ihre Stimme klang gütig und beruhigend.

«Glauben Sie nicht...», setzte Lucy an und stockte.

«Dass es noch mehr Tote geben wird? Nun, ich hoffe nicht, Liebes. Aber man kann nie wissen, nicht wahr? Bei einem wirklich bösen Menschen, meine ich. Und ich glaube, hier ist ein sehr böser Mensch am Werk.»

«Oder ein Wahnsinniger», sagte Lucy.

«Gewiss, das ist die moderne Betrachtungsweise. Ich sehe das etwas anders.»

Lucy legte auf, ging in die Küche und stellte sich ihr Essenstablett zusammen. Mrs. Kidder hatte die Schürze abgenommen und wollte gehen.

«Sie kommen doch hoffentlich klar, Miss?», fragte sie beflissen.

«Natürlich komme ich klar», fuhr Lucy sie an.

Sie trug ihr Tablett nicht in den großen, düsteren Speisesaal, sondern in das kleine Arbeitszimmer. Sie hatte gerade aufgegessen, als die Tür aufging und Bryan Eastley hereinkam.

«Hallo», sagte Lucy, «das ist aber eine Überraschung.»

«Das kann ich mir denken», sagte Bryan. «Wie ist denn das allgemeine Befinden?»

«Oh, viel besser. Harold fährt morgen nach London zurück.»

«Was halten Sie von der ganzen Sache? War es wirklich Arsen?»

«Arsen war es auf jeden Fall», sagte Lucy.

«Es stand gar nichts in der Zeitung.»

«Nein, ich glaube, die Polizei hält es vorläufig unter Verschluss.»

«Irgendjemand muss die Familie ganz schön auf dem Kieker haben», sagte Bryan. «Wer kann sich überhaupt in die Küche geschlichen und das Essen vergiftet haben?»

«Ich fürchte, am leichtesten wäre das für mich gewesen», sagte Lucy.

Bryan sah sie ängstlich an. «Aber Sie tun so etwas doch nicht, oder?», fragte er schockiert.

«Nein, allerdings nicht», sagte Lucy.

Niemand konnte den Curry vergiftet haben. Sie hatte ihn gekocht – allein in der Küche, sie hatte ihn serviert, und nur einer der fünf Menschen am Tisch konnte ihn vergiftet haben.

«Warum sollten Sie auch?», fragte Bryan. «Sie haben ja nichts gegen sie, oder? Apropos», fügte er hinzu, «ich hoffe, Sie haben nichts dagegen, dass ich einfach so zurückkomme.»

«Aber nein, natürlich nicht. Werden Sie bleiben?»

«Das würde ich gern, wenn ich Ihnen nicht gar zu lästig falle.»

«Nein. Nein, wir schaffen das schon.»

«Schauen Sie, ich stehe momentan auf der Straße, und ich –

also allmählich habe ich die Nase gestrichen voll. Sind Sie sicher, dass es Ihnen nichts ausmacht?»

«Ach, mich müssen Sie da eigentlich gar nicht fragen, sondern Emma.»

«Ach, Emma hat nichts dagegen», sagte Bryan. «Emma hat mich immer nett behandelt. Auf ihre eigene Weise, wissen Sie. Die Gute ist sehr verschlossen, aber stille Wasser sind bekanntlich tief. Die meisten Menschen würde es bedrücken, hier zu wohnen und den alten Mann versorgen zu müssen. Schade, dass sie nie geheiratet hat. Jetzt ist es zu spät, fürchte ich.»

«Das glaube ich ganz und gar nicht», sagte Lucy.

«Na ja...» Bryan überlegte. «Vielleicht ein Geistlicher», sagte er zuversichtlich. «Sie könnte Gemeindearbeit machen und wäre die Richtige im Umgang mit dem Mütterbund. Ich meine doch den Mütterbund, oder? Ich weiß gar nicht, was sich dahinter verbirgt, aber man stößt in Büchern manchmal darauf. Und sie könnte am Sonntag in der Kirche einen Hut tragen», fügte er noch hinzu.

«Das sind ja reizende Aussichten», sagte Lucy, stand auf und griff nach ihrem Tablett.

«Kann ich Ihnen das tragen?», fragte Bryan und nahm ihr das Tablett ab. Sie gingen zusammen in die Küche. «Soll ich Ihnen beim Abwaschen helfen? Ich mag diese Küche», sagte er, «ich weiß, heutzutage wird nicht mehr so gebaut, aber mir gefällt das ganze Haus. Scheußlicher Geschmack, nehme ich an, aber so ist es nun mal. Im Park könnte man ohne weiteres mit dem Flugzeug landen», meinte er plötzlich hellauf begeistert.

Er griff nach einem Gläsertuch und fing an, Besteck abzutrocknen.

«Fast schon Vergeudung, dass alles an Cedric geht», sagte er. «Der hat das alles doch schwuppdiwupp verkauft und ist wieder ins Ausland verduftet. Ich verstehe ja nicht, wie man etwas gegen England haben kann. Harold würde das Haus auch nicht wollen, und für Emma ist es natürlich viel zu groß. Aber wenn es nun an Alexander fiele, könnten wir hier mopsfidel in den Tag hinein leben. Natürlich wäre es schön, wenn auch noch eine

Frau im Haus wäre.» Er sah Lucy nachdenklich an. «Na, hat wohl keinen Sinn, Luftschlösser zu bauen. Die müssten ja alle erst sterben, damit Alexander das Haus kriegt, und das ist kaum anzunehmen, oder? So wie ich den alten Knaben einschätze, wird der ohne weiteres hundert Jahre alt, bloß um ihnen das Leben sauer zu machen. Ich könnte mir denken, dass Alfreds Tod ihn nicht gerade schwer getroffen hat, was?»

«Nein», sagte Lucy kurz angebunden.

«Giftiger alter Krauter», sagte Bryan Eastley fröhlich.

Zweiundzwanzigstes Kapitel

«Fürchterlich, worüber sich die Leute das Maul zerreißen», sagte Mrs. Kidder. «Wissen Sie, ich höre da ja gar nicht zu, wenn ich es vermeiden kann. Aber es ist wirklich kaum zu glauben.» Sie wartete auf die Ermunterung weiterzureden.

«Ja, das kann ich mir denken», sagte Lucy.

«Bei der Leiche, die da in der Großen Scheune gefunden worden ist», fuhr Mrs. Kidder fort und scheuerte auf allen vieren rückwärts kriechend den Küchenboden, «da heißt es, die hätte im Krieg eine Liebschaft mit Mr. Edmund gehabt, und jetzt wär sie hergekommen, und ihr eifersüchtiger Mann wär ihr nach und hätt sie abgemurkst. Für einen Ausländer wär das ja wieder mal typisch, aber nach so vielen Jahren doch irgendwie komisch, was?»

«Ich finde es jedenfalls sehr unwahrscheinlich.»

«Aber das ist noch nicht alles», sagte Mrs. Kidder. «Die Leute erzählen sich ja die gemeinsten Lügen. Da bleibt einem die Spucke weg. Die erzählen, Mr. Harold hätte im Ausland geheiratet, und die Frau wär hergekommen und hätte rausgekriegt, dass er mit der Lady Alice Bigamerie gemacht hat, und wollte ihn vor Gericht bringen, und da hat er sie hier getroffen und sie abgemurkst und ihre Leiche in dem Sargkoffer versteckt. Da hört sich doch alles auf!»

«Schockierend», sagte Lucy geistesabwesend.

«Ich höre da natürlich gar nicht hin», sagte die tugendhafte Mrs. Kidder, «ich für mein Teil gebe ja nichts auf solchen Tratsch. Ich kapiere einfach nicht, wie sich Menschen solche Verleumdungen ausdenken und dann auch noch weitererzählen können. Ich hoffe ja bloß, dass Miss Emma nichts davon zu hören kriegt. Die würde sich sonst noch aufregen, und das wäre doch nicht schön. Das ist so eine nette Lady, die Miss Emma, und ich habe noch nie ein böses Wort über sie gehört, noch nie. Und seit Mr. Alfred tot ist, sagt gegen den natürlich auch keiner mehr was. Nicht mal, dass er seine gerechte Strafe empfangen hat, und das dürfte man sogar noch sagen. Aber finden Sie nicht auch, Miss, dass es schrecklich ist, was böse Zungen so reden?»

Sagte Mrs. Kidder voller Entzücken.

«Es muss sehr schmerzlich für Sie sein, das alles anzuhören», sagte Lucy.

«Aber ja», sagte Mrs. Kidder, «allerdings. Und ich sag noch zu meinem Mann, wo gibt's denn so was, sag ich.»

Es klingelte.

«Das wird der Arzt sein, Miss. Wollen Sie ihm aufmachen, oder soll ich?»

«Ich gehe schon», sagte Lucy.

Aber es war nicht der Arzt. Auf der Schwelle stand eine große elegante Dame in einem Nerzmantel. Auf der Kiesauffahrt hielt ein schnurrender Rolls Royce mit einem Chauffeur hinter dem Lenkrad.

«Kann ich bitte Miss Emma Crackenthorpe sprechen?»

Sie hatte eine anziehende Stimme mit leicht gerollten Rs. Auch die Frau war anziehend, etwa fünfunddreißig, mit schwarzen Haaren und kostspieligem und elegantem Make-up.

«Bedaure», sagte Lucy, «aber Miss Crackenthorpe ist unpässlich und kann keinen Besuch empfangen.»

«Ich weiß, dass sie krank war, aber es ist sehr dringend, dass ich sie spreche.»

«Ich fürchte –», begann Lucy.

Die Besucherin schnitt ihr das Wort ab. «Ich nehme an, Sie sind Miss Eyelesbarrow, nicht wahr?» Sie lächelte einnehmend. «Mein Sohn hat mir von Ihnen erzählt. Ich bin Lady Stoddart-West, und Alexander ist im Moment bei uns.»

«Ah, so ist das», sagte Lucy.

«Und es ist sehr wichtig, dass ich Miss Crackenthorpe sprechen kann», fuhr ihr Gegenüber fort. «Ich weiß alles über ihre

Krankheit, und ich versichere Ihnen, dies ist kein bloßer Höflichkeitsbesuch. Es geht um etwas, das die Jungen erwähnt haben – mein Sohn hat davon erzählt. Ich glaube, es ist von weitreichender Bedeutung, und ich möchte Miss Crackenthorpe deswegen sprechen. Könnten Sie sie bitte fragen?»

«Kommen Sie herein.» Lucy führte die Besucherin durch die Halle in den Salon. Dann sagte sie: «Ich werde hinaufgehen und Miss Crackenthorpe fragen.»

Sie ging in den ersten Stock, klopfte an Emmas Tür und trat ein.

«Lady Stoddart-West ist hier», sagte sie. «Sie möchte Sie dringend sprechen.»

«Lady Stoddart-West?» Emma wirkte überrascht. Dann verzog sie erschrocken das Gesicht. «Den Jungen, ich meine Alexander wird doch nichts passiert sein?»

«Nein, nein», konnte Lucy sie beruhigen. «Den Jungen geht es offenbar gut. Wenn ich recht verstanden habe, geht es um etwas, das die Jungen ihr erzählt haben.»

«Oh. Aha...» Emma zögerte. «Dann sollte ich sie wohl empfangen. Kann ich mich so sehen lassen, Lucy?»

«Sie sehen sehr gut aus», sagte Lucy.

Emma setzte sich im Bett auf und zog einen flauschigen rosa Schal um die Schultern, der die rosige Färbung ihrer Wangen hervorhob. Ihre schwarzen Haare waren von der Schwester gekämmt und gebürstet worden. Lucy hatte am Vortag eine Schale mit Herbstlaub auf die Frisierkommode gestellt. Der Raum sah einladend aus und erinnerte nicht an ein Krankenzimmer.

«Ich fühle mich eigentlich gut genug, um aufzustehen», sagte Emma. «Dr. Quimper hat gesagt, morgen darf ich wieder herumlaufen.»

«Sie sehen auch ganz wiederhergestellt aus», sagte Lucy. «Kann ich Lady Stoddart-West dann zu Ihnen bringen?»

«Ja, gern.»

Lucy ging wieder nach unten. «Wollen Sie mir zu Miss Crackenthorpe folgen?»

Sie führte die Besucherin nach oben, öffnete ihr die Tür und schloss sie hinter ihr. Lady Stoddart-West ging mit ausgestreckter Hand auf das Bett zu.

«Miss Crackenthorpe? Bitte entschuldigen Sie, dass ich Sie so überfalle. Ich glaube, wir haben uns einmal beim Schulsportfest gesehen.»

«Ja», sagte Emma, «ich kann mich gut an Sie erinnern. Bitte setzen Sie sich doch.»

Lady Stoddart-West setzte sich in den Sessel neben dem Bett. Leise sagte sie:

«Sie müssen es sehr seltsam finden, dass ich einfach so zu Ihnen komme, aber ich habe meine Gründe. Ich glaube, es sind sehr gewichtige Gründe. Schauen Sie, die Jungen haben mir allerlei erzählt. Sie werden verstehen, dass sie wegen des hier begangenen Mordes außer Rand und Band waren. Ich muss gestehen, mir gefiel das ganz und gar nicht. Ich war nervös und wollte James sofort nach Hause holen. Aber mein Mann hat nur gelacht und gesagt, der Mord hätte doch offenkundig nichts mit dem Haus und der Familie zu tun. Er hat auch gesagt, so wie er selbst als Junge gewesen wäre und so wie James' Briefe klangen, hätten Alexander und er dermaßen viel Spaß, dass es grausam wäre, sie hier wegzuholen. Ich habe daher nachgegeben und war einverstanden, dass sie so lange bleiben könnten, wie ursprünglich geplant war, und dass James Alexander dann mit zu uns bringen würde.»

Emma fragte: «Finden Sie, wir hätten Ihren Sohn früher nach Hause schicken sollen?»

«Nein, nein, darum geht es überhaupt nicht. Ach, das ist alles so schwierig! Aber was ich zu sagen habe, muss gesagt werden. Sehen Sie, die beiden Buben haben sehr viel aufgeschnappt. Sie haben erzählt, diese Frau – die Ermordete – also bei der Polizei sei man der Ansicht, sie könne eine Französin sein, die Ihr im Kriege gefallener ältester Bruder in Frankreich gekannt habe. Stimmt das?»

«Es ist eine Möglichkeit, die wir in Betracht ziehen müssen», sagte Emma mit brüchiger Stimme. «Sie könnte es gewesen sein.»

«Man vermutet also, die Leiche sei die dieses Mädchens, dieser Martine?»

«Ja, wie gesagt, die Möglichkeit besteht.»

«Aber warum – warum glaubt man, sie sei Martine? Hatte sie Briefe dabei? Papiere?»

«Nein. Nichts dergleichen. Aber schauen Sie, ich habe einen Brief bekommen, einen Brief von dieser Martine.»

«Sie haben einen Brief bekommen – von *Martine?*»

«Ja. Ein Brief, in dem sie schrieb, sie sei in England und würde mich gern besuchen. Ich habe sie nach Rutherford Hall eingeladen, erhielt jedoch ein Telegramm, in dem sie mitteilte, sie müsse nach Frankreich zurück. Vielleicht ist sie wirklich nach Frankreich zurückgereist. Wir wissen es nicht. Aber dann wurde hier ein an sie adressierter Briefumschlag gefunden. Anscheinend ist sie also doch hier gewesen. Aber ich verstehe nicht...» Sie verstummte.

Lady Stoddart-West sagte schnell:

«Sie verstehen nicht, was mich das alles angeht? Nur zu wahr. Von Ihrer Warte aus geht es mich nichts an. Aber als ich davon erfuhr – beziehungsweise eine wirre Zusammenfassung bekam – musste ich herkommen und mir Gewissheit verschaffen, dass es sich wirklich so verhielt, denn wenn ja –»

«Ja?», fragte Emma.

«Dann musste ich Ihnen etwas sagen, was ich Ihnen niemals hatte sagen wollen. Schauen Sie, *ich bin Martine Dubois.*»

Emma starrte ihre Besucherin an wie vor den Kopf geschlagen.

«Sie!», sagte sie. «Sie sind Martine?»

Die andere nickte heftig. «Aber ja. Das muss eine große Überraschung für Sie sein, aber es stimmt. Ich habe Ihren Bruder Edmund in den ersten Kriegstagen kennen gelernt. Er war in unserem Haus einquartiert. Nun, alles andere ist Ihnen ja bekannt. Wir verliebten uns und wollten heiraten, aber dann kam der Rückzug nach Dünkirchen, und Edmund wurde als vermisst gemeldet. Später kam die Nachricht, dass er gefallen war. Ich möchte nicht von jener Zeit sprechen. Sie ist lange her, und alles ist vorbei. Aber glauben Sie mir, ich habe Ihren Bruder sehr geliebt...

Dann kam die schlimme Kriegszeit. Die Deutschen besetzten Frankreich. Ich arbeitete für die Résistance. Meine Aufgabe war es, Engländer durch Frankreich nach England zu schleusen. Damals lernte ich meinen heutigen Ehemann kennen. Er war Luftwaffenoffizier, der für einen Spezialeinsatz in Frankreich mit dem Fallschirm abgesprungen war. Nach Kriegsende heirateten wir. Eine Zeit lang wollte ich Ihnen schreiben oder Sie besuchen, entschied mich jedoch nach reiflicher Überlegung dagegen. Es hatte keinen Sinn, alte Wunden aufzureißen, sagte ich mir. Ich hatte mir ein neues Leben aufgebaut und wollte das alte aus meiner Erinnerung streichen.» Nach einer kurzen Pause fuhr sie fort: «Aber ich darf Ihnen versichern, dass ich mich irgendwie gefreut habe, als ich erfuhr, dass der beste Schulfreund meines Sohns Edmunds Neffe war. Ich finde, Alexander hat sehr viel von Edmund, was Ihnen auch schon aufgefallen sein dürfte. Ich hielt es für einen glücklichen Umstand, dass James und Alexander Freunde geworden waren.»

Sie beugte sich vor und legte Emma die Hand auf den Arm. «Liebe Emma, jetzt werden Sie verstehen, dass ich sofort zu Ihnen kommen und Ihnen die Wahrheit sagen musste, nachdem ich die Geschichte des Mordfalls gehört hatte und dass man annahm, die Tote sei jene Martine, die Edmund gekannt hatte. Eine von uns beiden muss es der Polizei sagen. Wer immer die Tote auch sein mag, sie ist nicht Martine.»

«Ich kann es noch gar nicht fassen», sagte Emma, «dass Sie, ausgerechnet Sie jene Martine sein sollen, von der mir der liebe Edmund schrieb.» Sie seufzte und schüttelte den Kopf. Dann runzelte sie verwirrt die Stirn. «Aber eins verstehe ich noch nicht. Haben Sie mir denn geschrieben?»

Lady Stoddart-West schüttelte heftig den Kopf. «Nein, nein, ich habe Ihnen natürlich nicht geschrieben.»

«Dann...» Emma verstummte.

«Dann hat sich also jemand als Martine ausgegeben und wollte Geld aus Ihnen herausholen. So muss es gewesen sein. Aber wer könnte das sein?»

Emma sagte zögernd: «Ich nehme an, es gab damals Menschen, die Bescheid wussten.»

Die andere zuckte die Schultern. «Wahrscheinlich ja. Aber ich hatte keine engen Freunde, niemand stand mir sehr nahe. Seit ich nach England gekommen bin, habe ich nie davon gesprochen. Und warum hat derjenige so lange gewartet? Es ergibt alles keinen Sinn.»

Emma sagte: «Ich verstehe es einfach nicht. Wir müssen abwarten, was Inspector Craddock dazu sagt.» Sie sah ihre Besucherin gerührt an. «Ich bin ja so froh, Sie endlich kennen zu lernen, meine Liebe.»

«Ich auch ... Edmund hat oft von Ihnen gesprochen. Er mochte Sie sehr. Ich bin in meinem neuen Leben sehr glücklich, trotzdem werde ich jene Zeit nie vergessen.»

Emma lehnte sich zurück und seufzte tief. «Sie glauben gar nicht, wie erleichtert ich bin», sagte sie. «Solange wir fürchten mussten, die Tote sei Martine – solange schien es mit der Familie zusammenzuhängen. Aber jetzt – da fällt mir ein Stein vom Herzen. Ich weiß nicht, wer die arme Seele war, aber mit *uns* kann sie nichts zu tun gehabt haben.»

Dreiundzwanzigstes Kapitel

Die Konfektionsschönheit aus dem Vorzimmer brachte Harold Crackenthorpe seinen Nachmittagstee.

«Danke, Miss Ellis, ich werde heute früher nach Hause fahren.»

«Ich glaube, Sie hätten besser gar nicht kommen sollen, Mr. Crackenthorpe», sagte seine Sekretärin. «Sie sehen immer noch sehr mitgenommen aus.»

«Mir geht es gut», sagte Harold Crackenthorpe, aber er fühlte sich wirklich mitgenommen. Die letzten Tage waren wahrlich schlimm gewesen. Je nun, jetzt war es ja vorbei.

Erstaunlich, grübelte er, dass Alfred dem Gift erlegen und der alte Herr durchgekommen war. Der war doch schließlich – ja, wie alt eigentlich? Dreiundsiebzig – vierundsiebzig? Seit Jahren ein Invalide. Wenn er auf einen Menschen getippt hätte, den das Gift umbringen würde, dann der alte Herr. Aber nein. Es musste Alfred sein. Alfred, der, soweit Harold wusste, immer ein gesunder, drahtiger Bursche gewesen war. Dem hatte nie etwas gefehlt.

Er lehnte sich zurück und seufzte. Die Sekretärin hatte Recht. Er fühlte sich den Dingen noch nicht gewachsen, aber er hatte ins Büro kommen wollen. Wollte wissen, wie sich die Dinge entwickelt hatten. Schließlich stand alles auf Messers Schneide. Das alles – er sah sich um – die exquisite Büroeinrichtung, die matt schimmernde Täfelung, die luxuriösen modernen Stühle, das alles sprach von Wohlstand, und das sollte es auch. An diesem Punkt hatte Alfred immer falsch gelegen. Wenn man wohlhabend aussah, glaubten die Leute, man sei auch wohlhabend. Bislang hatte sich seine tatsächliche finanzielle Lage nicht herumgesprochen. Trotzdem ließ sich der Zusammenbruch nicht mehr lange hinauszögern. Wenn doch bloß sein Vater gestorben wäre und nicht Alfred, wie es sicher, ganz bestimmt sogar gedacht gewesen war. Aber seinem Vater bekam Arsen anscheinend blendend! Ja, wenn der dem Gift erlegen wäre, dann wäre er über den Berg gewesen.

Trotzdem, das Wichtigste war, sich keine Sorgen anmerken zu lassen. Den wohlhabenden Schein zu wahren. Nicht wie der arme alte Alfred, der immer schäbig und unfähig gewirkt hatte, eben genau so, wie er auch gewesen war. Ein Schmalspurspekulant, der nie den großen Wurf gewagt hatte. Hier ein Gekungel mit suspekten Partnern, da ein Kuhhandel – aber nie hatte ihm die Anklage etwas nachweisen können, stets war er mit einem blauen Auge davongekommen. Und was hatte er davon gehabt? Kurze Phasen des Wohlstands, und dann wieder zurück zur schäbigen Unfähigkeit. Alfred hatte einfach der Weitblick gefehlt. Nein, summa summarum war er kein großer Verlust. Harold hatte seinen Bruder nie übermäßig gemocht, und wenn er aus dem Weg war, schwoll der Geldsegen des alten Knickers, der irgendwann in Harolds Richtung fließen musste, beträchtlich an. Er musste nicht mehr durch fünf, sondern nur noch durch vier geteilt werden. Sehr viel besser.

Harolds Miene hellte sich auf. Er erhob sich, nahm Hut und Mantel vom Haken und verließ das Büro. Die ersten Tage lieber langsam angehen lassen. Er fühlte sich noch immer angegriffen. Sein Wagen wartete unten, und schon bald fädelte er sich durch den Londoner Verkehr nach Hause.

Sein Diener Darwin öffnete ihm.

«Madam ist soeben eingetroffen, Sir», sagte er.

Harold starrte ihn einen Augenblick lang an. Alice! Grundgütiger, kam Alice heute nach Hause? Das hatte er vollständig vergessen. Gut, dass Darwin ihn gewarnt hatte. Es hätte keinen guten Eindruck gemacht, wenn er oben überrascht gewesen wäre, sie anzutreffen. Obwohl es andererseits auch keine große Rolle spielte. Weder Alice noch er machten sich Illusionen, was die Gefühle für den anderen anging. Vielleicht mochte Alice ihn – er wusste es nicht.

Insgesamt war sie eine große Enttäuschung für ihn gewesen. Er hatte sie natürlich nie geliebt, aber für eine so unscheinbare Frau war sie doch ganz angenehm im Umgang. Und ihre Familie und ihre Verbindungen hatten sich fraglos als nützlich erwiesen. Vielleicht nicht ganz so nützlich, wie möglich gewesen wäre, denn bei ihrer Heirat hatte er noch die Stellung hypothetischer Kinder in Betracht gezogen. Seine Jungen hätten gute Beziehungen gehabt. Aber es waren weder Jungen noch Mädchen gekommen, und Alice und ihm war nur das gemeinsame Altern geblieben, ohne dass sie sich viel zu sagen hatten und ohne dass sie sich in Gesellschaft des anderen besonders wohl fühlten.

Sie verbrachte viel Zeit bei ihren Verwandten und reiste im Winter meistens an die Riviera. Ihr gefiel es, und er hatte nichts dagegen.

Er begab sich nach oben in den Salon und begrüßte sie förmlich.

«Da bist du ja wieder, meine Liebe. Es tut mir Leid, dass ich dich nicht abholen konnte, aber ich bin in der City aufgehalten worden. Ich bin so schnell gekommen, wie ich konnte. Wie war es in Saint-Raphaël?»

Alice erzählte ihm, wie es in Saint-Raphaël gewesen war. Sie war eine schmale Frau mit rotblonden Haaren, einer geschwungenen Nase und schwimmenden nussbraunen Augen. Sie sprach mit einer kultivierten, monotonen und etwas wehleidigen Stimme. Die Rückreise war angenehm verlaufen, der Kanal etwas stürmisch gewesen. Wie üblich waren die Zollformalitäten in Dover nervenaufreibend.

«Du hättest fliegen sollen», sagte Harold, was er immer sagte. «So viel einfacher.»

«Das glaube ich wohl, aber ich sitze nicht gern im Flugzeug. Ich mag es einfach nicht. Es macht mich nervös.»

«Es spart viel Zeit», sagte Harold.

Lady Alice Crackenthorpe antwortete nicht. Möglicherweise stellte sich in ihrem Leben weniger die Frage, wie sie Zeit sparen als wie sie sie nutzen konnte. Höflich erkundigte sie sich nach dem Befinden ihres Mannes.

«Emmas Telegramm hat mich beunruhigt», sagte sie. «Ihr wart also alle krank?»

«Ja, ja», sagte Harold.

«Ich habe kürzlich erst in der Zeitung gelesen, dass in einem Hotel gleich vierzig Menschen auf einmal an einer Lebensmittelvergiftung erkrankt sind», sagte Alice. «Ich glaube ja, dass diese Kühlschränke daran schuld sind. Die Leute bewahren das Essen zu lange darin auf.»

«Schon möglich», sagte Harold. Sollte er das Arsen erwähnen oder nicht? Als er Alice ansah, brachte er es nicht über sich. Er hatte den Eindruck, dass in Alices Welt kein Raum für Arsenvergiftungen war. Davon las man in der Zeitung. Einem selbst oder der eigenen Familie passierte so etwas nicht. In der Familie Crackenthorpe war es jedoch passiert...

Er ging auf sein Zimmer und legte sich ein paar Stunden aufs Ohr, bevor er sich zum Abendessen umzog. Beim Essen, unter vier Augen mit seiner Frau, bewegte sich das Gespräch im Großen und Ganzen in denselben Bahnen. Höflich kaschiertes Desinteresse. Man sprach über Bekannte und Freunde in Saint-Raphaël.

«Auf dem Dielentischchen liegt ein Päckchen für dich», sagte Alice.

«Ja? Habe ich gar nicht gesehen.»

«Jemand hat mir etwas ganz Ungewöhnliches von einer ermordeten Frau erzählt, die in einer Scheune oder so gefunden worden ist. Sie sagte, das sei in Rutherford Hall gewesen. Ich nehme an, es muss sich dabei um ein anderes Rutherford Hall handeln.»

«Nein», sagte Harold, «nein, sie hat Recht. Das war tatsächlich in unserer Scheune.»

«Also wirklich, Harold! Eine ermordete Frau in der Scheune von Rutherford Hall – und das erwähnst du mit keinem Wort?»

«Ach, ich bin einfach noch nicht dazu gekommen», sagte Harold, «außerdem war es eine ziemlich unerfreuliche Angelegenheit. Nicht dass sie etwas mit uns zu tun gehabt hätte, aber die Presse lief überall herum, wir mussten uns mit der Polizei abgeben und so weiter.»

«Wie unangenehm», sagte Alice. «Hat man den Täter gefasst?», fragte sie mit flüchtigem Interesse.

«Bisher nicht», sagte Harold.

«Was für eine Frau war es denn?»

«Das weiß niemand. Anscheinend Französin.»

«Ach, *Französin*,» sagte Alice, und vom Schichtunterschied abgesehen, klang sie wie Inspector Brown. «Wie lästig für euch», fand auch sie.

Sie gingen aus dem Esszimmer in das kleine Arbeitszimmer, in dem sie meistens saßen, wenn sie allein waren. Harold fühlte sich recht erschöpft. «Ich werde früh ins Bett gehen», sagte er sich.

Er nahm das Päckchen vom Dielentisch, das seine Frau erwähnt hatte. Es war ein kleines, sorgfältig versiegeltes Päckchen. Harold setzte sich in seinen angestammten Sessel am Kamin und riss es auf.

Zum Vorschein kam eine kleine Tablettenschachtel mit der Aufschrift «Abends zwei Tabletten». Daneben lag ein Zettel mit dem Briefkopf des Apothekers von Brackhampton. «Auf Anordnung von Dr. Quimper» stand darauf.

Harold Crackenthorpe runzelte die Stirn. Er öffnete die Schachtel und inspizierte die Tabletten. Ja, sie sahen genauso aus wie die, die er in Rutherford Hall eingenommen hatte. Aber Quimper hatte doch ganz bestimmt gesagt, er könne sie absetzen. «Sie brauchen die jetzt nicht mehr.» Das waren seine Worte gewesen.

«Was ist denn, Schatz?», fragte Alice. «Du siehst besorgt aus?»

«Ach, nichts – es sind nur Tabletten. Die habe ich abends immer genommen. Aber ich bin sicher, der Arzt hat gesagt, ‹die brauchen Sie nicht mehr zu nehmen›.»

Seine Frau sagte gelassen: «Bestimmt hat er gesagt, ‹vergessen Sie nicht, die zu nehmen›.»

«Das ist natürlich möglich», sagte Harold unsicher.

Er sah zu ihr hinüber. Sie beobachtete ihn. Einen Augenblick lang fragte er sich – er dachte nicht oft über Alice nach –, was sie wohl gerade dachte. Ihr sanfter Blick war nichts sagend. Ihre Augen glichen den Fensterhöhlen eines leer stehenden Hauses. Was fühlte Alice, wenn sie an ihn dachte? Hatte sie ihn je geliebt? Er nahm es an. Oder hatte sie ihn nur geheiratet, weil sie glaubte, er hätte es in der City zu etwas gebracht, und weil sie ihre eigene mittellose Existenz satt hatte? Jedenfalls war sie mit ihrer Heirat mehr oder minder gut gefahren. Sie hatte ein Auto und ein Haus in London, sie konnte ins Ausland reisen, wann immer sie wollte, und sich teure Kleider kaufen, obwohl diese weiß Gott an Alice nie nach etwas aussahen. Doch, insgesamt war sie ziemlich gut gefahren. Er fragte sich, ob sie das auch so sah. Sie war von ihm natürlich nicht übermäßig angetan, aber er von ihr ja auch nicht. Sie hatten nichts gemeinsam, weder Interessen noch Erinnerungen. Wenn sie Kinder hätten – aber sie hatten keine Kinder – komisch, dass es in der Familie außer dem Jungen der kleinen Edie keine Kinder gab. Die kleine Edie. Sie war ein törichtes Mädchen gewesen, das eine närrische, übereilte Kriegsheirat eingegangen war. Nun, er hatte ihr damals Bescheid gestoßen.

Er hatte gesagt: «Das ist ja alles schön und gut, diese flotten, jungen Piloten mit ihrem Mut und ihrem aufregenden Leben und so, aber im Frieden wird er zu nichts nütze sein, weißt du. Er wird dich wahrscheinlich kaum ernähren können.»

Edie hatte gesagt, das sei ihr egal. Sie liebte Bryan, und Bryan liebte sie, und wahrscheinlich würde er sowieso bald fallen. Warum gönnte Harold ihnen nicht ein kleines bisschen Glück? Welchen Sinn hatte es, an die Zukunft zu denken, wenn sie jeden Moment ausgebombt werden konnten? Außerdem spielte die Zukunft sowieso keine große Rolle, hatte Edie gesagt, denn eines Tages würden sie Großvaters Geld erben.

Harold rutschte unbehaglich hin und her. Das Testament seines Großvaters war ein Schlag ins Gesicht gewesen! Hatte sie alle zu Marionetten gemacht. Niemand hatte sich darüber freuen können. Die Enkelkinder freuten sich nicht, und ihr Vater war fuchsteufelswild geworden. Der alte Knabe war fest entschlossen, nicht zu sterben. Deshalb war er immer so vorsichtig. Aber bald würde er sterben. Er musste einfach bald sterben. Anderenfalls – Harolds sämtliche Sorgen brandeten wieder über ihn hinweg, und er fühlte sich krank, müde und schwindelig.

Er merkte, dass Alice ihn nicht aus den Augen gelassen hatte. Er fühlte sich unter ihrem blassen, nachdenklichen Blick unwohl.

«Ich glaube, ich gehe ins Bett», sagte er. «Das war mein erster Tag in der City.»

«Ja», sagte Alice, «das ist sicher eine gute Idee. Der Arzt hat bestimmt gesagt, du sollst die Sache langsam angehen lassen.»

«Das sagen alle Ärzte», sagte Harold.

«Und vergiss deine Tabletten nicht, Schatz», sagte Alice und reichte ihm die Schachtel.

Er sagte gute Nacht und ging nach oben. Ja, er brauchte die Tabletten. Es wäre ein Fehler gewesen, sie zu früh abzusetzen. Er steckte zwei davon in den Mund und trank ein Glas Wasser hinterher.

Vierundzwanzigstes Kapitel

«Niemand hätte die Sache so vermasseln können wie ich», sagte Dermot Craddock düster.

Er saß im überladenen Salon der treuen Florence, wo er etwas fehl am Platz wirkte, und streckte die Beine aus. Er war hundemüde, durcheinander und entmutigt.

Miss Marple widersprach leise und beschwichtigend. «Nein, nein, Sie haben sehr gute Arbeit geleistet, mein Lieber. Ganz hervorragende Arbeit.»

«Ich soll hervorragende Arbeit geleistet haben, ja? Ich lasse zu, dass eine ganze Familie vergiftet wird. Alfred Crackenthorpe ist tot, und jetzt ist auch Harold tot. Was zum Teufel geht hier eigentlich vor? Das würde ich wirklich gern wissen.»

«Vergiftete Tabletten», sagte Miss Marple grübelnd.

«Genau. Eigentlich verdammt clever. Sie sahen genauso aus wie die Tabletten, die er vorher genommen hatte. Es lag sogar ein Vordruck bei, ‹auf Anordnung von Dr. Quimper›. Nur hat Quimper sie nie bestellt. Die Etiketten stammen vom Apotheker, aber der Apotheker weiß nichts davon. Nein. Die Tablettenschachtel stammt aus Rutherford Hall.»

«Sind Sie *sicher*, dass sie aus Rutherford Hall stammt?»

«Ja. Wir haben alles überprüft. Es ist, genauer gesagt, die Schachtel von Emmas Beruhigungstabletten.»

«Aha, verstehe. Von Emma...»

«Ja. Die Schachtel trägt ihre Fingerabdrücke, die der beiden Schwestern und des Apothekers. Sonst natürlich keine. Der Absender hat an alles gedacht.»

«Und die Beruhigungstabletten sind entfernt und durch andere ersetzt worden?»

«Ja. Das ist natürlich die Crux mit Tabletten. Eine sieht aus wie die andere.»

«Sie haben ja so Recht», stimmte Miss Marple zu. «Ich erinnere mich gut an meine Jugend, als es die *schwarze* Mixtur gab, die *braune* (die war gegen Husten), dann die weiße Mixtur und die *rosa* Mixtur von Doktor Soundso. Die wurden so gut wie nie verwechselt. Wissen Sie, in meinem Heimatdorf St. Mary Mead bevorzugen wir eigentlich heute noch diese alten Medikamente. Dort will alle Welt Flaschen haben, keine Tabletten. Was war denn in den Tabletten?», fragte sie.

«Aconitin. Das sind Tabletten, die üblicherweise im Giftschrank aufbewahrt werden und nur äußerlich in einer Verdünnung von eins zu hundert angewendet werden.»

«Und Harold hat sie eingenommen und ist gestorben», sinnierte Miss Marple. Dermot Craddock gab ein Stöhnen von sich.

«Bitte verzeihen Sie, dass ich mich so gehen lasse», sagte er. «'Tante Jane kannst du doch alles erzählen'; so ungefähr fühle ich mich!»

«Das finde ich sehr, sehr nett von Ihnen», sagte Miss Marple, «und ich weiß es zu schätzen. Mit Ihnen als Sir Henrys Patensohn habe ich viel lieber zu tun als mit einem x-beliebigen Detective-Inspector.»

Dermot Craddock lächelte säuerlich. «Trotzdem habe ich uns einen fürchterlichen Schlamassel eingebrockt», sagte er. «Der Chief Constable hier vor Ort ersucht Scotland Yard um Amtshilfe, und wen bekommen sie? Mich, und ich mache mich zum Affen!»

«Aber nein», sagte Miss Marple.

«Aber ja. Ich weiß nicht, wer Alfred vergiftet hat, ich weiß nicht, wer Harold vergiftet hat, und zur Krönung des Ganzen habe ich keinen blassen Dunst, wer die ermordete Frau war! Die Geschichte mit Martine schien mir so sicher wie das Amen in der Kirche. Alles passte zusammen. Und plötzlich taucht aus heiterem Himmel die echte Martine auf und erweist sich in einem unglaublichen Zufall als Frau von Sir Robert Stoddart-West.

Und wer ist nun die Frau in der Scheune? Weiß der Henker. Erst bin ich todsicher, dass sie Anna Strawinska ist, und plötzlich ist auch *die* aus dem Spiel –»

Er unterbrach sich, als Miss Marple ihr unverkennbares leises Räuspern von sich gab.

«Ist sie das?», murmelte sie.

Craddock starrte sie an. «Na, die Postkarte aus Jamaika –»

«Gewiss», sagte Miss Marple, «aber das ist doch noch kein Beweis, oder? Ich könnte mir denken, dass heutzutage praktisch jeder praktisch überall eine Postkarte aufgeben lassen kann. Ich weiß noch, wie Mrs. Brierly den schlimmen Nervenzusammenbruch hatte. Man empfahl ihr, sich zur Beobachtung in eine Nervenheilanstalt zu begeben, und sie machte sich solche Sorgen, die Kinder könnten es erfahren, dass sie vierzehn Postkarten schrieb und dafür sorgte, dass sie an verschiedenen Orten im Ausland aufgegeben wurden. Und auf allen stand, Mummy würde Ferien machen.» Sie sah Inspector Craddock an und fügte hinzu: «Verstehen Sie, worauf ich hinauswill?»

«Ja, natürlich», sagte Craddock und starrte sie an. «Wir hätten diese Postkarte natürlich genau unter die Lupe genommen, wenn sie nicht so ideal zu der Martine-Geschichte gepasst hätte.»

«So einleuchtend», murmelte Miss Marple.

«Alles fügte sich», sagte Craddock. «Schließlich der von Martine Crackenthorpe unterschriebene Brief, den Emma bekommen hat. Von Lady Stoddart-West stammt er nicht, aber irgendjemand muss ihn schließlich geschrieben haben. Jemand, der sich als Martine ausgeben und damit Kasse machen wollte. *Das* lässt sich doch nicht bestreiten.»

«Nein, nein.»

«Und dann der Briefumschlag mit der Londoner Adresse in Emmas Handschrift. Der ist in Rutherford Hall gefunden worden; dann muss sie also dort gewesen sein.»

«Die Ermordete *war* aber nicht dort gewesen!», widersprach Miss Marple. «Nicht in *Ihrem* Sinne. *Sie* ist erst nach Rutherford Hall gekommen, *als sie schon tot war.* Sie ist aus einem Zug auf den Bahndamm gestoßen worden.»

«Ja, richtig.»

«In Wirklichkeit beweist der Umschlag nur, dass der *Mörder* dort gewesen ist. Wahrscheinlich hat er ihr den Umschlag zusammen mit den anderen Papieren abgenommen und ihn aus Versehen fallen gelassen – das heißt, ich frage mich gerade, ob es ein Versehen war. Inspector Bacon und Ihre Männer werden das Grundstück doch gründlich abgesucht haben, und sie haben ihn nicht gefunden. Erst später ist er im Kesselhaus aufgetaucht.»

«Das lässt sich erklären», sagte Craddock. «Der alte Gärtner spießt immer sämtliche Papierfetzen auf, die durch die Gegend wehen, und stopft sie da rein.»

«Wo er praktischerweise von den Jungen gefunden werden musste», sagte Miss Marple nachdenklich.

«Sie meinen, er sollte gefunden werden?»

«Das frage ich mich jedenfalls. Man konnte sich ja leicht denken, wo die Jungen als Nächstes suchen würden, man konnte es ihnen sogar nahe legen ... ja, ich frage mich. Dadurch haben Sie nicht mehr an Anna Strawinska gedacht, nicht wahr?»

Craddock sagte: «Und Sie glauben wirklich, sie könne hinter all dem stecken?»

«Ich glaube, Ihre zunehmenden Ermittlungen in ihre Richtung haben *irgendwen* aufgescheucht, das ist alles ... Ich glaube, irgendwem passten diese Ermittlungen nicht in den Kram.»

«Bleiben wir doch einen Augenblick bei der grundlegenden Tatsache, dass sich jemand als Martine ausgeben wollte», bat Craddock. «Und es dann aus irgendeinem Grund unterlassen hat. Warum?»

«Das ist eine sehr interessante Frage», sagte Miss Marple.

«Jemand hat ein Telegramm geschickt, demzufolge Martine nach Frankreich zurückkehren würde, ist dann mit dem Mädchen hergefahren und hat sie unterwegs ermordet. Sind Sie so weit einverstanden?»

«Nicht ganz», sagte Miss Marple. «Ich glaube, Sie machen es sich noch nicht einfach genug.»

«Einfach!», rief Craddock. «Sie bringen mich ganz durcheinander», klagte er.

Miss Marple sagte bekümmert, nichts liege ihr ferner.

«Nun sagen Sie schon», sagte Craddock, «glauben Sie zu wissen, wer die Ermordete war, oder nicht?»

Miss Marple seufzte. «Es ist so schwierig, dafür die richtigen Worte zu finden», sagte sie. «Ich meine, ich weiß nicht, *wer* sie war, aber gleichzeitig bin ich ziemlich sicher zu wissen, wer sie *war*, wenn Sie mir da folgen können.»

Craddock schlug die Hände über dem Kopf zusammen. «Ihnen folgen? Nicht im Geringsten.» Er sah aus dem Fenster. «Da kommt Ihre Lucy Eyelesbarrow», sagte er. «Ich mach mich davon. Meine Selbstachtung ist heute Nachmittag im Keller, und da kann ich keine Frau ertragen, die vor Tüchtigkeit und Erfolg nur so strotzt.»

Fünfundzwanzigstes Kapitel

«Ich habe im Wörterbuch ‹Tontine› nachgeschlagen», sagte Lucy.

Die Begrüßung hatten sie hinter sich, und Lucy lief ziellos durchs Zimmer, tätschelte hier einen Porzellanhund und strich dort über einen Sesselschoner oder den Plastiknähkasten am Fenster.

«Das hatte ich nicht anders erwartet», sagte Miss Marple gleichmütig.

Lucy zitierte in langsamen Worten. «Lorenzo Tonti, italienischer Bankier, 1653 Begründer einer Rentenform, bei der die Anteile Verstorbener den Überlebenden zufallen.» Sie hielt inne. «Darum geht es, nicht wahr? Das passt haargenau, und Sie haben sogar schon *vor* den letzten beiden Morden daran gedacht.»

Sie nahm ihre rastlosen Streifzüge durchs Zimmer wieder auf. Miss Marple sah ihr zu. Das war eine ihr ganz neue Lucy Eyelesbarrow.

«Wahrscheinlich konnte so etwas einfach nicht gut gehen», sagte Lucy. «Ein Testament, das darauf hinausläuft, dass der letzte Überlebende das gesamte Erbe bekommt. Dabei ging es doch um so viel Geld, oder? Man sollte meinen, dass man mit dem eigenen Anteil reich genug bedacht wäre...» Ihre Stimme verlor sich.

«Die Malaise ist die Gier der Menschen», sagte Miss Marple. «Mancher Menschen. Sehr oft bringt diese den Stein ins Rollen. Am Anfang steht kein Mord, nicht einmal ein Wunsch zu morden oder auch nur der Gedanke daran. Am Anfang steht die nackte Gier; man will mehr haben, als einem zusteht.» Sie ließ ihr Strickzeug in den Schoß sinken und starrte ins Leere. «Durch einen solchen Fall habe ich übrigens Inspector Craddock kennen gelernt. Ein Fall auf dem Lande. In der Nähe von Medenham Spa. Der begann ganz genau so. Ein liebenswürdiger, aber schwacher Charakter wollte viel Geld. Geld, auf das er keinen Anspruch hatte, das aber anscheinend leicht zu bekommen war. Kein Gedanke an Mord. Bloß so kinderleicht, dass es nicht einmal unrecht wirkte. So fing alles an … und es endete mit drei Morden.»

«Genau wie hier», sagte Lucy. «Jetzt sind schon drei Menschen ermordet worden. Die Frau, die sich als Martine ausgegeben hat und einen Anteil für ihren Sohn beansprucht hätte, dann Alfred und schließlich Harold. Und jetzt sind nur noch zwei übrig, richtig?»

«Sie meinen, nur Cedric und Emma sind noch übrig?», fragte Miss Marple.

«Emma nicht. Emma ist kein großer schwarzhaariger Mann. Nein, ich meine Cedric und Bryan Eastley. Ich habe Bryan lange Zeit ausgeklammert, weil er blond ist. Er hat einen blonden Schnurrbart und blaue Augen, aber wissen Sie – kürzlich …» Sie stockte.

«Fahren Sie fort», sagte Miss Marple. «Sagen Sie es ruhig. Irgendetwas hat Sie ziemlich erschüttert, nicht wahr?»

«Es war bei Lady Stoddart-Wests Abfahrt. Sie hatte sich schon verabschiedet, drehte sich am Auto aber noch einmal um und fragte: ‹Wer war eigentlich der große dunkle Mann auf der Terrasse, als ich gekommen bin?›

Erst wusste ich nicht, wen sie meinte, weil Cedric ja noch ans Bett gefesselt war, und fragte etwas verwirrt: ‹Meinen Sie etwa Bryan Eastley?› Und sie sagte: ‹Natürlich, der war es, Geschwaderkommodore Eastley. Die Résistance hat ihn in Frankreich mal bei uns auf dem Speicher versteckt. Ich habe seine Statur und seine breiten Schultern wieder erkannt.› Dann meinte sie noch: ‹Ich würde ihn gern sprechen›, aber wir konnten ihn nirgends finden.»

Miss Marple sagte nichts, saß nur abwartend da.

«Und später habe ich ihn mir dann genauer angesehen», sagte Lucy. «Er stand mit dem Rücken zu mir, und da fiel mir auf, was mir schon viel früher hätte auffallen sollen. Auch bei einem blonden Mann können die Haare dunkel wirken, wenn er sie mit Pomade eincremt. Bryans Haare haben einen Bronzeton, aber wahrscheinlich können sie dunkler *wirken*. Deswegen könnte es auch *Bryan* gewesen sein, den Ihre Freundin im Zug gesehen hat. Es könnte...»

«Ja», sagte Miss Marple, «daran hatte ich auch schon gedacht.»

«Ich glaube, Sie denken wirklich an alles!», sagte Lucy bitter.

«Aber Liebes, das muss man doch.»

«Ich verstehe bloß nicht, was Bryan davon hätte. Das Geld würde doch an Alexander und nicht an ihn gehen. Klar, es würde den beiden vieles erleichtern, sie könnten sich ein bisschen mehr leisten, aber er könnte nicht mit dem Kapital seine Projekte finanzieren oder was immer er vorhat.»

«Aber wenn Alexander vor dem einundzwanzigsten Lebensjahr etwas zustoßen würde, dann würde Bryan als sein Vater und nächster Angehöriger das Geld bekommen», bemerkte Miss Marple.

Lucy sah sie entsetzt an.

«Das würde er niemals tun! Kein Vater könnte so etwas tun – bloß um an Geld zu kommen.»

Miss Marple seufzte. «Die Menschen tun so etwas, Liebes. Es ist traurig und schrecklich, aber sie tun so etwas.

Die Menschen tun schreckliche Dinge», führte sie aus. «Ich kenne eine Frau, die drei ihrer Kinder vergiftet hat, bloß wegen einer kleinen Versicherungssumme. Dann gab es eine alte Dame, auf den ersten Blick eine nette alte Dame, die ihren Sohn vergiftet hat, als er im Fronturlaub nach Hause kam. Dann war da die alte Mrs. Stanwich. Ihr Fall ging durch die Zeitungen. Ich nehme an, Sie haben davon gelesen. Ihre Tochter starb, dann ihr Sohn, und schließlich sagte sie, sie selbst sei vergiftet worden. In ihrem Haferschleim fand sich tatsächlich Gift, aber wie sich herausstellte, hatte sie es selber hineingemischt. Sie war drauf und dran gewesen, auch die letzte Tochter zu vergiften. Und da ging es nicht einmal um Geld. Sie stieß sich bloß an der Jugend und Lebenslust ihrer Kinder und hatte Angst – es ist schrecklich, so etwas zu sagen, aber es ist wahr –, sie würden sich amüsieren, wenn sie einmal nicht mehr wäre. Sie hatte immer auf ihrem Geld gesessen. Ja, natürlich war sie etwas sonderbar, wie man so sagt, aber ich verstehe nicht, dass *das* eine ernsthafte Entschuldigung sein soll. Ich finde, man kann auf so viele verschiedene Weisen sonderbar sein. Die einen Menschen verschenken einfach ihren ganzen Besitz und stellen Schecks auf nicht vorhandene Bankkonten aus, einfach nur, um den Menschen Gutes zu tun. Sie sehen also, ein sonderbares Verhalten kann auch auf Selbstlosigkeit zurückgehen. Aber wenn ein sonderbares Verhalten auf Niedertracht zurückgeht – tja, dann steht man dumm da. Hilft Ihnen das weiter, meine liebe Lucy?»

«Hilft mir was weiter?», fragte Lucy verwirrt.

«Was ich Ihnen eben erklärt habe», sagte Miss Marple. Begütigend fügte sie hinzu: «Sie brauchen sich keine Sorgen zu machen. Dazu besteht gar kein Anlass. Elspeth McGillicuddy muss schon bald hier eintreffen.»

«Ich verstehe nicht, was das damit zu tun haben soll.»

«Sie vielleicht nicht, Liebes. *Ich* halte es jedoch für wichtig.»

«Ich kann mir nicht helfen, ich mache mir trotzdem Sorgen», sagte Lucy. «Wissen Sie, die Familie interessiert mich immer mehr.»

«Ich weiß, Liebes, für Sie ist es so schwierig, weil Sie sich, wenn auch auf verschiedene Weise, zu beiden hingezogen fühlen, nicht wahr?»

«Wie meinen Sie das?», fragte Lucy schroff.

«Ich meine die beiden Söhne des Hauses», sagte Miss Marple. «Beziehungsweise den Sohn und den Schwiegersohn. Glücklicherweise sind die beiden unsympathischeren Mitglieder der Familie gestorben, und die beiden attraktiveren sind übrig geblieben. Denn auch Cedric Crackenthorpe ist auf seine Art sehr attraktiv. Er spielt nur gern den Bürgerschreck und provoziert gerne.»

«Er macht mich manchmal rasend», sagte Lucy.

«Gewiss, aber das gefällt Ihnen ja so an ihm, stimmt's?», sagte Miss Marple. «Sie sind ein temperamentvolles Mädchen, und Sie wissen ein Rededuell zu schätzen. Doch, ich verstehe, worauf die Anziehung beruht. Mr. Eastley ist dagegen ein Mann voller Weltschmerz und erinnert an einen traurigen kleinen Jungen. Auch das ist natürlich attraktiv.»

«Und einer von beiden ist ein Mörder», sagte Lucy bitter, «und beide sind gleich verdächtig. Letztlich unterscheiden sie sich in nichts. Cedric ist der Tod seiner Brüder Alfred und Harold schnuppe. Er lehnt sich einfach zurück und malt sich stillvergnügt aus, was er mit Rutherford Hall alles machen wird, ja, er gibt sogar zu, dass er viel Geld braucht, um seine Pläne zu verwirklichen. Mir ist natürlich klar, dass er ein Mensch ist, der die eigene Abgebrühtheit übertreibt. Aber das könnte auch Tarnung sein. Viele Menschen halten einen schließlich für gefühlloser, als man wirklich ist. Aber es könnte auch stimmen. Man könnte sogar noch gefühlloser sein, als man sich gibt!»

«Ach, meine liebe Lucy, das alles tut mir so schrecklich Leid.»

«Und dann Bryan», fuhr Lucy fort. «Es ist sonderbar, aber Bryan würde anscheinend tatsächlich gern dort wohnen. Er meint, Alexander und er würden es dort herrlich finden, und auch er hat den Kopf voller Pläne.»

«Und es sind immer die verschiedensten Pläne, nicht wahr?»

«Ja, ich glaube schon. Sie hören sich alle wunderbar an – aber ich habe das ungute Gefühl, dass sich keiner davon verwirklichen lässt. Sie hören sich toll an – aber ich glaube, er macht sich gar nicht klar, wie schwer es wäre, sie wirklich umzusetzen.»

«Alles hängt gewissermaßen in der Luft, ja?»

«Ja, in verschiedener Hinsicht. Die meisten hängen wortwörtlich in der Luft. Es sind alles Wolkenkuckucksheime. Vielleicht kommt ein hervorragender Jagdflieger nie wieder richtig auf den Boden…»

Sie setzte hinzu: «Und er mag Rutherford Hall so, weil es ihn an das große und weitläufige viktorianische Herrenhaus erinnert, in dem er seine Kindheit verbracht hat.»

«Verstehe», sagte Miss Marple nachdenklich. «Ja, ich verstehe...»

Dann warf sie Lucy einen schrägen Blick zu und sprang sie mit dem nächsten Satz förmlich an: «Aber das ist noch nicht alles, oder, Liebes? Sie haben noch mehr auf dem Herzen.»

«O ja, allerdings. Das ist mir erst vor ein paar Tagen klar geworden. Bryan kann tatsächlich in dem Zug gewesen sein.»

«Dem 16.33 aus Paddington?»

«Ja. Wissen Sie, Emma glaubte, auch sie solle haarklein darlegen, was sie am 20. Dezember getan hat, und sie ist alles ganz genau durchgegangen – eine Komiteesitzung am Vormittag, Einkaufen am Nachmittag, Tee im Green Shamrock, und dann, hat sie gesagt, *hat sie Bryan vom Zug abgeholt*. Angeblich vom 16.50 aus Paddington, aber er kann ja mit dem früheren Zug gefahren sein und dann so getan haben, als wäre er mit dem späteren gekommen. Er hat mir nebenbei erzählt, sein Wagen hätte eine Schramme abgekriegt und wäre in der Werkstatt gewesen, und deswegen wäre er mit dem Zug gekommen – schrecklich eintönig, hat er gesagt, weil er Züge hasst. Bei ihm klang das alles ganz natürlich... es könnte auch stimmen – aber irgendwie wäre es mir lieber, er wäre nicht mit dem Zug gekommen.»

«Und zwar mit dem fraglichen Zug», verdeutlichte Miss Marple.

«Das beweist natürlich noch nichts. Das Schlimmste ist dieser Verdacht. Diese *Unsicherheit*. Und vielleicht werden wir nie Sicherheit bekommen!»

«Natürlich werden wir das», sagte Miss Marple knapp. «Wir werden doch nicht im letzten Augenblick klein beigeben. Wenn ich überhaupt etwas über Mörder weiß, dann, dass ihre Tat ihnen keine Ruhe lässt, sondern sie im Gegenteil in Unruhe versetzt. Spätestens vom zweiten Mord an», sagte sie entschieden. «Noch ist nicht aller Tage Abend, Lucy. Die Polizei tut, was sie kann, und nimmt jedermann ins Gebet – und das Beste ist, dass Elspeth McGillicuddy sehr bald hier sein wird!»

Sechsundzwanzigstes Kapitel

I

«Und dir ist wirklich klar, worum ich dich bitte, Elspeth?»

«Es ist mir *klar*», sagte Mrs. McGillicuddy, «aber ich möchte dir doch einmal sagen, dass ich es äußerst *seltsam* finde, liebe Jane.»

«Es ist mitnichten seltsam», sagte Miss Marple.

«Nun, ich finde schon. Ich komme in einem Haus an und frage als Allererstes, ob ich mich – ähm – frisch machen könne.»

«Es ist sehr kalt», sagte Miss Marple, «außerdem könntest du etwas gegessen haben, das dir nicht bekommen ist, und dich deswegen – ähm – frisch machen wollen. Das ist doch nicht außergewöhnlich. Ich erinnere mich, dass die arme Louisa Felby einmal zu mir kam und sich in einem halben Stündchen fünfmal frisch machen musste. Das lag an einer verdorbenen Fleischpastete», erläuterte sie.

«Jane, kannst du mir nicht ohne Umschweife sagen, worauf du eigentlich hinaus möchtest?», fragte Mrs. McGillicuddy.

«Nein, genau das kann ich nicht», sagte Miss Marple.

«Du kannst einen wahrlich irremachen, Jane. Erst lässt du mich die ganze Strecke nach England zurückfliegen, bevor ich eigentlich –»

«Das tut mir Leid», sagte Miss Marple, «aber mir blieb nichts anderes übrig. Schau mal, jeden Augenblick könnte noch ein Mensch umgebracht werden. Ich weiß, alle sind auf der Hut, und die Polizei trifft alle erdenklichen Sicherheitsvorkehrungen, trotzdem lässt sich nicht ausschließen, dass ihnen der Mörder einen Schritt voraus ist. Deswegen war es deine Pflicht zurückzukommen, liebe Elspeth. Schließlich sind wir im Geist der Pflichterfüllung erzogen worden, nicht wahr?»

«Das sind wir allerdings», sagte Mrs. McGillicuddy, «in unserer Jugend herrschten noch andere Sitten.»

«Da sind wir uns also einig», sagte Miss Marple, «und da ist unser Taxi», fügte sie hinzu, als vor dem Haus ein leises Hupen erklang.

Mrs. McGillicuddy zog ihren warmen Pepitamantel an, und Miss Marple wickelte sich in eine Reihe von Kopftüchern und Schals. Dann stiegen die beiden Damen ins Taxi und ließen sich nach Rutherford Hall fahren.

II

«Wer kann denn da vorgefahren kommen?», fragte Emma und sah aus dem Fenster, als das Taxi vorbeifuhr. «Ich glaube fast, das ist Lucys alte Tante.»

«Die Schreckschraube schon wieder», sagte Cedric.

Er hatte es sich auf einer Chaiselongue gemütlich gemacht, blätterte in *Country Life*, und seine Füße ruhten auf dem Kaminsims.

«Sag ihr doch, wir wären nicht zu Hause.»

«Wie soll ich das anstellen? Soll ich nach draußen gehen und ihr sagen, wir seien nicht da? Oder soll ich Lucy sagen, sie solle es ihrer Tante sagen?»

«Gute Frage», sagte Cedric. «Ich muss an die Zeit unserer Butler und Lakaien gedacht haben, falls wir je welche hatten. Ich glaube, ich erinnere mich an einen Lakaien vor dem Krieg. Er hatte ein Verhältnis mit dem Küchenmädchen, und es gab einen schrecklichen Skandal. Ist denn keine von den Vogelscheuchen da, die hier immer sauber machen?»

Im selben Augenblick öffnete Mrs. Hart, die an diesem Nachmittag das Silber putzte, die Tür, und eine fahrige Miss Marple in einer Unmenge von Tüchern und Schals kam herein, gefolgt von einer hoch aufgerichteten Gestalt.

«Ich hoffe, wir kommen nicht allzu ungelegen», sagte Miss Marple und griff nach Emmas Hand, «aber wissen Sie, übermorgen fahre ich nach Hause, und ich wäre untröstlich gewesen, wenn ich mich nicht bei Ihnen hätte verabschieden und mich bedanken können, dass Sie Lucy so freundlich aufgenommen haben. Entschuldigung, das habe ich ganz vergessen: Darf ich Ihnen meine Freundin Mrs. McGillicuddy vorstellen? Sie besucht mich für ein paar Tage.»

«Sehr angenehm», sagte Mrs. McGillicuddy, sah Emma mit gesammelter Aufmerksamkeit an und richtete ihren Blick dann auf Cedric, der sich inzwischen erhoben hatte. In diesem Moment kam Lucy herein.

«Tante Jane, ich wusste ja gar nicht...»

«Ich wollte mich nur bei Miss Crackenthorpe verabschieden», sagte Miss Marple zu ihr gewandt, «die so überaus freundlich zu dir gewesen ist, Lucy.»

«Lucy ist vielmehr überaus freundlich zu uns gewesen», sagte Emma.

«Allerdings», sagte Cedric, «wir haben sie herumkommandiert wie einen Galeerensklaven. Sie musste die Kranken pflegen, die Treppen auf und ab hetzen, den Bettlägerigen ihre Süppchen kochen –»

Miss Marple unterbrach. «Es hat mir sehr Leid getan, als ich von Ihrer Krankheit gehört habe. Ich hoffe, Sie haben sich vollkommen erholt, Miss Crackenthorpe?»

«Oh, wir sind vollständig wiederhergestellt», sagte Emma.

«Lucy hat erzählt, Sie wären alle sehr krank gewesen. Lebensmittelvergiftungen sind doch schrecklich gefährlich, finden Sie nicht auch? Es waren die Pilze, wenn ich recht verstanden habe.»

«Die Ursache ist noch immer ungewiss», sagte Emma.

«Glauben Sie ihr kein Wort», sagte Cedric. «Ich möchte wetten, Sie kennen die Gerüchte, die im Umlauf sind, Miss – ähm –»

«Marple», sagte Miss Marple.

«Nun, wie gesagt, ich möchte wetten, Sie kennen die Gerüchte, die im Umlauf sind. Geht doch nichts über ein bisschen Arsen, damit die Nachbarn was zu plauschen haben.»

«Cedric», sagte Emma. «Bitte lass das. Du weißt doch, Inspector Craddock hat gesagt –»

«Herrje», sagte Cedric, «alle Welt weiß doch Bescheid. Sogar Sie haben etwas gehört, oder etwa nicht?» Er wandte sich direkt an Miss Marple und Mrs. McGillicuddy.

«Ich bin eben erst aus dem Ausland zurückgekehrt – vorgestern», sagte Mrs. McGillicuddy.

«Ach, dann wissen Sie ja noch gar nicht, dass wir zum Stadtgespräch geworden sind», sagte Cedric. «Arsen im Curry, das war's. Lucys Tante ist bestens informiert, könnte ich mir denken.»

«Nun ja», sagte Miss Marple, «ich habe bloß munkeln hören – also, eigentlich war es nur eine *Andeutung,* aber ich wollte Sie selbstverständlich nicht in Verlegenheit bringen, Miss Crackenthorpe.»

«Beachten Sie meinen Bruder nicht weiter», sagte Emma. «Er benimmt sich nun einmal gern wie die Axt im Walde.» Dabei lächelte sie ihn liebevoll an.

Die Tür ging auf, Mr. Crackenthorpe kam herein und fuchtelte ärgerlich mit seinem Stock.

«Wo bleibt denn der Tee?», fragte er. «Warum ist der Tee noch nicht da? Heda! Mädchen!» Er wandte sich an Lucy. «Warum haben Sie noch keinen Tee gemacht?»

«Er steht schon bereit, Mr. Crackenthorpe. Ich hole ihn sofort. Der Tisch ist bereits gedeckt.»

Lucy verließ das Zimmer, und Mr. Crackenthorpe wurde Miss Marple und Mrs. McGillicuddy vorgestellt.

«Mag meine Mahlzeiten pünktlich», sagte Mr. Crackenthorpe. «Pünktlichkeit und Sparsamkeit. Das ist meine Devise.»

«Und sicher sehr zu beherzigen», sagte Miss Marple, «besonders angesichts der heutigen Besteuerung und dergleichen.»

Mr. Crackenthorpe schnaubte. «Besteuerung! Erinnern Sie mich bloß nicht an diese Räuber. Ein armer Schlucker – das ist aus mir geworden. Und das wird nur schlimmer werden, nicht besser. Du wirst schon sehen, Bürschchen», sagte er an Cedric gewandt, «wenn du mal das Haus bekommst, wette ich zehn zu eins mit dir, dass die Sozialisten es dir wegnehmen. Dann zieht hier eine soziale Einrichtung ein, und für deren Unterhalt nehmen sie dir auch noch die Zinsen weg.»

Lucy kam mit einem Teetablett zurück, hinter ihr balancierte Bryan Eastley eine Platte mit Sandwiches, Brot, Butter und Kuchen.

«Ja, was haben wir denn da?» Mr. Crackenthorpe inspizierte das Tablett. «Kuchen mit Zuckerguss? Wird hier ein Fest gefeiert? Warum weiß ich nichts davon?»

Emma errötete.

«Dr. Quimper kommt zum Tee, Vater. Er hat heute Geburtstag, und –»

«Geburtstag?», schnaubte der alte Mann. «Was will der denn mit einem Geburtstag? Geburtstage sind was für Kinder. Ich zähle meine Geburtstage nicht, und ich sehe nicht ein, warum die anderer gefeiert werden sollten.»

«Ist ja auch billiger.» Cedric war ganz seiner Meinung. «Da spart man sich die teuren Kerzen auf dem Kuchen.»

«Du hältst gefälligst den Mund, Bürschchen», sagte Mr. Crackenthorpe.

Miss Marple schüttelte Bryan Eastley die Hand. «Lucy hat mir schon so viel von Ihnen erzählt», sagte sie. «Meine Güte, Sie erinnern mich an einen Mann in St. Mary Mead. So heißt das Dorf, in dem ich seit vielen Jahren wohne, wissen Sie. Ronnie Wells, der Sohn des Anwalts. Konnte sich nie an die Arbeit in der Kanzlei seines Vaters gewöhnen. Er ist dann nach Ostafrika gegangen und hat auf dem See da unten eine Frachtschifffirma aufgemacht. Auf dem Victoriasee. Oder ist das der Albertsee? Egal. Leider hatte er keinen Erfolg und hat sein ganzes Kapital verloren. Äußerst bedauerlich! Nicht mit Ihnen verwandt, nehme ich an? Die Ähnlichkeit ist verblüffend.»

«Nein», sagte Bryan, «meines Wissens habe ich keine Verwandten namens Wells.»

«Seine Verlobte war ein sehr nettes Mädchen», sagte Miss

Marple. «Sehr vernünftig. Sie hat versucht, ihn davon abzubringen, aber er wollte einfach nicht hören. Das war ein großer Fehler. Wissen Sie, Frauen verstehen sehr viel von Geldangelegenheiten. Natürlich nicht von der Hochfinanz. Das wird keine Frau je verstehen, hat mein lieber Vater immer gesagt. Aber so die täglichen Kleckerbeträge – damit kennen sie sich aus. Sie haben ja eine zauberhafte Aussicht aus diesem Fenster», sagte sie dann, ging durchs Zimmer und sah hinaus.

Emma trat zu ihr.

«Diese Weite der Parklandschaft! Und wie pittoresk sich die Rinder vor den Bäumen machen. Man käme nicht im Traum auf die Idee, dass man hier mitten in der Stadt ist.»

«Wir sind tatsächlich ein ziemlicher Anachronismus», sagte Emma. «Mit offenen Fenstern würden Sie jetzt in weiter Ferne den Verkehrslärm hören.»

«Ach ja», sagte Miss Marple, «diesem Lärm entgeht man wirklich nirgends, nicht wahr? Nicht einmal in St. Mary Mead. Ganz in unserer Nähe ist jetzt ein Flugplatz gebaut worden, wissen Sie, und es ist ja wirklich ganz unglaublich, wie diese Düsenflugzeuge über uns wegfliegen! Geradezu beängstigend. In meinem kleinen Gewächshaus sind mir davon neulich zwei Glasscheiben zerbrochen. Sie durchbrechen die Schallmauer, habe ich mir sagen lassen, aber ich kann mir darunter nichts vorstellen.»

«Das ist eigentlich ganz einfach», sagte Bryan entgegenkommend. «Schauen Sie, das ist folgendermaßen.»

Miss Marple fiel die Handtasche zu Boden, und Bryan hob sie ihr höflich auf. Im selben Moment trat Mrs. McGillicuddy an Emma heran und murmelte mit gequälter Stimme – die Qual war ungekünstelt, denn Mrs. McGillicuddy fand ihre Aufgabe abscheulich:

«Entschuldigen Sie, könnte ich mich wohl irgendwo – frisch machen?»

«Aber natürlich», sagte Emma.

«Ich zeige es Ihnen», sagte Lucy.

Lucy und Mrs. McGillicuddy verließen zusammen das Zimmer.

«Die Herfahrt war sehr kalt», versuchte Miss Marple zu erklären.

«Was nun die Schallmauer angeht», sagte Bryan, «schauen Sie, stellen Sie sich vor ... oh, hallo, da ist Quimper.»

Draußen kam der Wagen des Arztes zum Stehen. Dr. Quimper kam herein, rieb sich die Hände und sah halb erfroren aus.

«Es gibt Schnee», sagte er, «da bin ich sicher. Hallo, Emma, wie geht es Ihnen? Meine Güte, was ist denn hier los?»

«Wir haben einen Geburtstagskuchen für Sie», sagte Emma. «Wissen Sie noch? Sie haben mir doch mal verraten, Sie hätten heute Geburtstag.»

«Das wäre doch nicht nötig gewesen», sagte Quimper. «Wissen Sie, es ist – also, das muss – ja, es muss sechzehn Jahre her sein, dass sich das letzte Mal jemand an meinen Geburtstag erinnert hat.» Er wirkte fast peinlich berührt.

«Kennen Sie Miss Marple?» Emma stellte die beiden vor.

«Aber natürlich», sagte Miss Marple, «ich bin Dr. Quimper hier bereits begegnet, und Sie haben mir einen Hausbesuch abgestattet, als ich vor kurzem diese scheußliche Erkältung hatte. Sie waren äußerst gütig.»

«Alles wieder in Ordnung, will ich hoffen?», fragte der Arzt.

Miss Marple versicherte, sie habe sich vollständig wieder erholt.

«Mir haben Sie schon seit Ewigkeiten keinen Hausbesuch mehr gemacht», sagte Mr. Crackenthorpe. «Sie würden es nicht mal merken, wenn ich im Sterben läge.»

«Sie sterben noch nicht so bald», sagte Dr. Quimper.

«Das habe ich auch nicht vor», sagte Mr. Crackenthorpe. «Kommen Sie, setzen wir uns zum Tee. Worauf warten wir denn noch?»

«Oh, bitte warten Sie nicht auf meine Freundin», sagte Miss Marple. «Sie würde vor Scham vergehen, wenn Sie warteten.»

Sie setzten sich zum Tee. Miss Marple ließ sich zunächst eine Scheibe Brot und Butter reichen und griff dann nach einem Sandwich.

«Ist das –?» Sie zögerte.

«Fisch», sagte Bryan. «Ich habe in der Küche geholfen.»

Mr. Crackenthorpe stieß ein keckerndes Lachen aus.

«Vergiftete Fischpaste», sagte er. «Das ist es. Verzehr auf eigene Gefahr.»

«Bitte, Vater!»

«Sie müssen bei den Mahlzeiten in diesem Haus sehr vorsichtig sein», sagte Mr. Crackenthorpe zu Miss Marple. «Zwei meiner Söhne sind gestorben wie die Fliegen. Ich wüsste ja nur zu gern, wer dahinter steckt.»

«Lassen Sie sich nicht abschrecken», sagte Cedric und reichte Miss Marple noch einmal die Platte. «Arsen ist gut für den Teint, heißt es; man darf es damit nur nicht übertreiben.»

«Iss doch auch eins, Bürschchen», sagte der alte Mr. Crackenthorpe.

«Brauchst du einen offiziellen Vorkoster?», fragte Cedric. «Dann wollen wir mal.»

Er nahm sich ein Sandwich und steckte es in einem Stück in den Mund. Miss Marple lachte leise und damenhaft auf und nahm sich ein Sandwich. Sie biss ab und sagte:

«Ich finde es ja so tapfer von Ihnen allen, dass Sie darüber scherzen können. Ich finde das wirklich ungemein tapfer. Ich bewundere Tapferkeit.»

Plötzlich keuchte sie auf und rang nach Luft. «Eine Gräte», röchelte sie, «in der Kehle.»

Quimper schnellte hoch. Er eilte zu ihr, schob sie rückwärts vor das Fenster und bat sie, den Mund weit zu öffnen. Er holte ein Etui aus der Tasche und zog eine Zange heraus. Mit fachmännischem Geschick spähte er der alten Dame in den Hals. In diesem Augenblick ging die Tür auf, und Mrs. McGillicuddy kam zurück, hinter ihr Lucy. Mrs. McGillicuddy schnappte nach Luft, als sie das Tableau vor sich sah, die zurückgelehnte Miss Marple und den Arzt, der sie am Hals umfasst hielt und ihren Kopf zur Seite neigte.

«Aber das ist *er*», schrie Mrs. McGillicuddy. «Das ist der Mann aus dem Zug…»

Mit unglaublicher Agilität entwand sich Miss Marple dem Griff des Doktors und kam auf ihre Freundin zu.

«Ich *wusste* doch, dass du ihn erkennen würdest, Elspeth!», sagte sie. «Nein. Sag jetzt nichts.» Triumphierend drehte sie sich zu Dr. Quimper um. «Nicht wahr, Doktor, als Sie die Frau im Zug erdrosselt haben, wussten Sie nicht, *dass Sie wirklich und wahrhaftig gesehen wurden?* Von meiner Freundin hier. Mrs. McGillicuddy. Sie hat Sie *gesehen.* Verstehen Sie? *Sie hat Sie mit eigenen Augen gesehen.* Sie saß in einem Zug, der neben Ihrem fuhr.»

«Was zum Teufel?» Dr. Quimper machte einen Schritt auf Mrs. McGillicuddy zu, aber Miss Marple trat mit derselben Agilität zwischen die beiden.

«Jawohl», sagte sie. «Sie hat Sie gesehen, und *sie hat Sie erkannt,* und das wird sie unter Eid beschwören. Ich glaube, man ertappt einen Mörder nur selten in flagranti», fuhr sie leise und wehmütig fort. «Meistens wird er durch Indizien überführt. Aber in diesem Fall war alles ganz anders. In diesem Fall gab es *eine Augenzeugin des Mordes.*»

«Sie verfluchte alte Hexe!», sagte Dr. Quimper. Er wollte sich auf Miss Marple stürzen, aber diesmal trat Cedric vor und packte ihn an der Schulter.

«*Sie* sind also dieser mordende Teufel, ja?», sagte er und schwenkte ihn zu sich herum. «Ich habe Sie noch nie gemocht, sondern schon immer für einen falschen Fuffziger gehalten, aber weiß der Kuckuck, einen Mord hätte ich Ihnen nicht zugetraut.»

Bryan Eastley kam Cedric schnell zu Hilfe. Inspector Craddock und Inspector Bacon betraten den Raum von der anderen Seite.

«Dr. Quimper», sagte Bacon, «ich muss Sie darauf hinweisen, dass alles, was Sie von nun an …»

«Ihr Sprüchlein können Sie sich an den Hut stecken», sagte Dr. Quimper. «Glauben Sie denn ernsthaft, irgendjemand kauft das den beiden alten Weibern ab? Wer hat denn je von einem solchen Stuss im Zug gehört?»

Miss Marple sagte: «Elspeth McGillicuddy hat den Mord am 20. Dezember der Polizei gemeldet und den Mann beschrieben.»

Plötzlich ließ Dr. Quimper die Schultern hängen. «Wie kann man bloß so ein Pech haben?», sagte er.

«Aber –», sagte Mrs. McGillicuddy.

«Sei still, Elspeth», sagte Miss Marple.

«Warum sollte ich denn eine wildfremde Frau umbringen?», fragte Dr. Quimper.

«Sie war nicht wildfremd», sagte Inspector Craddock. *«Sie war Ihre Frau.»*

Siebenundzwanzigstes Kapitel

«Sehen Sie», sagte Miss Marple, «genau wie ich vermutet habe, hat sich am Ende alles als ganz, ganz einfach herausgestellt. Eines der einfachsten Verbrechen. So viele Männer scheinen ihre Frauen umzubringen.»

Mrs. McGillicuddy sah zwischen Miss Marple und Inspector Craddock hin und her. «Ich wäre dankbar», sagte sie, «wenn mir jemand sagen könnte, was hier eigentlich los ist.»

«Schau mal», sagte Miss Marple, «Quimper sah eine Gelegenheit, eine reiche Frau zu heiraten, Emma Crackenthorpe. Nur konnte er sie nicht heiraten, weil er bereits verheiratet war. Seine Frau und er lebten zwar seit Jahren getrennt, aber sie wollte nicht in die Scheidung einwilligen. Das passte hervorragend zu Inspector Craddocks Angaben über das Mädchen, das sich Anna Strawinska nannte. *Sie* hatte einen englischen Mann, hat sie ihren Freundinnen erzählt, und es hieß auch, sie sei eine fromme Katholikin. Emma zu heiraten und Bigamie zu begehen, konnte Dr. Quimper nicht riskieren, daher beschloss er als der gefühllose und kaltblütige Mann, der er ist, seine Frau zu beseitigen. Der Plan, sie im Zug zu ermorden und ihre Leiche später im Sarkophag in der Scheune zu verstecken, war ganz schön scharfsinnig. Er wollte den Verdacht eben auf die Familie Crackenthorpe lenken. Zuerst hatte er Emma einen Brief geschrieben, der vorgeblich von Martine stammte, die Edmund Crackenthorpe hatte heiraten wollen. Emma hatte Dr. Quimper alles von ihrem Bruder erzählt, verstehst du. Dann kam der Tag, an dem er ihr raten konnte, mit der Geschichte zur Polizei zu gehen. Er wollte, dass die Tote als Martine identifiziert würde. Ich könnte mir denken, dass ihm zu Ohren gekommen war, dass die Pariser Polizei

Nachforschungen nach Anna Strawinska anstellte, und deswegen sorgte er dafür, dass eine scheinbar von ihr stammende Postkarte aus Jamaika eintraf.

Er konnte sich ohne weiteres mit seiner Frau in London verabreden. Er offenbarte ihr, er wolle sich mit ihr versöhnen, und sie solle mit ihm zu ‹seinen Verwandten› kommen. Was dann geschah, übergehen wir, denn das ist zu unappetitlich. Natürlich war er ein gieriger Mann. Als er über die Steuern nachdachte und wie sehr sie das Einkommen beschneiden, sagte er sich, es wäre doch schön, wenn man deutlich mehr Vermögen hätte. Vielleicht hatte er sich das auch schon gesagt, bevor er beschloss, seine Frau zu ermorden. Jedenfalls streute er das Gerücht, jemand versuche, den alten Mr. Crackenthorpe zu vergiften, um seinem Vorhaben den Boden zu bereiten, und schlussendlich verabreichte er der ganzen Familie Arsen. Natürlich nicht zu viel, denn er wollte ja nicht den alten Mr. Crackenthorpe umbringen.»

«Ich verstehe nur noch nicht, wie er das geschafft hat», sagte Craddock. «Er war doch gar nicht im Haus, als der Curry gekocht wurde.»

«Zu dem Zeitpunkt war auch noch gar kein Arsen im Curry», sagte Miss Marple. «Das hat er erst hineingemischt, als er die Reste in sein Labor mitgenommen hat. Das Arsen hat er wahrscheinlich schon früher in den Cocktailkrug geschüttet. Als Hausarzt konnte er danach mühelos Alfred Crackenthorpe vergiften und Harold die Tabletten nach London schicken, denn er hatte sich ja abgesichert und Harold erklärt, er brauche die Tabletten nicht mehr. Jeder einzelne Schritt war kühn und unverfroren und grausam und gierig, und ich bedaure von ganzem Herzen», schloss Miss Marple und sah so grimmig drein, wie eine verhuschte alte Dame nur dreinschauen kann, «dass die Todesstrafe abgeschafft worden ist, denn wenn ein Mensch den Galgen verdient hat, dann Dr. Quimper, finde ich.»

«Hört, hört», sagte Inspector Craddock.

«Mir ist nämlich etwas aufgefallen», setzte Miss Marple hinzu. «Selbst wenn man jemanden nur von hinten sieht, kann diese Rückansicht charakteristisch sein. Ich sagte mir daher, wenn Elspeth Dr. Quimper in genau derselben Haltung sehen kann, in der sie ihn im Zug gesehen haben muss, also mit dem Rücken zu ihr und über eine Frau gebeugt, die er an der Kehle hält, dann muss sie ihn einfach wieder erkennen oder zumindest erschrocken aufschreien. Deswegen habe ich mit Lucys freundlicher Unterstützung diesen kleinen Plan ausgeheckt.»

«Das kann ich dir sagen, du hast mir einen ganz schönen Schreck eingejagt», sagte Mrs. McGillicuddy. «Ich habe unwillkürlich ‹das ist er› geschrien. Dabei hatte ich das Gesicht des Mannes nie gesehen, weißt du, und –»

«Ich hatte schreckliche Angst, dass du das sagen würdest, Elspeth», sagte Miss Marple.

«Das wollte ich auch», sagte Mrs. McGillicuddy. «Ich wollte sagen, dass ich sein *Gesicht* natürlich nicht gesehen hatte.»

«Das wäre ein verhängnisvoller Fehler gewesen», sagte Miss Marple. «Schau mal, Liebes, er glaubte, du *hättest* ihn erkannt. Denn *er* konnte schließlich nicht wissen, dass du sein Gesicht nicht gesehen hast.»

«Welch ein Glück, dass ich den Mund gehalten habe», sagte Mrs. McGillicuddy.

«Ich hätte dich sofort unterbrochen», sagte Miss Marple.

Craddock musste plötzlich lachen. «Sie sind mir schon so zwei!», sagte er. «Ein herrliches Paar! Und jetzt, Miss Marple? Geht die Geschichte gut aus? Was wird beispielsweise aus der armen Emma Crackenthorpe?»

«Über den Doktor wird sie hinwegkommen», sagte Miss Marple, «und ich könnte mir denken, wenn ihr Vater einmal stirbt – und ich halte ihn für weniger robust als er selbst –, dann wird sie wie Geraldine Webb eine Kreuzfahrt machen oder ins Ausland reisen, und daraus könnte sich nur zu gut etwas entwickeln. Hoffentlich ein *netterer* Mann als Dr. Quimper.»

«Und was ist mit Lucy Eyelesbarrow? Hören Sie auch bei ihr schon die Hochzeitsglocken?»

«Vielleicht», sagte Miss Marple. «Es sollte mich nicht wundern.»

«Für welchen wird sie sich wohl entscheiden?», fragte Dermot Craddock.

«Können Sie sich das nicht denken?», fragte Miss Marple.

«Nein», sagte Craddock. «Sie etwa?»

«Aber ja», sagte Miss Marple.

Und sie zwinkerte ihm zu.

Über dieses Buch

Im November 1957, rechtzeitig zum Weihnachtsgeschäft, erschien Agatha Christies berühmter Roman *4.50 From Paddington*. Ursprünglich hatte sie den Roman *4.54 From Paddington* genannt – mit diesem Titel wurde der Roman in den USA veröffentlicht. Lösung des Rätsels: Ein befreundeter Archäologe riet ihr, als Abfahrtszeit von Paddington 4.50 zu wählen, da kein tatsächlich verkehrender Zug zu dieser Zeit den Bahnhof Paddington verließ. Agatha Christie nahm die Anregung auf, die Änderung erreichte aber den amerikanischen Verlag nicht mehr rechtzeitig vor Drucklegung. So ist es für die US-Ausgaben – bis heute! – bei *4.54 From Paddington* geblieben. Die deutsche Ausgabe des Romans erschien als «16 Uhr 50 ab Paddington» im Jahr 1960 beim Scherz Verlag.

Der Roman ist ein interessanter Fall für die schrullige Meisterdetektivin Miss Marple aus St. Mary Mead, die jedoch bereits das gesegnete Alter von 89 Jahren erreicht hatte. Agatha Christie stellte ihr deshalb bei der Aufklärung des mysteriösen Verbrechens die junge Lucy Eyelesbarrow zur Seite. Von dieser neuen Partnerschaft waren die meisten Kritiker im Übrigen sehr angetan.

1962 verfilmte MGM den Stoff mit Margaret Rutherford. Der Film war an den Kinokassen ein Erfolg, nicht aber in den Augen der Autorin, die sich mit der sehr freien Bearbeitung ihrer Vorlage nicht anfreunden konnte. Auch die Wahl der Hauptdarstellerin gefiel ihr nicht. Margaret Rutherford entsprach so gar nicht ihrer Vorstellung der zierlichen, zerbrechlichen Miss Marple.

Eine weitere Verfilmung, diesmal mit Joan Hickson, produzierte die BBC 1988. Der Drehbuchautor T. R. Bowen hielt sich dabei sehr eng an die literarische Vorlage. Agatha Christie hätte an dieser Adaption mit der von ihr sehr geschätzten Joan Hickson sicherlich ihre Freude gehabt.